ÉTONNANT*iss!mes*

ÉTONNANTISS!MES

GILLES PARIS

Autobiographie d'une Courgette

Présentation et dossier
par MARIE-LUCE RAILLARD

Illustrations de
CHARLES BERBERIAN

Flammarion

« Étonnantissimes », une série
de la collection « Étonnants Classiques ».
ISBN : 978-2-0812-8975-8

Avant de commencer

Vous avez dit « Courgette » ?

Un nom de cucurbitacée en guise de sobriquet, ça n'est pas banal ! La vie même d'Icare – *alias* Courgette – n'a rien d'ordinaire : son père est « parti faire le tour du monde avec une poule » (situation d'autant plus cocasse que le garçon comprend le mot « poule » au sens propre) ; sa mère n'a d'yeux que pour la télévision devant laquelle elle passe toutes ses journées, d'intérêt que pour les canettes de bière avec lesquelles elle étanche sa soif, et d'énergie que pour les « raclées du siècle » qu'elle inflige à son fils… L'environnement du garçon de neuf ans est décidément bien sombre. Toutefois, Courgette ne se plaint pas et subit la situation en se contentant de maudire le ciel, qu'il tient pour responsable… Jusqu'au jour où, sous une pile de linge, il trouve un revolver. Là commencent ses aventures. À ce point du récit, l'histoire pourrait tourner au cauchemar…

« Je suis un passeur d'émotions »

Avant même de suivre l'histoire de Courgette, tentons de savoir qui se cache derrière le nom « Gilles Paris ». « Un passeur d'émotions [1] » : c'est ainsi que l'auteur d'*Autobiographie d'une Courgette* se définit en tant qu'écrivain.

Né en avril 1959, en Île-de-France, Gilles Paris entre très tôt dans la vie active : son baccalauréat en poche, il enchaîne les petits boulots avant d'intégrer le ministère de la Jeunesse et des Sports, en qualité de documentaliste, puis de créer une agence spécialisée dans la communication attachée au domaine du spectacle. Après un voyage d'un an en Afrique et en Grèce, il collabore en tant que pigiste à de nombreux journaux (*Libération*, *Le Nouvel Observateur*, *Elle*, *Le Figaro Magazine*...) puis fait ses premiers pas dans l'édition. Il dirige successivement les services de presse des maisons Jean-Claude Lattès et Plon. En 2006, il fonde une agence de communication qui porte son nom ; son activité s'étend alors à la musique, aux spectacles et aux expositions.

Dans ce parcours très riche, l'écriture occupe une place substantielle puisque Gilles Paris écrit depuis ses douze ans – des nouvelles d'abord, puis des romans, dont trois ont déjà paru, publiés à une dizaine d'années d'intervalle : *Papa et maman sont morts* (1991), *Autobiographie d'une Courgette* (2002) et *Au pays des kangourous* (2012). Au sein de ce triptyque, *Autobiographie d'une Courgette* constitue une œuvre maîtresse par le succès qu'elle a rencontré : unanimement salué par la critique, ce roman s'est déjà vendu à près de 150 000 exemplaires et il est traduit dans sept langues.

Un défi pour l'écrivain : écrire comme un enfant

Le point commun aux trois romans de Gilles Paris réside dans le choix narratif : dans chacun, l'auteur donne la parole

1. Voir l'interview de l'auteur à la fin de ce volume, p. 277.

à un personnage qui a une dizaine d'années seulement. Le lecteur se trouve directement plongé dans la vie d'un enfant dont il partage le point de vue, les préoccupations et les émotions, à travers une langue souvent familière, mais vraisemblable au regard des origines sociales du personnage.

Si cette écriture s'impose à l'auteur comme une évidence (il confie qu'il n'a presque « jamais écrit comme un adulte » et qu'« écrire comme un enfant de neuf ans [lui] colle à la peau »[1]), Gilles Paris est soucieux de confronter les paroles de ses petits êtres de papier à celles d'enfants ayant l'âge de ses narrateurs dans la réalité : il n'hésite pas à soumettre des extraits de texte à leur jugement. Pour rédiger *Autobiographie d'une Courgette*, il a en outre mené un important travail d'investigation pendant trois ans, se documentant sur le fonctionnement d'une maison d'accueil pour enfants, interrogeant psychologues, juges et éducateurs, et observant le mode de vie de pensionnaires souvent confrontés au pire dès leur plus jeune âge. Pour parfaire le réalisme de son récit et offrir au lecteur une image exacte du quotidien de Courgette et de ses compagnons d'infortune, il est même retourné sur les bancs de l'école pour y suivre une classe et son instituteur pendant une année scolaire !

Une enfance malheureuse ?

Autobiographie d'une Courgette commence sur une impasse. Sans père, sans ami ni activité extrascolaire, et avec pour seule parente une mère alcoolique et démissionnaire,

1. Propos recueillis par François Alquier, dans l'émission de radio « Les Chroniques de Mandor », 23 avril 2012.

Courgette n'a aucun repère. Pour qu'il puisse sortir de cette situation dramatique, il faut l'intervention d'un *élément perturbateur*. Ce dernier, c'est l'instant fatidique où, voulant tuer le ciel qu'il juge responsable de ses malheurs, Courgette, armé de son revolver, tue accidentellement sa mère. Tels les trois coups frappés sur scène au théâtre avant que le rideau ne se lève et que l'action ne commence, les trois coups de revolver tirés par l'enfant dans les premières pages du roman annoncent le début de ses aventures. Mais Gilles Paris déjoue les attentes de son lecteur : ce n'est pas une tragédie qu'il donne à lire. En effet, comme le précise l'auteur, si l'enfance de Courgette est « difficile », elle n'est « pas malheureuse »[1]. Pour Icare et ses compagnons – Camille, Ahmed, le « gros Jujube », Béatrice et les autres –, leur placement aux Fontaines constitue une étape vers une vie meilleure, comme dans les contes merveilleux. Sur leur chemin vers le bonheur, les personnages trouvent des *méchants* qui tentent de leur nuire (qu'on appelle *opposants* dans le schéma actantiel, c'est-à-dire le schéma des forces agissantes dans un récit[2]) – mauvais parents ou « sorcière » (la tante de Camille) – et des *gentils* (*adjuvants*), œuvrant à leur réussite – Rosy la fée, Raymond le magicien, Mme Papineau et son bataillon d'éducateurs bienveillants.

---

1. Propos tenus dans l'émission « Campus » sur France 2 et retranscrits par Justine Ducharne pour *Le Figaro*, 7 mars 2002.

2. Dans le schéma actantiel, on identifie un *destinateur* – celui qui pousse le héros (ou *destinataire*) à entreprendre les péripéties du récit –, un *objet* ou but – qui représente l'objectif final à atteindre pour le héros –, des *adjuvants* qui l'aident dans cette quête, et des *opposants* qui lui font obstacle.

Peut-on rire du malheur ?

Les enfants ont la capacité de s'émerveiller de tout et de réussir à dédramatiser les pires situations. C'est particulièrement vrai pour le héros de notre roman. « Tu vois tout avec le soleil », constate Camille à propos de Courgette. Ce dernier affiche un bel optimisme mais il n'est pas dupe de la situation ; malgré son jeune âge, Icare a parfaitement conscience des difficultés qui frappent les enfants accueillis aux Fontaines. Si le foyer a pour lui des allures de « château », il sait que, à l'image de Simon, d'autres pensionnaires y voient plutôt une « prison ».

S'inscrivant dans la longue tradition du récit d'enfance, le roman de Gilles Paris se distingue des textes qui ressortissent à ce genre par la tonalité que lui confère Icare. En effet, l'originalité d'*Autobiographie d'une Courgette* réside dans le regard bienveillant que l'enfant – également narrateur – porte sur le monde. Par ce moyen, l'œuvre échappe au registre pathétique qui caractérise généralement le récit d'enfance : que l'on songe aux *Misérables* de Victor Hugo, à *Poil de Carotte* de Jules Renard, ou encore à *L'Enfant* de Jules Vallès. Au récit des malheurs de Cosette, de Gavroche et des narrateurs de *Poil de Carotte* et de *L'Enfant*, le lecteur ne peut ressentir que tristesse et pitié pour des enfants victimes des pires injustices. Il partage le sentiment glaçant de Poil de Carotte qui, tyrannisé par sa mère, finit par déclarer que « Tout le monde ne peut pas être orphelin » (que l'on peut comprendre ainsi : « tout le monde *n'a pas la chance d'*être orphelin » !).

Le parti pris de Gilles Paris est radicalement différent : comme dans une tragi-comédie, les personnages passent des larmes au rire et les jeux de mots atténuent les situations les plus dramatiques. À la différence d'un Simon jugeant avec un certain fatalisme le sort des enfants placés au foyer (qu'il compare à « des fleurs sauvages que personne a envie de cueillir », p. 250), Courgette exprime de façon déconcertante le bonheur trouvé aux Fontaines, déclarant que « s'[il] avai[t] pas tué [sa] maman, [il] aurai[t] jamais connu la montagne » (p. 155). Pour mieux transcrire la capacité des enfants à saisir les aspects poétiques et cocasses de l'existence, et à tromper le désespoir, l'auteur s'amuse à mimer leur rapport au langage, jouant sur le double sens des mots, concret et figuré. Courgette s'interroge sur la « poule » avec laquelle est parti son géniteur, Ahmed déclare qu'il est « amoureux » de son père (p. 70) et Camille confond une « femme de mauvaise vie » avec une femme qui a une « vie [...] mauvaise » (p. 119). Certes, *Autobiographie d'une Courgette* donne à voir une réalité très dure, mais, grâce aux ressources dont font preuve ces enfants abîmés par la vie, tous les espoirs sont permis.

Entre récit d'apprentissage et conte moral

En s'attachant au parcours d'un garçon de neuf ans, depuis la mort de sa mère jusqu'au moment où il quitte les Fontaines, après y avoir mûri aux côtés des autres pensionnaires, le roman s'inscrit aussi dans la veine du récit d'apprentissage. En effet, dans ce sous-genre narratif, le lecteur suit l'évolution d'un personnage que de multiples épreuves font grandir et s'affirmer. Ce schéma est très répandu dans les contes, notamment. Et, comme dans ces derniers, le parcours initiatique du héros d'*Autobiographie d'une Courgette* recèle différents niveaux d'interprétation.

Le premier consiste à voir dans ce roman l'histoire merveilleuse d'un enfant qui, d'abord orphelin, finit par être adopté, après un an d'aventures au foyer. Une lecture plus symbolique conduit à associer le cheminement d'Icare à une quête d'identité. Privé de père, l'enfant est également dépourvu de nom de famille, autrement dit de « patronyme » (notons que le mot vient de « patronymique », lui-même transcrit du grec *patrônumikos*, « qui porte le nom du père », formé sur *pâter*, *patros*, « père »). De plus, rebaptisé « Courgette » par sa mère, il est aussi dépossédé de son prénom. Ainsi se trouve-t-il dessaisi de deux éléments majeurs dans la constitution d'une identité, qui permettent à chacun de se penser comme individu unique. Pire, par le sobriquet dont l'affuble sa mère, il est réduit à n'être qu'une « petite courge », « une courgette » : « mais qu'est-ce que j'ai fait au bon Dieu pour avoir une Courgette pareille ! » (p. 19), « c'est pas vrai, c'est pas une Courgette que j'ai, c'est une andouille », s'exclame sa mère (p. 56). Que l'article indéfini précède le nom dans ces expressions est hautement significatif : le surnom est relégué à son statut premier de nom *commun*. Aux côtés de Raymond, Rosy, Camille, monsieur Paul et même « Crâne d'œuf » (l'éducateur), Courgette apprend à s'affirmer : « Mon nom c'est Courgette », « Appelle-moi Courgette » – ces deux phrases reviennent comme un refrain, et sont martelées avec fierté par le garçon tout au long du texte. En outre, le meurtre de sa mère coïncide symboliquement avec un nouveau départ pour lui. Il lui permet de grandir. Au foyer puis chez Raymond, il apprend à quitter l'enfance malheureuse qui était la sienne pour se construire dans un environnement différent. Lui qui vivait dans la privation avec sa mère et qui ne connaissait la réalité que par l'image, virtuelle, qu'en donnait la télévision, il découvre ce qu'est l'amitié (grâce à Simon), ce qu'est l'amour (grâce à Camille), ce que sont un père et un frère (grâce à Raymond et Victor) mais aussi de vrais loisirs (vacances à la mer et à la montagne, sorties au restaurant et au cirque) et le plaisir de fêtes partagées (Noël et les anniversaires). Après une année de péripéties au foyer des Fontaines, Courgette entre dans un nouvel âge puisque, à la fin du roman, le héros s'apprête à souffler ses bougies. Arrivé au seuil de sa onzième année, il prend conscience qu'il est aimé et que Raymond veut l'adopter. Les épreuves sont derrière lui. L'histoire se termine en conte de fées, à l'exact opposé de ce que laissait présager la situation initiale. Icare, celui qui, comme son double mythologique [1], avait des problèmes avec le ciel au début du récit, les a finalement résolus : « Je lève les yeux au ciel : bleu et presque sans nuages. Je m'en fiche maintenant. J'ai plus envie de tuer le ciel. Et j'ai trouvé plus grand sur terre. »

Une autobiographie ?

Sur le point de commencer votre lecture, vous vous interrogez peut-être encore sur la nature du texte que vous allez lire : *Autobiographie d'une Courgette* est-il un roman auto-

1. Dans la mythologie grecque, Icare est le fils de l'architecte Dédale qui lui construit des ailes pour lui permettre de voler. Il les fixe aux épaules d'Icare avec de la cire et lui recommande de ne pas trop s'approcher du soleil pour que la cire ne fonde pas. Mais Icare ne tient pas compte de ces mises en garde et s'élève si haut que ses ailes finissent par se détacher. L'adolescent tombe alors dans la mer qui se referme sur lui.

biographique ? Gilles Paris a soin de préciser qu'il n'est pas Courgette [1]. Que l'auteur ne soit pas le personnage-narrateur constitue une entorse au genre de l'autobiographie pourtant annoncé dans le titre et qui se définit comme « un récit rétrospectif en prose qu'une personne réelle fait de sa propre existence [2] ».

À défaut de se prendre lui-même pour sujet d'écriture, Gilles Paris aurait-il pris un enfant réel pour héros de son œuvre ? Une nouvelle fois, l'auteur rejette cette idée : certes, son roman est réaliste et véridique – ce qui y est rapporté correspond au quotidien d'un enfant placé en foyer –, mais il ne s'agit pas d'une biographie. Courgette n'a jamais existé : il est un être de fiction, créé au plus près du réel, condensant plusieurs vies d'enfants des centres d'accueil. À cet égard, la note de l'auteur qui précède le texte ne permet aucun doute : « La fiction est trompeuse » ; si l'inspiration provient d'une « certaine réalité », « l'imaginaire de l'auteur a fait le reste ».

Bien que fictive, cette autobiographie donne l'illusion d'une « vraie » : le présent de narration plonge le lecteur dans le temps de l'action et la rend vivante ; l'utilisation du point de vue interne et l'emploi de la première personne du singulier permettent au lecteur d'adopter la vision d'un enfant et de s'identifier au narrateur ; le langage familier et enfantin de Courgette confère à son discours une spontanéité qui fait croire à son authenticité… Par tous ces aspects, et par la bienveillance qui caractérise le héros, l'œuvre de Gilles Paris est bien une vraie fausse autobiographie fictive très attachante…

---

1. Voir son interview, p. 277.

2. Philippe Lejeune, *Le Pacte autobiographique*, Seuil, 1975.

Autobiographie d'une Courgette

à Laurent C.

Note de l'auteur

Je tiens à remercier Jacqueline Vialatte, directrice des Pressoirs du Roy, ainsi que les éducateurs et la psychologue de cette maison d'accueil pour les précieux conseils apportés en cours d'écriture de ce roman.

Merci également à Pascal Lagarde, l'instituteur de Forges, et à Marie-Anne Baulon, juge des enfants à Bobigny.

Qu'ils ne cherchent pas à se reconnaître dans *Autobiographie d'une Courgette* : la fiction est trompeuse.

D'autre part, si je me suis inspiré des Pressoirs du Roy et de l'école de Forges, si j'ai respecté une certaine réalité factuelle et légale, l'imaginaire de l'auteur a fait le reste.

Qu'ils me pardonnent donc certaines libertés…

1

Depuis tout petit, je veux tuer le ciel à cause de maman qui me dit souvent :

« Le ciel, ma Courgette, c'est grand pour nous rappeler qu'on n'est pas grand-chose dessous. »

« La vie, ça ressemble en pire à tout ce gris du ciel avec ces saloperies de nuages qui pissent que du malheur. »

« Tous les hommes ont la tête dans les nuages. Qu'ils y restent donc, comme ton abruti de père qui est parti faire le tour du monde avec une poule. »

Des fois, maman dit n'importe quoi.

J'étais trop petit quand mon papa est parti, mais je vois pas pourquoi il aurait emmené une poule au voisin pour faire le tour du monde avec. C'est bête une poule : ça boit la bière que je mélange aux graines et après ça titube[1] jusqu'au mur avant de s'écrouler par terre.

Et c'est pas sa faute si maman raconte des bêtises pareilles. C'est à cause de toutes ces bières qu'elle boit en regardant la télé.

Et elle râle après le ciel et elle me tape dessus alors que j'ai même pas fait de bêtises.

Et je finis par me dire que le ciel et les coups ça va ensemble.

---

1. Avance en vacillant.

Si je tue le ciel, ça va calmer maman et je pourrai regarder tranquille la télé sans me prendre la raclée du siècle.

2

Aujourd'hui, c'est mercredi.

La maîtresse dit que « c'est le dimanche des enfants ».

Moi, je préfère aller à l'école. Maman regarde la télé et j'ai envie de jouer aux billes avec Grégory, mais Grégory habite loin et il peut plus dormir à la maison depuis que nos mamans se sont disputées à cause du ballon et de la fenêtre cassée. Maman a dit dans le téléphone que Grégory était « un vaurien » avant de raccrocher sur un « sale pute » à cause de la dame qui gueulait « c'est toujours mieux qu'une alcoolique ».

Je dis à maman « viens jouer avec moi aux billes » et maman dit à la télé « attention, il est derrière toi, il va te tuer » alors j'insiste et maman parle à la télé « il est vraiment con celui-là » et je sais pas si le con c'est moi ou le monsieur qui vient de se faire buter alors que maman l'a prévenu.

Je monte dans ma chambre et je regarde par la fenêtre le fils au voisin qui n'a jamais besoin de personne pour s'amuser. Il grimpe sur un cochon comme si c'était un âne et il rigole tout seul. Moi, je suis triste, alors je vais dans la chambre à ma mère avec le lit pas fait et les habits par terre et je fais son lit et j'ai besoin d'une chaise pour poser ses affaires sur la montagne du panier à linge sale et après je sais plus quoi faire alors je fouille et dans un tiroir de la commode, sous la pile de chemises pas repassées, je trouve un revolver.

Je suis super content, je me dis « je vais aller jouer avec dans le jardin ». Je sors, l'air de rien, avec le revolver caché dans mon pantalon.

De toute façon, maman me regarde pas, elle dit à la télé « cette fille-là, elle est pas pour toi mon gars ! ».

Une fois dehors, j'ai pas à viser. C'est grand le ciel.

Je tire une fois et je tombe par terre.

Je me relève et je tire une deuxième fois et je retombe.

Maman sort de la maison. Elle boite à cause de sa mauvaise jambe et elle hurle « c'est quoi ce bordel ? » et elle me voit avec le revolver à la main et elle me crie dessus « mais qu'est-ce que j'ai fait au bon Dieu pour avoir une Courgette pareille ! T'es bien le fils à ton père ! Et donne-moi ça petit con ».

Et elle essaye de me retirer le revolver des mains.

Je dis « mais tout ça c'est pour toi, je veux plus que tu me cries dessus » et je lâche pas le revolver et maman tombe en arrière.

Elle gueule « saloperie » en se tenant la mauvaise jambe et je dis « t'as mal ? » et elle me donne un coup de pied avec l'autre jambe, celle qui gambade [1], et elle me crie « donne-moi ça immédiatement, je te le dirai pas deux fois » et je dis « ça fait deux fois que tu le dis » et je donne pas le revolver

1. Sautille joyeusement.

et elle me mord la main et je tiens bon et je m'accroche à ce que je peux et le coup part et maman bascule en arrière.

3

Je reste longtemps couché dans l'herbe à regarder les nuages.

Je cherche la tête à mon père pour qu'il me dise quoi faire.

J'ai pas tué le ciel.

Juste crevé les nuages qui pissent que du malheur ou alors c'est papa qui m'envoie des larmes pour nettoyer le sang à la robe de chambre à maman.

Au début, je crois qu'elle dort ou qu'elle fait semblant pour me faire une blague, même si c'est pas le genre à faire des blagues, surtout depuis son accident.

Je la secoue un peu.

Elle ressemble à une poupée de chiffon toute molle et ses yeux sont grands ouverts. Je pense aux films policiers où des tas de femmes se font tuer et après elles ressemblent à des poupées de chiffon toutes molles et je me dis « c'est ça, j'ai tué maman ».

Dans ces films, on ne sait jamais ce que deviennent les poupées de chiffon, alors j'attends et la nuit arrive et j'ai super faim et je vais dans la maison manger une tartine de mayonnaise et après j'ose plus sortir.

Je pense aux morts vivants qui se relèvent et vous font peur avec des haches et des yeux qui pendent.

Et je monte au grenier où je suis sûr que maman viendra pas me chercher à cause de sa jambe toute raide.

Je mange les pommes : j'ai pas le courage de jouer au foot avec.

Et je m'endors.

Quand j'ouvre mes yeux, il y a beaucoup de bruit dans la maison et j'ai peur des morts vivants et des poupées de chiffon toutes molles qui m'appellent par mon prénom.

Personne m'appelle plus Icare à part la maîtresse.

Pour tout le monde, c'est Courgette.

Et puis la porte du grenier s'ouvre sur un monsieur que je connais pas et il a pas l'air d'un mort vivant, mais des fois ces gens-là sont très malins, ils se déguisent en êtres humains comme dans « Les Envahisseurs [1] » et je balance toutes les pommes que j'ai sous la main et le monsieur s'écroule par terre.

Après je reconnais le fils au voisin qui déboule avec plein de gendarmes.

L'un d'eux dit « attention aux pommes » en glissant dessus tandis que le fils au voisin se penche sur le monsieur en criant « tu as tué mon papa ! » et un autre gendarme dit « non, ton papa est juste assommé » et le papa se relève et tout ce petit monde-là s'approche de moi et je me dis « c'est la fin du film ».

---

1. Série de science-fiction américaine diffusée à la télévision française dans les années 1970 et 1980. Les « Envahisseurs » sont des extraterrestres colonisant la Terre en empruntant l'apparence des humains.

Je me cache le visage avec mes mains et j'attends la raclée du siècle et je sens qu'on me caresse la tête et j'écarte mes doigts et le papa est assis sur ses talons tout près de moi et il me dit « tu as vu le monsieur qui a fait ça mon garçon ? ».

Tous les gendarmes me regardent et le fils au voisin aussi.

Tous ces yeux sur moi ça me fait un peu peur et je tremble et j'entends une grosse voix qui dit « laissez-moi seul avec le garçon, vous voyez bien qu'il est terrorisé ».

Tout le monde part, sauf le gendarme à la grosse voix qui s'assoit par terre en chassant les pommes avec sa main.

Un gros ventre tout blanc déborde de sa chemise.

« Tu as quel âge, Icare ? »

Je compte sur mes doigts comme ma maîtresse m'a appris et je dis « neuf ans ».

Il sort un petit cahier de sa poche et il écrit un truc dessus. Puis sa grosse voix se fait toute maigre et il me demande ce qui s'est passé et je lui parle des morts vivants et des poupées de chiffon toutes molles et des « Envahisseurs » qui se déguisent en êtres humains.

Le gendarme se gratte la tête en soulevant son képi et il me dit qu'il s'appelle Raymond et que je peux l'appeler comme ça.

« D'accord, je réponds, mais toi, tu m'appelles Courgette. »

Il dit rien, puis tout doucement (si doucement que je lui demande de répéter la question) « et ta maman comment c'est arrivé ? ».

« Ah ça, c'est à cause du ciel. »

Le gendarme regarde ses chaussures pleines de boue et il dit d'une drôle de voix « le ciel ? ».

Alors je parle de mon papa qui a la tête dans les nuages et de sa 404 [1] qui a dit bonjour au vieux chêne en cassant la jambe à maman et du monsieur qui envoyait de l'argent tous les mois pour la nourriture et les chemises à ma taille.

« Et ton papa, il est où ? demande Raymond.

– Mon papa, il est parti faire le tour du monde avec une poule.

– Pauvre petit, dit le gendarme en me caressant la tête, et ça me fait tout bizarre tous ces gens qui me caressent la tête et je recule un peu.

– Et ta maman, elle était gentille avec toi ? dit aussi le monsieur en retirant son képi et ses cheveux sont tout collés dessous et on voit la marque de son képi sur le front.

– Ben, oui, elle fait une bonne purée et des fois on rigole.

– Et quand vous ne rigolez pas ? »

Je réfléchis et je dis « quand je monte dans le grenier ? ».

« Oui, quand tu montes dans le grenier.

– Ça, c'est parce que j'ai fait une bêtise et que je veux pas recevoir la raclée du siècle et me frotter la joue après pour enlever ses doigts, et avec sa jambe toute raide, ça risque pas.

– Et ta dernière bêtise, c'était quoi ?

– Euh, ma dernière bêtise, je crois c'était hier quand j'ai joué avec le revolver.

– C'est pas un jouet, mon petit, le revolver.

– Moi, je voulais pas jouer aux billes tout seul et maman regarde la télé et Grégory vient plus à la maison, alors j'ai rien d'autre à faire, et je sais même pas parler aux cochons comme le fils au voisin.

---

1. Modèle d'automobile de la marque Peugeot, produite dans les années 1960 à 1980.

– Bien, bien, et ce revolver il était où ? me demande Raymond en se grattant la tête, et je me dis qu'il a peut-être des poux ou un truc comme ça.

– Dans la chambre à maman.

– Et ta mère, elle te laissait souvent prendre le revolver ?

– Non, je savais pas qu'elle en avait un. »

(J'ose pas dire que j'ai un peu fouillé.)

Raymond mâchouille son crayon comme un brin d'herbe.

« Et que s'est-il passé ensuite ?

– Ben, je suis sorti dehors avec le revolver et j'ai joué avec.

– C'est pas un jouet.

– Tu l'as déjà dit, monsieur. Si t'avais été là, on aurait pu jouer aux billes.

– Appelle-moi Raymond, je t'ai dit. Bon, alors ce revolver, tu as tiré avec ?

– Oui, je voulais tuer le ciel.

– Tuer le ciel ?

– Ben, oui, le ciel, à cause des nuages qui pissent que du malheur et après maman boit beaucoup de bière et elle crie tout le temps et elle me donne des claques ou des fessées avec ses doigts qui restent longtemps après sur mes joues et sur mes fesses.

– Ta maman te battait ?

– Au début, c'est quand je fais une bêtise, mais des fois, c'est comme ses cris, pour rien, et moi je monte au grenier et je dors avec les pommes. »

Raymond note je sais pas quoi sur son petit cahier et il tire un peu la langue et ça me fait rigoler.

« Pourquoi tu te marres, mon garçon ? me demande la grosse voix à Raymond.

– Tu tires la langue comme le gros Marcel quand il recopie les lignes à la maîtresse. »

Le gendarme sourit et il se gratte encore la tête et je lui demande s'il a des poux et il me répond comme s'il était sourd « et ta maman, tu lui as tiré dessus aussi ? ».

« J'ai pas fait exprès, elle voulait me prendre le revolver, elle était très en colère, elle a dit que j'étais abruti comme mon papa, et le coup est parti tout seul. »

J'essaye pas d'avaler les larmes qui me chatouillent la gorge depuis un moment, elles sortent de mes yeux, et je vois plus rien.

« C'est fini, mon petit, là, calme-toi, prends mon mouchoir. »

Et je frotte mes yeux avec le mouchoir et comme j'ai le nez gros je me mouche dedans.

« Tu as de la famille, mon petit ?

– Non, j'ai personne à part maman. »

Et je lui rends son mouchoir qu'il met dans sa poche.

« Bon, tu vas venir avec moi au commissariat et on va appeler le juge.

– Le juge, c'est le monsieur qui tape avec un marteau et qui envoie les méchants en prison ?

– Tu n'es pas un méchant, mon petit, et tu es trop jeune pour aller en prison. Le juge va t'envoyer dans une maison où il y a des enfants comme toi.

– Et maman, elle vient aussi ? »

Raymond se gratte la tête et dit « ta maman, elle sera toujours dans ton cœur ou dans ta tête, mon petit, mais elle est partie maintenant.

– Elle est partie à la ville ?

– Non, mon petit, au ciel, avec les anges.

– Non, je dis. Elle est pas avec les anges, elle est avec papa. »

4

Quand on entre au commissariat, un gendarme dit en rigolant « alors, Raymond, tu t'es trouvé un coéquipier ? » et Raymond le regarde et le gendarme regarde ses chaussures.

Je m'assois dans son bureau et le gendarme qui ne rigole plus m'apporte un chocolat dans un verre en plastique et il reste avec moi tandis que Raymond téléphone dans le bureau à côté et il me demande ce que j'ai fait pour être là et je dis que j'ai raté le ciel avec mon revolver mais pas maman, et le gendarme reste bouche ouverte jusqu'à ce que Raymond revienne.

« Dugommier, ta bouche, fais gaffe ! Les mouches pourraient s'y loger. Va plutôt me chercher un café. »

Puis se tournant vers moi « bon, mon petit, j'ai parlé avec le juge et je vais t'emmener près de Fontainebleau [1] dans un foyer pour enfants où il y a de la place, tu verras le juge plus tard ».

« C'est quoi un foyer ?

– C'est une grande maison avec des tas d'enfants et des éducateurs pour s'occuper de toi.

– C'est quoi un zéducateur ?

1. Commune d'Île-de-France, très boisée, située à une soixantaine de kilomètres au sud de Paris.

– Un éducateur, c'est un monsieur ou une dame qui va prendre soin de toi.

– Et ils donnent des fessées les zéducateurs ?

– Non, et ils ne crient pas non plus, sauf si tu leur rends la vie impossible, mais t'as pas l'air d'être un sale gosse, mon petit. »

Je sens ma gorge me chatouiller et j'avale mes larmes.

Je balance mes jambes sur la chaise trop haute et je tiens le verre en plastique encore chaud entre mes mains et ça me fait du bien cette chaleur sur mes doigts et la voix de ce gros bonhomme aussi qui s'assoit face à moi, à califourchon sur la chaise.

Il est pas bien rasé le gendarme et il a plein de poils sur la gorge et les autres sortent de ses oreilles. Il transpire sous les bras, sur le front, et juste au-dessus des lèvres, même qu'il avale parfois les petites gouttes d'eau sans faire attention.

« Tu vas rester avec moi dans la grande maison ? je demande doucement.

– Non, Icare, je ne peux pas.

– Bon, on part quand ?

– On part maintenant, dit Raymond en se levant. »

Et il appelle Dugommier qui nous regarde depuis longtemps dans le bureau à côté.

« Tu vas t'occuper de l'affaire Merlin, je reviens en fin d'après-midi. »

Et Dugommier me demande si je veux un autre chocolat et je dis « oui » et Raymond « pas le temps » et je pleurniche et Raymond va chercher le chocolat.

Je le bois à petites gorgées avec les larmes qui tombent dedans et on part après.

Sur l'autoroute, Raymond met la radio et Céline Dion chante et je pense à maman qui chante cette chanson-là quand elle met les fleurs sauvages dans le vase. J'ai le ventre qui parle tout seul et je dis « j'ai faim ».

On s'arrête au Mac Do et je prends un cheeseburger et un Coca et Raymond aussi.

« Ne t'inquiète pas, mon petit, tout va bien se passer », dit Raymond.

Et je rote à cause du Coca et ça fait rigoler Raymond.

« Tu sais, je dis au gentil gendarme, toi aussi tu peux m'appeler Courgette. Je te l'ai dit tout à l'heure, mais t'as pas entendu. Y a que la maîtresse qui m'appelle Icare et des fois je regarde ailleurs comme si elle parlait à quelqu'un d'autre.

– C'est ta maman qui t'appelait comme ça ?

– Oui, et tous mes copains. »

Et on reprend l'autoroute et je regarde les arbres et les maisons et Raymond se regarde dans les petits miroirs en doublant d'autres voitures qui roulent encore moins vite, puis celle au gendarme sort de l'autoroute pour aller sur les petites routes de campagne.

On passe sous un pont et je vois une rivière et Raymond ralentit en disant « on n'est plus très loin ».

Je regarde l'eau grise quand il dit « on est arrivés mon petit. Quelle baraque ! Tu vas être comme un coq en pâte[1] ici ».

Et il sort de la voiture avec ma valise et moi j'y reste parce que j'ai pas envie d'être comme un coq en pâte.

---

1. Tu vas être choyé, bien soigné.

La baraque c'est un château comme dans les films.

Une dame aux cheveux blancs et en robe rouge descend les marches et elle parle avec le gendarme qui porte toujours ma valise et ils me regardent et ils s'approchent de la voiture.

La dame en rouge penche la tête et dit en souriant « viens, Icare, je vais te faire visiter ta nouvelle maison » et je me détache et je sors de la voiture et je regarde que les petits cailloux.

« Je m'appelle madame Papineau, dit la dame aux cheveux blancs. Mais tu peux m'appeler Geneviève. »

Je bouge toujours pas.

J'entends la grosse voix à Raymond « dis bonjour à la dame, Courgette » et je dis « bonjour » aux petits cailloux en pensant « c'est marrant tous ces gens qui veulent qu'on les appelle par leur prénom alors qu'on les connaît pas ».

« Bon, je vais m'en aller, dit le gendarme. C'est pas tout, j'ai du travail qui m'attend. »

Et il dépose la valise sur les marches de l'escalier et il me relève la tête avec son doigt.

« Sois sage, ma Courgette. »

Et il me caresse la tête et je me laisse faire avant de dire « t'en va pas, Raymond ! » et j'attrape sa grosse main dans la mienne et je la porte à mon visage.

« Je viendrai te voir bientôt, mon petit », dit le gendarme en retirant doucement sa main de mon visage et en la rentrant dans sa poche comme s'il emmenait ma caresse avec lui.

Puis il m'embrasse sur le front et il dit en se relevant « quelle misère ces histoires-là » et il monte dans sa voiture.

« Sois un bon garçon, au revoir, madame. »

La dame à lunettes dit « au revoir monsieur et merci ».

Et la voiture à pompon bleu s'en va à reculons.

Et j'ai la gorge qui me chatouille.

Et la dame prend la valise et se tourne vers moi.

« Viens, Icare, tu dois avoir faim. »

Et je dis « non » et elle pose sa main sur mon épaule et on monte les escaliers.

5

Ça fait bientôt trois mois qu'Ahmed fait pipi au lit et qu'il demande tous les matins à Rosy si son papa va venir le voir.

Simon qui est toujours au courant de tout dit que le papa à Ahmed va venir le jour où il s'évadera de la prison et Rosy le regarde avec ses gros yeux et Simon bombe le torse et demande à Rosy d'attacher les lacets de ses tennis qui sont toujours défaits.

Rosy dit « c'est pas la peine de faire le coq avec moi ».

Ahmed, Simon et moi, on partage la même chambre.

La première nuit, Simon m'a dit que j'étais là au moins pour trois ans et que j'avais intérêt à lui beurrer ses tartines le matin et que si je le faisais pas il me pourrirait la vie.

Il est comme ça Simon, à « faire le coq », à menacer les autres, mais si on pousse un peu la voix, il fait plus le mariole.

Le premier matin, j'ai mis du beurre sur la tartine et j'ai écrasé la tartine sur son nez et il m'a attrapé par les cheveux et moi aussi et Rosy nous a séparés avec ses g de ça ici, ou vous serez punis tous les deux pleuré parce qu'il a toujours l'impression d bêtise et des fois on en profite Simon et moi e du doigt même quand c'est pas lui.

Depuis la tartine, Simon m'embête plus et des fois je fais un double nœud à ses tennis comme maman m'a appris à le faire et le soir c'est Rosy qui doit le défaire parce que Simon, s'il pouvait, il dormirait avec ses tennis dans ce qu'il appelle entre nous « la prison ».

Nous on dit « le foyer » et madame Papineau, la directrice, n'est pas contente quand elle nous entend dire ça.

Elle préfère « maison d'accueil » ou « Les Fontaines ».

Quand on fait une bêtise, on est punis.

Ça s'appelle « un travail d'intérêt général [1] ».

On doit ramasser les feuilles mortes sous les arbres ou plier le linge et la « grande sanction » c'est de faire la rampe pleine de poussière sur deux étages.

Le matin, on est réveillés à sept heures par les baisers à Rosy qui nous laisse encore dormir cinq minutes dans le noir et elle allume la lumière et on s'habille en silence avec les vêtements préparés la veille pour pas réveiller les plus petits qui dorment une demi-heure de plus que nous. Elle change les draps à Ahmed qui pleurniche, et après on prend le petit déjeuner dans notre cuisine où tout est déjà prêt. Ça sent le

---

1. Sanction qui consiste à œuvrer pour une collectivité, en guise de réparation de la faute commise.

chocolat et le pain grillé, et on a plus qu'à tartiner avec le beurre et la confiture.

Julien, un gros blond dit « Jujube », prend des céréales dans un grand bol de lait parce que sa maman a écrit « c'est bon pour la santé » sur une carte postale qu'elle a envoyée du Pérou. Depuis elle envoie plus rien et Jujube se trimballe avec la carte postale et des gâteaux dans sa poche, une carte postale tout abîmée, pleine de taches, où on lit plus rien.

Simon dit que le Pérou c'est bon pour la santé à la maman à Jujube, mais pas pour celle à Jujube qui est souvent à l'infirmerie pour un mal au ventre, à la tête, ou au cœur, et des fois Rosy lui met un sparadrap autour du doigt et Jujube va beaucoup mieux et il nous montre son doigt malade qui a rien du tout.

Quand le petit déjeuner est fini, on aide Rosy à tout ranger, sauf Alice qui, avec ses longs cheveux bruns dans la figure, laisse toujours un verre ou un bol lui échapper des mains et après elle bouge plus et Rosy dit « c'est pas grave, mon chou » et Alice cache ses cheveux avec ses bras comme si Rosy allait la battre.

Au petit déjeuner, Alice est souvent assise sur les genoux à Rosy et elle suce son pouce et on ne voit que ça avec ses longs cheveux bruns qui lui cachent le visage. Elle dit pas grand-chose et Simon dit que sa maman boit beaucoup et que son papa aussi et qu'ils lui tapaient tout le temps dessus et qu'ils l'attachaient au radiateur et je me dis que son papa doit être le tueur des femmes blondes, comme à la télé.

Après, on va se laver, et Rosy regarde nos dents pour voir si on les a vraiment brossées et Simon retourne souvent à la salle de bains avec Rosy parce qu'il laisse couler l'eau à la douche sans aller dessous. On l'entend crier rapport à Rosy qui le savonne de bas en haut.

Après on retourne dans nos chambres pour réviser nos devoirs et des fois Rosy passe la tête pour voir si on fait pas des batailles d'oreillers ou des trucs comme ça, sinon plus tard on « fait la rampe ».

Et puis c'est l'heure d'aller à l'école avec l'autocar qui nous attend en bas des escaliers. Rosy vérifie qu'on a bien emporté nos cartables et elle nous embrasse et elle nous serre contre sa grosse poitrine et elle nous abandonne à Pauline et on dévale les marches et Gérard nous dit bonjour quand on monte dans son autocar.

Pauline nous compte sur ses doigts et elle s'assoit à côté de Gérard, et elle le regarde souvent, et Gérard, lui, il s'en fout, il chante plus fort que les cassettes à Julien Clerc ou à Henri Salvador[1] qu'il connaît par cœur.

Pauline et Rosy, elles s'aiment pas beaucoup.

Il faut voir comment Rosy la regarde quand Pauline fume une cigarette avec sa bouche peinte en rouge et ses belles chaussures vernies sous lesquelles elle écrase sa cigarette quand on monte tous dans l'autocar.

On dirait que Rosy la déshabille du regard et Pauline elle tire sur sa cigarette et elle croise ses jambes nues et elle dit « salut Rosy » et Rosy elle fait la sourde.

Une fois Simon est en retard à cause de son cartable et il entend Rosy murmurer entre ses dents (et dans le dos à

1. Julien Clerc (né en 1947) et Henri Salvador (1917-2008) : chanteurs populaires de variété française.

Pauline) « sale petite grue [1] » et depuis on l'appelle entre nous « sale petite grue » et ça nous fait rigoler.

J'aime bien m'asseoir au fond de l'autocar avec Simon.

Ahmed, lui, il est toujours derrière Gérard, et personne va s'asseoir à côté de lui parce qu'il pleurniche souvent.

Jujube aussi il est tout seul avec son sparadrap autour du doigt et il le montre à Pauline et Pauline dit « oh ! le vilain bobo ! » et le gros Jujube est tout content qu'on s'intéresse à lui et il mange un gâteau sorti de sa poche.

Alice est assise au milieu, à côté de Béatrice, une petite Noire aux lunettes roses avec les doigts dans le nez qu'elle fait disparaître dans sa bouche après.

Les frères Chafouin, Antoine et Boris, sont assis à deux rangs des filles. Ils sont inséparables et ils ont toujours des tas de trucs à se dire.

Simon dit qu'ils sont orphelins depuis que leurs parents sont morts dans un accident de voiture et j'ai demandé « c'est quoi des orphelins ? » et Simon m'a répondu « c'est des enfants qui n'ont plus personne pour les aimer » et j'ai dit que Rosy nous aimait tous et Simon a dit « c'est pas pareil » et j'ai dit « si c'est pareil » et Simon m'a dit « t'es con, toi, des fois » et j'ai attrapé ses cheveux et Simon a crié et Pauline nous a séparés et ce soir-là on a « fait la rampe ».

Des fois, quand Simon s'endort, j'écoute les frères Chafouin jouer au « jeu du dictionnaire [2] ».

---

1. Femme facile et intéressée.
2. Jeu qui consiste à retrouver la bonne définition d'un mot entre plusieurs proposées.

Boris dit des mots bizarres : « anorexie », « hémorroïde » ou « épilepsie ».

Et Antoine répond par : « rachitisme », « hypocondriaque » ou « paraplégique ».

Et je comprends rien.

Sinon, Boris met un casque sur ses oreilles et il chante aussi fort que Gérard, sauf que c'est pas les mêmes chansons, et Pauline vient lui retirer son casque qu'elle lui rend plus tard à l'école et Boris boude et il dit « sale petite grue » et ça nous fait rigoler et Boris aussi et il boude plus.

Et quand les frères Chafouin ne parlent pas entre eux, ils font de la couture avec de gros fils de couleur qu'ils piquent sur un cheval qui saute une barrière ou sur un bouquet de roses et ça me fait penser aux fleurs sauvages que je cueille pour ma maman quand je fais une bêtise.

Une fois, Gérard a voulu éviter un chat sur la route et il a donné un grand coup de volant et on est tombés de nos sièges, et les frères Chafouin aussi, et leur aiguille au lieu de piquer le cheval ou le bouquet de roses est entrée dans leur doigt et ils ont même pas crié.

Je les ai vus retirer l'aiguille et se sucer le doigt jusqu'à ce que le sang disparaisse tandis que Pauline vérifiait si personne s'était fait mal et tout le monde allait bien sauf Jujube qui disait que son pied était cassé et il pleurnichait et Pauline a massé le pied qui n'était pas cassé du tout et Simon a dit « c'est juste pour se rendre intéressant ».

Et puis l'autocar à Gérard entre dans un parc et on est arrivés à l'école, juste à côté d'une grande maison aux volets gris où d'autres enfants dorment la nuit.

À croire que par là, c'est le pays des enfants qui ont plus personne pour les aimer.

L'instituteur s'appelle monsieur Paul et il est très gentil avec nous. Il nous apprend la géographie de la France avec de grandes cartes qu'il accroche au tableau et j'ai un peu de mal à comprendre comment toutes les maisons des gens rentrent là-dedans.

J'ai demandé où était la rivière en pensant à Raymond qui vient me voir tous les dimanches et monsieur Paul m'a montré une sorte de serpent qui part de « la grande ville » et qui « se jette dans les bras d'autres rivières ».

Monsieur Paul dit n'importe quoi, les rivières ont pas de bras.

Et pourquoi pas des yeux ou une bouche pendant qu'on y est ?

Quand on apprend pas la géographie, monsieur Paul nous raconte l'histoire des gens qui étaient là avant nous, les hommes de Cro-Magnon. Ils ressemblaient à des singes et ils ont inventé le feu en frottant deux pierres l'une contre l'autre. Ils vivaient tous ensemble dans des grottes avec des peaux de bêtes sur le dos et pour manger ils chassaient des animaux avec des armes qu'ils fabriquaient eux-mêmes comme les arcs, avec un morceau d'arbre et une liane au bout de laquelle ils plaçaient des flèches taillées dans la pierre tranchante.

J'ai demandé à monsieur Paul si Tarzan était un homme de Cro-Magnon et toute la classe a rigolé et je suis devenu tout rouge et j'ai même pas entendu la réponse à monsieur Paul et après j'ai plus posé de questions.

Simon voulait savoir si les hommes de Cro-Magnon se lavaient ou pas et l'instituteur a dit que le savon existait pas encore, ni les douches, ni les baignoires, et que les hommes de Cro-Magnon se lavaient par hasard quand ils tombaient dans l'eau et Simon a dit tout fort « le savon a été inventé par les parents pour embêter leurs enfants » et tout le monde a rigolé même monsieur Paul.

Béatrice, la petite Noire, mangeait ses crottes de nez et monsieur Paul lui a demandé si elle voulait son doigt et elle a dit « non merci ».

Alice suçait son pouce avec ses cheveux dans la figure et monsieur Paul les a attachés derrière ses oreilles avec un élastique et Alice s'est laissé faire, toute tremblante.

On a vu deux yeux noirs apeurés, une petite bouche sans lèvres, un nez en trompette et des centaines de taches de rousseur.

Monsieur Paul a dit « tu verras mieux le tableau » et Alice a fait « oui » avec la tête tandis que ses bras cachaient son visage et l'instituteur s'est assis sur son bureau et Alice s'est enfuie de la classe et monsieur Paul est parti à sa recherche.

Quand ils sont revenus, monsieur Paul la tenait par l'épaule.

Nous, on était debout sur les bureaux et on se prenait pour les hommes de Cro-Magnon et on criait « onga onga » et la grosse voix à monsieur Paul nous a fait redescendre de nos montagnes, sauf Simon qui criait encore « onga onga », et il s'est fait tirer l'oreille par monsieur Paul jusqu'au coin du mur où il a dû rester les mains derrière le dos sans bouger jusqu'à la récré.

Quand la cloche sonne, l'instituteur frappe dans ses mains et nous met tous dehors et il a du mal parce que y en a toujours trois ou quatre qui préfèrent monsieur Paul à la récré, mais ceux-là, c'est pas les enfants du foyer.

Le gros Jujube dit qu'il a mal au cœur ou au ventre et il va à l'infirmerie et on soigne son mal au cœur ou au ventre avec un sparadrap sur le doigt, et il nous montre son doigt et le petit Simon et moi, on s'en fout, on joue aux billes ou à chat avec les frères Chafouin et Ahmed.

On se mélange pas trop aux autres enfants et ils ont pas intérêt à nous montrer du doigt parce que la dernière fois même Béatrice, la petite Noire, a retiré ses doigts du nez pour les planter dans les yeux du garçon qui s'était moqué de nous. Nous, on lui donnait des tas de coups de pied, même Alice, sauf qu'elle avait enlevé l'élastique à monsieur Paul et que son pied a frappé le gros Jujube qui s'est mis à crier plus fort que le garçon par terre.

La maman au garçon est venue voir monsieur Paul et l'instituteur nous a pris à part à la fin de la classe et nous a demandé de plus recommencer et nous on a dit « oui, monsieur Paul » en croisant nos doigts derrière le dos.

Dans la classe, il y a bien des enfants qui ne sont pas au foyer mais ceux-là ils nous embêtent jamais.

Comme dit Simon « ils nous regardent comme si on était des loups ».

Le jour où Béatrice a retiré ses doigts du nez, j'ai demandé à Simon, qui sait tout, pourquoi Béatrice était au foyer.

Simon a dit « le papa à Béatrice a fait des papouilles à sa fille et il aurait mieux fait de les faire à sa femme qui est allée voir les gendarmes et depuis le papa à Béatrice est en prison avec le papa à Ahmed ».

J'ai dit « c'est quoi des papouilles ? » et Simon a répondu « ben, c'est quand tu joues avec ta langue » et des fois je me demande comment il fait Simon pour savoir autant de choses.

À midi, on mange à la cantine dans la grande maison aux volets gris, et tous les enfants de toutes les classes aussi, et ça fait beaucoup d'enfants. L'instituteur et Pauline sont assis avec les grandes personnes et Pauline elle regarde monsieur Paul, et monsieur Paul il s'en fout, il nous regarde nous, les enfants du foyer.

Béatrice, la petite Noire, mange surtout avec ses doigts qu'elle sort de son nez pour l'occasion et des fois monsieur Paul vient à notre table et il essuie les mains à Béatrice avec la serviette pleine de taches et il lui donne une fourchette et Béatrice se regarde dedans comme si c'était un miroir. Et quand monsieur Paul regarde ailleurs, Béatrice fait tomber la fourchette et elle prend la purée avec ses doigts et monsieur Paul la laisse faire parce que Boris et Antoine balancent les petits pois avec leur cuillère sur les enfants à la table voisine qui en font autant. Ou parce que Alice veut rien manger.

Ahmed, lui, il aime bien manger la bouche ouverte et on entend que lui.

Le gros Jujube est toujours le premier à vider son assiette et des fois il se bat avec Ahmed pour finir celle à Alice et ils tirent chacun de leur côté et le contenu se renverse souvent sur la table et Pauline dit « c'est pas vrai ces gosses » et on peut lire « sale petite grue » sur les lèvres à Boris et ça nous fait rigoler.

L'après-midi, monsieur Paul nous apprend à construire une maison. Ça sent la colle et le bois et le gros Jujube dit que ça lui donne mal au cœur et nous on dit « tu fais chier, Jujube ».

Monsieur Paul scie les planches et met de la colle dessous et nous, on construit « la maison de nos rêves » avec de la fausse herbe autour et des bouts de chiffon aux fenêtres.

Simon a mis des barreaux à toutes ses fenêtres et il a pas voulu de la fausse herbe « chez moi, c'est que du béton » et il a pas collé la cheminée sur le toit « chez moi, on fait pas de feu » et je lui ai demandé « c'est où chez toi ? » et il m'a répondu « la grande ville » et j'ai dit « pourquoi t'es au foyer ? » et il a pas répondu.

Alice a oublié le toit « pour voir les étoiles et la lune ».

Béatrice a mis de la fausse herbe et les frères Chafouin ont fait une maison toute en verre « comme ça tout le monde nous voit » et Ahmed a rien fait et il pleurnichait et monsieur Paul est venu l'aider mais Ahmed a dit « la maison de mes rêves, elle existe pas » et il a quitté la classe et monsieur Paul est parti à sa recherche après nous avoir dit « attention quand je reviens pas de onga onga ».

Et nous on était super sages, on collait des petits animaux sur la fausse herbe, sauf Boris qui a reniflé la colle et après il était tout bizarre et monsieur Paul a dû l'emmener à l'infirmerie avec Ahmed qui voulait plus quitter la main à l'instituteur.

Monsieur Paul, il est comme ça avec les enfants. Simon dit qu'il en a six à lui et que si personne vient nous voir le samedi ou le dimanche au foyer, madame Papineau, la directrice, nous laisse dormir chez lui.

« Toi, tu as le gendarme qui vient te voir, tu as de la chance. »

Et j'ai dit « oui » en pensant aux bonbons à Raymond.

Quand l'école est finie, on range nos cahiers et nos crayons et nos livres dans le cartable et on dit au revoir à monsieur Paul, surtout Ahmed qui veut plus lâcher sa main, et on remonte dans l'autocar à Gérard avec Pauline qui nous compte sur ses doigts et on reprend nos places.

Gérard allume sa boîte à musique et des fois Simon, Gérard et moi, on chante le « Juanita Banana » à Henri Salvador et Pauline chante « pitié ! » et c'est nul : c'est même pas dans la chanson.

Quand on arrive au foyer, on va tous voir madame Papineau pour lui raconter notre journée et lui montrer la maison de nos rêves, ou pour prendre des bonbons qui sont dans l'armoire.

L'autre jour, Béatrice a encore demandé à madame Papineau, avec ses doigts dans le nez, si elle pouvait parler avec sa maman dans le téléphone.

Simon dit que la maman à Béatrice promet toujours de venir la voir et qu'elle vient jamais et que Béatrice descend l'escalier quand elle entend une voiture et que c'est toujours la voiture à quelqu'un d'autre et que le dimanche soir elle est pas belle à voir avec ses yeux tout rouges.

Madame Papineau a répondu à Béatrice « viens me voir à 19 heures, on appellera ta maman » et elle a dit ça avec un grand sourire comme si cette fois ça allait marcher.

Le dimanche, Raymond est venu me voir mais aucune voiture est venue pour Béatrice. Rosy l'a prise dans ses bras et on voyait la tête à Béatrice perdue dans la grosse poitrine et ses épaules danser sous les caresses à Rosy.

Après les bonbons à la directrice, on va goûter avec Rosy qui nous mange avec ses baisers et ça sent le chocolat et le pain grillé et Alice grimpe sur les genoux à Rosy et Rosy réussit à lui faire avaler une tartine de confiture en écartant ses longs cheveux bruns.

Ensuite, on fait nos devoirs et Rosy vient souvent aider Ahmed qui pense que deux et deux font huit. Quand Rosy est là, on s'applique Simon et moi, et on répond à la place d'Ahmed et Rosy dit « vous n'avez rien d'autre à faire ? » et nous on dit « non » et Rosy lève les yeux au plafond parce que Ahmed pleurniche.

Après on va à la douche et Simon dit « on va finir par fondre avec toute cette eau chaude » et Rosy le surveille.

Quand on est propres, on peut aller jouer et comme c'est l'hiver, on joue dedans.

Alice habille sa poupée avec un pantalon sur lequel elle met une robe et deux pulls et elle tire les cheveux à la poupée et elle lui donne des fessées « vilaine fille, tu es une très vilaine fille ».

La poupée à Béatrice est toujours toute nue.

Béatrice la serre contre elle et elle lui chante des chansons.

Un jour, elle m'a dit avec ses doigts dans le nez « chez moi, il y a toujours du soleil, et ma maman, elle s'habille avec un maillot de bain et c'est tout, et bientôt elle va venir me voir avec le soleil » et elle a ri et j'ai vu ses petites dents très blanches et sa langue toute rose.

Boris et Antoine jouent « au jeu du dictionnaire » et personne veut jouer avec eux, et Simon, Ahmed et moi on joue à chat, ou à cache-cache et c'est toujours Ahmed qui perd et après il pleurniche.

Un jour, Simon et moi on a enfermé Ahmed dans le placard où il s'était caché. C'est Rosy qui l'a trouvé et elle avait l'air inquiète et Simon et moi on a rien dit sauf à Ahmed « t'as intérêt à la boucler » et Ahmed il a rien dit de la soirée.

Après le dîner, on va se brosser les dents et on attend au fond du lit le baiser à Rosy. Et des fois, Rosy renvoie Simon à la salle de bains rapport au persil coincé entre ses dents.

Au début, moi je voulais regarder la télé tous les soirs, mais « la télévision c'est uniquement le lundi soir », dit Rosy.

Et encore, on regarde des dessins animés à cause des plus petits, comme l'histoire de « La Belle au bois dormant » qui attend des années sous une cloche de verre que son prince vienne la délivrer. Et il en met du temps le prince, à croire qu'il se demande s'il va venir ou pas.

Le mardi soir, c'est piscine.

Tous les enfants du foyer peuvent venir et l'autocar à Gérard est plein à craquer de « mômes surexcités » comme dit Pauline qui est habillée comme dans les films à James Bond. Elle porte une robe super moulante et ses yeux sont peints en vert ou en mauve et sa bouche toute rouge est énorme et elle porte des tas de bijoux aux poignets et sur ses doigts et autour de son cou.

Il faut voir Rosy quand elle regarde Pauline.

C'est pas des yeux qu'elle a, c'est des mitraillettes.

Simon dit qu'avec des yeux pareils elle zigouillerait aussi les deux autres zéducateurs, Michel et François, qui viennent avec nous à la piscine rien que pour faire la route avec Pauline.

Simon, qui sait tout, a dit un jour « la sale petite grue va retrouver un fiancé. Je les ai aperçus un soir en sortant plus tôt de la piscine. Ils étaient appuyés contre le car à se faire de sacrées papouilles, même que le fiancé avait relevé la robe super moulante avec sa main et qu'il cherchait un truc dessous et Pauline disait "oh ! oui ! oh ! non ! pas ici, oh ! oui !" et elle essayait de l'aider mais le fiancé il a rien trouvé et il a enlevé sa main et Pauline a tiré sur sa robe et le fiancé est parti en disant "à tout à l'heure ma puce" ».

Simon a dit aussi « ça lui va bien, la puce, parce que les puces ça saute sur les gens et Pauline quand il y a un homme pas loin, elle est toujours prête à lui sauter dessus ».

Je sais pas où il va chercher tout ça Simon.

Des fois, avant d'éteindre la lumière, Rosy nous chante une berceuse.

« Le jour s'endort sous les yeux des étoiles, le soleil est fatigué, il est l'heure d'aller se coucher. Seul le chat sur le toit joue aux ombres chinoises, l'araignée dans les prés file un rêve argenté. »

Et Ahmed s'endort toujours avant la fin.

6

Le mercredi, on joue au foot et après, quand il pleut pas, on va se promener dans la forêt avec Michel et François.

Michel a les cheveux longs et une barbe noire qui mange tout le bas à son visage.

Simon dit qu'il cache un secret dedans et je demande « quel secret ? » et Simon répond « le secret des barbus » et je comprends rien.

Des fois, j'enfonce mes doigts dans sa barbe et c'est un peu comme la mousse autour des arbres et je trouve pas de secret.

Michel est très vieux aussi. Il a au moins quarante ans.

Et il porte des habits trop larges.

Boris dit qu'il doit avoir un frère plus grand qui lui donne tous ses habits et je me dis que j'aurais bien aimé avoir un frère, moi aussi, qui m'aurait donné des vêtements trop grands, mais que maman elle préférait boire de la bière plutôt que d'aller m'acheter un frère.

Des fois, elle me manque et j'ai bien compris qu'elle viendra jamais me voir au foyer.

Raymond est retourné à la maison pour prendre tous mes habits et il dit que ma maison est « sous scellés [1] ».

« Ça veut dire quoi ? j'ai demandé.

– Ça veut dire que plus personne ne peut entrer.

– Et si maman en avait marre d'être au ciel avec papa et qu'elle avait envie d'une bière, comment elle fait si elle peut plus entrer ? »

Et Raymond m'a répondu qu'au ciel il y avait même de la bière et que maman y resterait pour toujours et que je la reverrais jamais et j'ai pleuré.

J'en ai parlé à Rosy.

---

1. « Scellé » est dérivé du mot « sceau », qui désigne un cachet de cire servant initialement à fermer un courrier officiel. Mettre une maison *sous scellés* consiste à apposer deux sceaux reliés par un ruban sur la porte d'entrée pour empêcher quiconque d'y accéder.

« C'est quoi ces bêtises ? a dit Rosy. Il n'y a pas de bière au ciel. Ta maman, elle joue de la harpe.

– C'est quoi une harpe ?

– C'est un instrument de musique.

– Ah bon, ça m'étonnerait qu'elle joue de la harpe comme tu dis parce que à part la bière, la télé, la foire à tout et les chansons à Céline Dion, maman s'intéresse à rien. »

Rosy m'a pris le visage entre ses mains : « il ne faut pas dire ça, ma Courgette, ta maman elle s'intéressait surtout à toi. Toutes les mamans aiment leur petit même quand elles ne le disent pas ».

François, l'autre zéduc, il a plus de cheveux et des fois, quand Boris rate le ballon, il dit « c'est la faute à Crâne d'œuf » et ça nous fait rigoler sauf François Crâne d'œuf qui dit à Boris « si je t'entends encore une fois m'appeler comme ça, tu iras ramasser les feuilles sous les arbres » et Boris il le dit uniquement à ceux qui savent lire sur les lèvres.

C'est-à-dire nous, les enfants du foyer.

Au foot, on réunit que les garçons parce que c'est pas un sport pour les filles.

Les filles, ça joue au volley-ball ou à la poupée ou à la couture.

Au foyer, on est au moins quarante enfants.

Chaque groupe de dix a sa cuisine, son salon et ses chambres et on se mélange pas entre nous sauf au foot, à la piscine, ou quand on va se promener dans la forêt.

Sauf que Simon, Ahmed et moi, on tient pas trop à connaître les autres mômes parce qu'on est bien entre nous.

Au foot, on leur fait des croche-pieds quand les zéducs regardent ailleurs et des fois ils pleurnichent en tombant et nous on dit « c'est rien que des menteurs » quand ils nous montrent du doigt.

Simon et moi on accuse aussi Ahmed si ça tourne mal, et Ahmed il sait qu'il a « intérêt à la boucler » alors il dit « j'ai pas fait exprès » et il pleurniche et le zéduc dit « penalty » et on retourne jouer au foot.

Dans notre camp c'est toujours Antoine qui tire le penalty.

On dirait qu'il a mangé du lion : il envoie la balle super loin et une fois on l'a jamais retrouvée.

Dans le camp des ennemis, c'est Aziz qui tire le penalty sauf qu'il nous regarde nous et pas le filet, et un jour Boris a pris le ballon en pleine figure.

Boris, il ressent jamais rien.

Crâne d'œuf est devenu tout blanc alors que le sang à Boris sortait par le nez. Il est parti à l'infirmerie avec Boris, et Aziz a dit au barbu « j'ai pas fait exprès » en nous regardant très méchamment Simon et moi.

Boris est revenu avec un sparadrap sur le nez.

Crâne d'œuf, lui, est resté à l'infirmerie.

On est allés se promener dans la forêt et j'ai demandé à Boris « ça fait mal ? » et Boris a répondu « non » et j'étais super impressionné.

On voulait tous se venger d'Aziz sauf Jujube qui boudait à cause du sparadrap. Antoine a fait le croche-pied et Aziz est tombé dans une flaque d'eau. Quand il s'est relevé, il était tout sale et il pleurnichait. Il a dit qu'on l'avait poussé et nous on a dit « n'importe quoi » et le barbu est reparti avec Aziz et nous on a continué à sauter dans les flaques d'eau et à écraser le bois mort sans personne pour nous surveiller.

7

Le vendredi, après le goûter, je vais voir la psychologue.

Madame Colette me montre des dessins à l'encre noire et je dois dire à quoi ça me fait penser, ou elle me donne de la pâte à modeler et je fais ce que je veux avec.

Dans son bureau, y a aussi des crayons à couleurs et je peux dessiner si je m'embête et une fois j'essaye de dessiner le théâtre à marionnettes.

Je montre mon dessin à madame Colette qui dit « intéressant » et je vois pas ce qu'elle trouve d'intéressant vu que je l'ai raté son théâtre et que ça ressemble plutôt à une boîte rouge avec un ruban que j'ai dessiné dessus comme sur les cadeaux et je sais pas pourquoi.

Quand elle me montre ses dessins à l'encre noire, je dis ce qui me passe par la tête :

« C'est un mort vivant qui joue de la trompette. »

« C'est une vache qui mange un singe. »

« C'est le revolver du tueur des femmes blondes. »

Elle dit « et d'où il vient le revolver ? ».

Et je réponds « ben, du journal télévisé ».

Des fois je me demande où elle va chercher ses questions.

Après les dessins à l'encre noire, elle me demande ce que j'ai envie de faire et je dis « j'ai envie d'aller jouer avec Simon et Ahmed » et elle me laisse partir. Ou j'attrape la pâte à modeler et je joue avec et je fais des monstres comme dans *La Guerre des étoiles* [1] et madame Colette elle me demande ce que c'est, à croire qu'elle regarde jamais la télé.

Des fois, je sais pas ce que je fais et ça ressemble à rien et madame Colette elle, elle a toujours une idée.

Elle dit « c'est un cœur ? » et moi je sais pas où elle le voit le cœur et je dis « non » et elle dit « c'est une balle ? » et ça continue longtemps jusqu'à ce que je dise « oui » parce que je sens bien que ça lui fait plaisir et des fois je dis « c'est rien du tout, c'est nul » et elle dit « il ne faut pas dire ça, Courgette. Ce n'est pas nul. Ce qui compte c'est d'essayer de faire quelque chose qui ressemble à quelque chose. Tu comprends la nuance ? » et je fais oui avec la tête parce que j'ai envie d'aller jouer avec Simon.

« Tu penses des fois à ta maman ?

– Oui, quand je regarde la télé le lundi soir ou quand le barbu boit une bière en cachette dans la forêt ou quand j'en parle avec Rosy ou avec Raymond. »

Elle regarde ses papiers et elle dit à voix haute :

« Et Raymond, tu l'aimes bien ?

– Oh oui, il est très gentil, même que la dernière fois il est venu avec une radiocassette rien que pour moi et il m'a dit qu'il avait un petit garçon de mon âge qui me ressemblait.

– Bien. Et comment ça se passe ici ?

---

1. Titre français de l'épopée cinématographique de science-fiction *Star Wars* créée par George Lucas (les trois premiers épisodes ont paru entre 1977 et 1983 ; trois autres ont vu le jour entre 1999 et 2005).

– Ici, avec toi ?

– Non, aux Fontaines, mais on peut parler de nos rencontres si tu préfères.

– Ben, j'ai pas grand-chose à dire. Tout le monde est très gentil aux Fontaines, sauf ce trouduc d'Aziz, et on mange bien, quoi. »

Des fois, j'en ai marre de toutes ces questions et je lui demande si je peux aller jouer, et madame Colette me laisse partir et avant je range mes dessins dans le tiroir à mon nom.

La première fois, j'ai rayé Icare avec le feutre noir et j'ai écrit Courgette par-dessus avec des crayons de couleur.

Tous les enfants ont un tiroir sauf Simon.

J'ai demandé pourquoi à madame Colette et elle m'a répondu que Simon venait pas la voir et j'ai répété « pourquoi ? » et elle m'a dit que la curiosité était un vilain défaut et elle m'a raccompagné à la porte.

Alors j'ai demandé pourquoi à Simon et il m'a dit « parce que j'ai pas envie d'aller voir la psychologue » et j'ai demandé encore pourquoi et il m'a dit « des fois, tu fais chier la Courgette ».

Je pense que Simon il sait tout sur nous et rien sur lui.

8

Le juge ne ressemble pas au gros monsieur de la télé qui trouve toujours le coupable avant les gendarmes. Il est tout maigre et quand il est debout il remonte sans arrêt son pantalon et je me mords la joue pour pas rigoler à cause de Rosy qui m'a dit cent fois « le juge est un monsieur important et tu ne dois pas te moquer de lui ».

Elle me connaît bien Rosy.

Elle m'a même demandé de cracher par terre après le « croix de bois, croix de fer, si je mens, je vais en enfer » et elle a super insisté.

« Tu dois faire bonne impression, au moins la première fois. Alors surveille ton langage, pas de gros mots, hein, et surtout, tu réponds à ses questions sans faire le malin. »

Madame Papineau est là aussi et c'est normal, on est dans son bureau, elle va pas se promener ailleurs.

La porte est fermée et quand la porte à madame Papineau est fermée, personne ose rentrer à cause des punitions, même la secrétaire ne passe plus sa tête rapport aux yeux à la directrice l'autre jour qui l'ont fait bafouiller un « oh, excusez-moi, je reviendrai plus tard ».

« Dis-moi, mon enfant, tu te souviens de ton papa ? me demande le juge.

– Non, j'étais trop petit quand mon papa est parti faire le tour du monde avec une poule. Des fois je demandais à maman de m'en parler et j'apprenais que des gros mots. Un jour, elle m'a dit que le mal venait toujours des gens de la ville, comme papa, avec leurs souliers vernis et leurs belles paroles qui sonnaient plus faux que le chant au coq.

– Et ta maman, tu te rappelles son accident ?

– Non, c'est elle qui me l'a raconté. Un jour, elle rentrait de la foire à tout où elle avait rien trouvé et elle conduisait la 404 et elle a dit bonjour avec au chêne du voisin qui a été abattu ensuite pour faire un lit et une table au voisin à cause du monsieur et de ses papiers de malheur où c'était écrit "saisi pour dettes impayées". Sur ceux de maman, c'est "personne invalide" et comme mon papa a pas laissé d'adresse et que j'existe, un autre monsieur très gentil a dit à maman qu'elle avait plus besoin de travailler à l'usine et depuis on lui donne de l'argent tous les mois pour acheter des chemises à ma taille et de la nourriture.

– Et comment ça se passait avec ta maman avant l'accident ?

– Super. Quand maman allait encore à l'usine, je me levais avec le réveil qui chantait à mes oreilles. Je me préparais mon petit déjeuner tout seul, un grand bol de chocolat et une tartine à confiture aux fraises, et je courais avec le cartable sur les épaules attraper mon autocar. Quand je rentrais de l'école, maman m'attendait dans la cuisine avec un grand verre de lait et des tartines beurrées avec du sucre en poudre dessus et je lui racontais ma journée, comment j'avais gagné aux billes à la récré avec le gros Marcel, ou le jour où la maîtresse s'était assise sur la chaise avec le chewing-gum à Grégory sous ses fesses et toutes ces lignes qu'on avait dû recopier parce que personne a voulu cafter Grégory à qui on a piqué sa collection d'autocollants après, et maman rigolait et moi aussi. Elle buvait bien une bière, mais pas l'une derrière l'autre. Avant de regarder la télé, elle m'aidait à faire mes devoirs et je regardais pas trop le fils au voisin par la fenêtre et j'avais des meilleures notes à l'école et elle criait pas pour un rien.

– C'est après que ça s'est gâté, mon petit ?

– Oui, elle buvait beaucoup de bière, et elle regardait la télé tout le temps et elle l'éteignait même plus et sa vieille robe de chambre était toute tachée et ses pantoufles toutes trouées pour que ses doigts de pieds prennent l'air. Elle me faisait plus du tout réviser mes devoirs et elle regardait même pas mes notes et elle se fichait bien des rendez-vous à l'école où elle venait jamais. Quand elle criait, et elle criait tout le temps, c'était souvent pour rien, même pas pour une bêtise, comme si j'étais sourd, alors qu'il y avait jamais personne à la maison à part nous deux, et j'allais souvent dans le grenier où j'étais tranquille à cause de sa jambe malade. Je l'entendais crier "Courgette ! Ne m'oblige pas à monter !" mais comme je savais bien qu'elle pouvait pas le faire, je répondais pas et je jouais au foot avec les pommes. Alors elle criait plus fort "espèce de petit salopard, tu vas avoir la raclée du siècle" et je m'endormais à même le sol pour qu'elle oublie de me taper dessus. Le lendemain matin, je filais à l'école sans prendre mon petit déjeuner et le soir je revenais avec un bouquet de fleurs sauvages que j'avais cueilli en chemin. Maman disait "oh ! comme c'est gentil ma Courgette toutes ces belles fleurs. Tu as sûrement quelque chose à te faire pardonner" et moi je disais "oui" avec la tête, et avant d'avoir eu le temps de dire ouf je recevais une claque avec ses doigts qui restaient sur ma joue longtemps après. Je me frottais un peu le visage, je la regardais comme le cow-boy regarde le Peau-Rouge avant de le scalper[1], j'avalais mes larmes, je serrais les poings et je disais "fais gaffe ou je vais te scalper". Maman levait les yeux et disait au plafond "c'est pas vrai, c'est pas une Courgette que j'ai, c'est une andouille" et elle s'en allait mettre de l'eau dans le vase pour les fleurs en chantant un air à Céline Dion. Elle est comme ça maman. Des fois elle crie et puis elle oublie pourquoi elle crie, alors elle chante, ou elle regarde la télé et là, j'existe plus.

– Comment ça, tu n'existes plus ?

– Quand elle avait un truc à me dire, elle le disait à la télé. En rentrant de l'école je trouvais maman enfoncée dans un vieux fauteuil, la télécommande dans une main, la canette de bière dans l'autre. Elle disait à la télé "va te laver les mains" ou "qu'est-ce qu'il attend ce con pour l'embrasser ?", ou "va me chercher une fraîche au frigo" ou "elle s'habille comme une pute, cette pute". Je me lavais les mains. Je lui retirais des siennes la canette vide et je la remplaçais par une fraîche. J'allais dans ma chambre faire mes devoirs pour faire plaisir à la maîtresse, sinon je regardais le fils au voisin par la fenêtre qui se roulait dans la boue avec les cochons et je l'enviais. Des fois je redescendais et je trouvais maman endormie devant la télé avec plein de canettes vides par terre. Si j'éteignais la télé, ça la réveillait et je me prenais une beigne, alors j'éteignais plus la télé, je ramassais ses canettes sans faire de bruit, je jetais tout ça à la poubelle, et je remontais me coucher.

---

1. Pratique des Indiens Peaux-Rouges qui détachaient le cuir chevelu de leurs ennemis vaincus en guise de trophée guerrier.

– Et la télévision, tu la regardais toi aussi ?

– Oh oui, c'est super la télé. J'aime surtout le journal télévisé, on dirait un film avec que des catastrophes et comme ça dure pas longtemps on s'endort pas. Après y a le journal du mauvais temps. La dame annonce de la pluie, des orages et des tempêtes. "Et le tremblement de terre, dit maman à la dame, c'est pour après-demain ?" La dame sourit à maman "le cyclone Amandine venu des Caraïbes est visible grâce à nos photos-satellite". "Maman c'est quoi un cyclone ?" je demande. "Une méchante tempête qui arrache le toit des maisons" elle répond. "Ah bon, je dis. Et pourquoi la méchante tempête s'appelle Amandine ?" Et elle me répond "parce que les méchantes tempêtes sont toujours des femmes comme la poule à ton idiot de père". Je demande "une poule, ça peut arracher les toits des maisons ?". Et elle dit "tu m'énerves, Courgette. Si tu continues avec tes questions, je vais t'envoyer au lit".

– Et tu ne regardais que cela à la télévision ?

– Oh non. "C'est mon choix", "Questions pour un champion", "Ça se discute", "Tapis rouge", "Qui veut gagner des millions", tout ça, quoi. On mangeait devant la télé et après je m'endormais souvent et j'étais réveillé par une canette que maman me balançait dessus avant de dire à la télé "c'est l'heure, va te coucher". Et des fois, quand on regardait un film, maman pleurait beaucoup. Elle disait que les scènes d'amour lui rappelaient mon idiot de papa et elle avalait une gorgée de bière et elle maudissait les hommes "tous des salauds, des feignasses, des lâches", et je lui disais qu'un jour, moi aussi, je serais un homme, et ça la calmait un peu. Elle pleurnichait encore, elle se mouchait dans sa serviette en papier et elle disait “c’est vrai qu’un jour tu seras un homme, mais toi aussi tu m’abandonneras pour une poule”. Et ça repartait pour un tour de larmes. Alors je disais que j’aimais pas les poules et que je la quitterais jamais parce qu’elle faisait trop bien la purée. Ça la faisait rigoler et puis elle disait à la télé “va te coucher” et j’embrassais maman sur le front et je montais dans ma chambre et j’étais malheureux. Je pensais à mon géant de père et à sa tête dans les nuages et je me disais que le ciel avait fait du mal à maman et qu’un jour je la vengerais comme dans les films et que je tuerais le ciel pour qu’on voie plus jamais les nuages qui pissent que du malheur.

– Bien, bien... Tu veux un verre d’eau, mon petit ? demande le juge en mâchouillant son stylo, au-dessus de ses feuilles pleines de mots.

– Oui, merci, monsieur, et après je peux aller jouer ? C’est pas que je m’ennuie avec vous, mais j’ai promis à Simon de le laisser gagner aux billes, même si c’est pas vrai.

– Icare ! dit madame Papineau comme si j’avais lâché un gros mot.

– Non, laissez, madame Papineau. Et puis j’ai pris assez de notes. Juste une dernière question, mon garçon. Tu te plais ici ? »

Je bois le verre d’eau avant de répondre « ben oui, on mange bien, et j’ai plein de copains. Par contre la télé, c’est pas terrible. On peut rien regarder à part les dessins animés dans le magnétoscope. Rosy dit que le journal télévisé, c’est pas pour les enfants, et les films et les émissions non plus. Rosy, elle aime pas la télé. Elle a tort, moi je la vois bien passer à “C’est mon choix” à se regarder toute changée devant le miroir ».

Ça fait rigoler madame Papineau.

Le juge, lui, se lève, et il remonte son pantalon avec un sourire.

« Tu m’as l’air d’être un bon garçon, mon petit, plein d’optimisme. C’est important dans la vie. Surtout dans la tienne, ça t’aidera. »

Je comprends rien, mais je lui rends son sourire en pensant à Rosy qui va être contente.

Je crois que j’ai fait bonne impression.

« Je peux m’en aller maintenant ? »

Et madame Papineau regarde le juge et ils me regardent avec le même regard et c’est plein de tendresse.

« Oui, Courgette, va rejoindre tes copains, dit la directrice. Mais pas de chahut, je ne veux pas vous entendre de mon bureau comme hier.

– Non, c’est promis, madame Papineau. »

Et je pars à reculons et je suis bien content de refermer la porte derrière moi.

9

Aujourd’hui c’est dimanche et j’attends Raymond en allumant la radio qui chante du Aznavour et c’est nul et je change de station avec le bouton et c’est du « disco » comme dit Rosy avec sa bouche à dégoût, mais moi j’aime bien le disco.

Ahmed est parti chez l'instituteur et Simon est parti aussi, mais lui, il a pas voulu dire où il allait.

Ce matin, je suis monté au dernier étage des Fontaines et j'ai frappé à la porte à Rosy.

« Qui est-ce ?

– Ben, c'est moi, Courgette ! »

Et elle a ouvert la porte et elle était en robe de chambre et en pantoufles et ça m'a fait penser à maman sauf que sa robe de chambre avait pas de taches et les pantoufles pas de trous.

« Dis, Rosy, tu sais où il est parti Simon ?

– Oui.

– Alors dis-le-moi ! »

Rosy m'a caressé la tête.

« Pas la peine de crier, mon petit bonhomme, je ne suis pas sourde, mais je ne peux pas te dire où est Simon. C'est à lui de le faire.

– Conneries, j'ai dit. »

Et Rosy s'est fâchée « pas de gros mots avec moi ou tu retournes tout de suite dans ta chambre ».

Je me suis calmé parce que j'avais pas envie de recevoir la raclée du siècle.

« S'il te plaît, Rosy !

– Si tu avais un secret, je ne le dirais à personne, sauf si tu me le demandais. Et Simon ne m'a rien demandé de te dire.

– Il a oublié. »

Rosy a levé les yeux au plafond « allez, sois gentil, n'insiste pas, je ne dirai rien. Et Raymond, il ne vient pas te voir aujourd'hui ? ».

« Si, il va pas tarder.

– Alors retourne dans ta chambre. »

Et elle a claqué sa porte.

Rosy, c'est le seul zéduc à dormir au foyer.

Michel, François, Pauline et les autres, ils ont tous des maisons à eux.

Mais Rosy, elle nous aime trop pour avoir une maison à elle.

Comme ça, le dimanche, elle peut consoler Béatrice et on a le droit de frapper à la porte de sa chambre quand on veut lui raconter une histoire et des fois elle nous fait entrer et elle nous fait boire du thé mais là, j'ai eu ni thé ni rien.

Je suis allé dans ma chambre et j'ai regardé par la fenêtre où on voit le parc, les petits cailloux, les arbres à punition, les grilles noires, et plus loin le chemin plein de goudron, la rivière, et après que de l'herbe, des arbres et des bouts de maisons. Y a juste un âne et il faut pas l'approcher parce qu'il mord. Rosy m'a dit que les enfants l'avaient rendu méchant à force de tirer sur ses oreilles ou sur sa queue.

Et puis la voiture à Raymond avec son petit pompon bleu sur le toit s'est garée sous mes fenêtres et j'ai dévalé les escaliers.

Sa chemise est toujours sortie de son pantalon à cause de son ventre et il transpire sous son blouson comme s'il avait roulé avec le soleil dans sa voiture.

Il ouvre ses bras et je me jette à son cou.

« Ça va, mon petit ? » dit Raymond avec sa grosse voix, et je lui raconte la journée de mercredi quand j'ai joué au foot avec mes copains et qu'on a mis la pâtée à Aziz.

« On dit pas mettre la pâtée. Qui t'a appris ça ?

– Ben, c'est Simon.

– Ah ! celui-là, c'est un sacré garnement.

– C'est quoi un garnement ?

– Un sale gosse.

– Alors pourquoi tu dis pas sale gosse ? Ça, je comprends.

– Parce que ça se dit pas sale gosse.

– Ça fait quand même deux fois que tu le dis ! »

Et on rigole et comme il fait beau, on va se promener sur le chemin plein de goudron.

Je fais disparaître ma main dans la sienne.

Raymond me sourit avec ses yeux et ses gros sourcils se disent bonjour.

« Tiens, je t'ai apporté une photo de mon fils, il s'appelle Victor. »

Et il me montre la photo à Victor dans les bras d'une dame en chemise jaune et je trouve pas que Victor me ressemble.

« C'est qui la dame ?

– C'était ma femme, dit Raymond et il sourit plus avec ses yeux. Elle aussi, elle est partie au ciel.

– Pourquoi ?

– Parce qu'elle était très malade, mais c'est pas des histoires pour toi. Alors, tu ne trouves pas que mon Victor te ressemble ? »

Et je réponds « si » pour lui faire plaisir.

Je suis blond, il est brun, j'ai les yeux bleus, les siens sont marron, et surtout j'aimerais pas qu'on me coiffe pareil.

Moi je passe ma main dedans et c'est fait, pas besoin d'un peigne. Et en plus, il a pas de grain de laideur sur le nez, lui.

Des fois Simon se moque de moi « t'as une mouche sur le nez » et je lui tire ses cheveux et il dit « c'était pour rire » et je dis « moi aussi ».

Raymond a attrapé une herbe qu'il suce entre ses dents.

« Ça te dirait de venir de temps en temps dans ma maison ? »

Je le regarde ranger son portefeuille dans la poche arrière de son pantalon, avec la photo à Victor dedans, et je dis « oui, ça me dit » et il étouffe ma main dans la sienne.

« Je vais en parler à ta directrice. »

Et je me dis que Victor est trop sage pour lui et qu'il a bien besoin d'un sale gosse comme moi.

On va s'asseoir dans l'herbe au bord de la rivière.

« T'as pas froid ? dit Raymond.

– Non. »

Et il enlève son blouson et il m'enveloppe dedans.

Des fois les grandes personnes, ça écoute que dalle.

La première fois qu'il est venu me voir au foyer, ça m'a fait tout drôle de le voir sans son képi et son costume de gendarme. On voit bien qu'il porte un képi rapport à la marque sur son front qui s'en va pas, mais au début Simon et Ahmed ils voulaient pas croire que c'était un gendarme. Et puis ils ont vu la voiture à pompon et depuis Ahmed a peur de Raymond. Simon m'a dit que c'était à cause de son papa qui avait été arrêté et je me demande bien comment il sait ça Simon et j'ai demandé à Ahmed si c'était vrai.

« Ahmed dit que les gendarmes sont des pourris, je dis au gendarme.

– On n'est pas tous des pourris et des fois c'est difficile d'arrêter les gens quand les enfants sont là, mais si on le fait c'est pour leur bien, et des fois on n'a pas le choix. »

Et il se gratte la tête « les enfants n'ont pas choisi d'avoir un père cambrioleur ou pire, et pourtant c'est toujours eux qui payent les pots cassés ».

Je me demande pourquoi le papa va en prison pour des pots cassés.

Et puis on parle encore des méchants et il commence à faire froid et on rentre.

Raymond me serre contre lui et il me dit « sois sage, mon garçon » et je lui rends son blouson et il me pince la joue avant de s'en aller.

Je suis en haut des marches quand j'entends une voiture derrière moi et je me retourne à cause de Raymond qui, des fois, revient juste pour me serrer contre lui, mais y a pas de pompon sur cette voiture-là.

Je vois une dame en sortir avec une petite fille qui me regarde et je me sens tout bizarre comme si j'avais du mal à regarder ailleurs et la dame tire sur le bras à la petite fille « allez, dépêche-toi » et on se regarde toujours avec des yeux terribles.

La dame fait comme si j'étais pas là.

Elle me passe devant et elle pousse la porte au foyer en tirant toujours la petite fille derrière elle.

La porte se referme et je crois bien que la petite fille m'a fait un clin d'œil avant de disparaître.

10

La petite fille s'appelle Camille.

Je pense à elle, même quand elle est là.

Quand elle me regarde, je deviens aussi rouge qu'une fraise.

On dirait une fleur sauvage qu'on veut pas cueillir pour pas qu'elle s'abîme entre vos doigts.

Elle dort dans la chambre à Béatrice et à Alice.

À la cuisine, Alice s'assoit sur ses genoux et elle écarte ses cheveux d'une main pour la manger avec ses yeux noirs tout en suçant son pouce de l'autre.

Béatrice a même proposé ses crottes de nez à Camille qui a dit « non merci ».

Un « non merci » tellement gentil qu'elle donnait l'impression de dire le contraire.

Au début, Simon a bien essayé de l'impressionner.

Il a dit « t'es en prison pour au moins trois ans » et « t'as intérêt à beurrer mes tartines le matin ».

Et Camille a répondu « je préfère rester cent ans ici plutôt que d'aller une seule seconde de plus chez tata Nicole. Et pour ce qui est de beurrer tes tartines, t'as pas intérêt à me le demander deux fois ou je prends le couteau et je te découpe en morceaux ».

Et depuis c'est Simon qui lui beurre ses tartines.

Ahmed pleurniche parce qu'il arrive jamais à s'asseoir à côté de Camille, et quand Jujube lui montre son sparadrap, Camille dit « eh ben dis donc, comme tu dois avoir mal, mon chou » et Jujube nous regarde comme si on était des monstres.

Même Boris a retiré le sparadrap sur son nez, sauf que lui c'était pour de vrai, et Camille a embrassé la croûte et Boris est devenu aussi rouge que moi.

Antoine a soulevé son tee-shirt pour lui montrer comment les docteurs avaient recousu son ventre après une « appendicite » (encore un mot pour le jeu du dictionnaire) et Rosy a dit « c'est pas bientôt fini ce cirque ! » et on s'est tous assis autour de la table parce qu'on avait super faim.

Camille m'a soufflé dans l'oreille « et toi, ma Courgette, tu n'as pas de bobo à me montrer ? » et j'ai montré mon grain de laideur et elle m'a embrassé le nez et elle m'a regardé avec ses yeux très verts et j'ai ouvert la bouche et rien n'est sorti.

Le mercredi, Camille joue ni à la poupée ni à la couture, mais au foot avec nous, les garçons.

Elle a bien la poupée que lui a offerte madame Papineau le premier soir, mais elle joue jamais avec.

Au début ça nous a fait tout drôle, surtout Crâne d'œuf qui a dit « tu sais jouer au moins ? », et Camille a envoyé le ballon direct dans le filet et Aziz a pas eu le temps de dire « c'est quoi ce bordel ? » que le but était pour nous.

« Bon, tu as l'air de savoir jouer, a dit Crâne d'œuf.

– Pas comme toi, Crâne d'œuf, a lâché Boris.

– Attention Boris, si tu continues à m'appeler comme ça, je t'envoie ramasser les feuilles sous les arbres. »

Et Boris a baissé sa culotte et il a fait pipi dans l'herbe en regardant le zéduc qui est devenu très colère.

« Et les toilettes, Boris, tu connais ?

– Pas le temps, ça urge. »

Et Boris a rentré son machin en le secouant un peu.

« Laisse béton, François », a dit le barbu.

Camille s'est énervée « on joue ou on regarde le zizi à Boris ? ».

Et nous, on pouvait plus jouer tellement on rigolait et je crois que c'est Jujube qui a dit « on regarde le zizi à Boris » et Boris est parti en courant.

Après, on est allés se promener dans la forêt.

« C'est un trouillard ce François, m'a dit Camille, mais j'aime bien Michel, il est barbu comme mon papa. »

Et j'ai demandé « c'est quoi le secret des barbus ? ».

« Ce ne serait plus un secret si on le savait.

– Il est où ton papa ? »

Et Camille a pas répondu.

Elle m'a tiré par la main et on s'est perdus dans la forêt.

On entendait plus personne sauf nos pas sur les branches mortes et les « flic floc » à nos baskets dans les flaques d'eau.

Camille s'est allongée sous un arbre et elle m'a dit « viens là, on va regarder les feuilles » et je me suis couché près d'elle et on a regardé les feuilles et le soleil qui jouait avec comme si des centaines de petites lampes s'allumaient et s'éteignaient sous le vert des feuilles et j'ai posé ma tête sur son épaule et puis je crois que toutes les lumières se sont éteintes et je me suis endormi.

Quand j'ai ouvert mes yeux, ceux de Camille l'étaient pas.

Elle dormait sur le côté, les genoux remontés jusqu'au menton, dans son jean et son gros pull gris qui lui mangeait le cou. J'ai touché ses longs cheveux bruns et ils étaient tellement fins qu'ils m'échappaient des doigts. J'ai regardé son petit nez en trompette et j'ai collé mon oreille dessus et j'ai entendu le souffle léger de la trompette et je sais pas pourquoi j'ai posé ma bouche sur la sienne et Camille a ouvert ses yeux très verts et j'ai fait un bond en arrière comme si elle m'avait mordu.

Elle s'est étirée comme un chat.

« Il faut rentrer, Courgette, sinon Rosy va se fâcher. »

Et quand on est arrivés au foyer, Rosy, le barbu et Crâne d'œuf nous attendaient en haut des escaliers.

On est allés direct au bureau à madame Papineau et la directrice a refermé la porte derrière nous. Comme sa porte est toujours ouverte sauf quand un monsieur ou une dame vient la voir, je me suis dit que la porte fermée, c'était pas bon signe.

« Mes petits, il ne faut pas vous éloigner du groupe comme ça, elle a commencé en jouant avec un crayon entre ses doigts tout en nous regardant à travers ses grosses lunettes. Michel et François étaient très inquiets, ils vous ont cherchés partout. Où étiez-vous passés ? »

J'ai regardé Camille qui m'a regardé avant de répondre « c'est ma faute, madame Papineau, je suis désolée, on est allés dans la forêt regarder la lumière sous les feuilles des arbres et on s'est endormis ».

Et moi j'ai dit « non, c'est pas la faute à Camille, madame Papineau, c'est ma faute à moi ».

« Icare, on ne dit pas la faute à Camille, mais la faute de Camille.

– C'est pareil, et puis de toute façon, c'est pas sa faute, je vous dis.

– Bien, tu sais ce qui vous attend ?

– La rampe ?

– Oui, et je ne veux pas de prochaine fois. Si vous vous éloignez encore une fois du groupe, je serai très sévère et, croyez-moi, je peux l'être. »

Et elle a rabattu le stylo sur la table et j'aurais pas aimé être à la place du stylo.

« Camille, ta tante vient te voir dimanche, maintenant tu peux sortir, j'ai des choses à dire à Icare. Après les devoirs, il t'expliquera comment nettoyer la rampe. »

Et Camille s'est levée sans dire un mot.

Elle s'est retournée à la porte et ses yeux se sont posés sur moi.

Ils m'ont semblé moins verts que d'habitude.

« Icare, je voulais juste te dire que Raymond ne pourra pas venir dimanche. Son fils est malade, il va rester auprès de lui. Il m'a chargée de te dire qu'il pensait bien à toi. Monsieur Paul emmène un petit groupe à Paris dimanche pour aller visiter le musée des Sciences de la Villette. Tu devrais t'inscrire. Voilà, tu peux aller faire tes devoirs, ce n'est plus l'heure du goûter. Et je ne veux plus que vous vous éloigniez du groupe, compris ?

– Compris, madame Papineau.

– Icare, tu peux m'appeler Geneviève. J'aurai l'air moins vieille.

– D'accord, madame Papineau, mais seulement si toi, tu m'appelles Courgette. »

Et je suis parti en pensant à Raymond qui viendrait pas me voir à cause du fils qui me ressemble, à la tante de Camille qui viendrait voir Camille qui perd la couleur de ses yeux quand on lui parle de cette sorcière, et à la grande ville où je pourrais aller dimanche.

Mais sans Camille, j'ai pas envie.

Quand je suis entré dans la chambre, Simon a levé les yeux de ses cahiers, Rosy a retiré sa main de l'épaule à Ahmed, et tout le monde m'a regardé.

« Bon, a dit Rosy, va t'asseoir à côté de Simon. Je vais aller te chercher une tasse de chocolat.

– Moi aussi, je veux du chocolat », a dit Ahmed et Rosy a répondu « tu en as déjà bu deux tasses, ça fait gonfler le ventre » et elle est sortie de la chambre et Ahmed a regardé son ventre comme s'il était devenu énorme et il a pleurniché et Simon a dit « un vrai bébé, celui-là » et j'ai calmé Ahmed en agitant le doudou lapin sous son nez.

« Alors, où t'étais ? m'a demandé Simon. On vous a cherchés partout, même que c'était plus rigolo que le jeu de piste avec leurs bonbons à la con qui sont toujours cachés aux mêmes endroits.

– On vous a perdus et on est allés s'allonger sous les arbres et on s'est endormis, c'est tout.

– Tu l'aimes bien, Camille ?

– Pas toi ?

– Je sais pas, je me suis pas perdu dans la forêt avec.

– Qu'est-ce que tu veux dire, Simon ? Des fois je comprends pas.

– Je pense que t'es amoureux de Camille.

– Ça veut dire quoi, amoureux ?

– Amoureux, c'est quand on pense tout le temps à la même personne. »

Ahmed a dit entre deux sanglots « ben moi je suis amoureux de mon papa » et Rosy est arrivée avec un plateau et elle a dit « qu'est-ce que vous lui avez fait encore à ce petit, pour qu'il pleure comme ça ? » et on a écarté les mains, Simon et moi, comme deux enfants sages.

Rosy a posé le plateau sur le petit bureau et elle s'est assise sur le lit à Ahmed.

« Alors, mon petit, c'est quoi ce gros chagrin ?

– Je suis amoureux de mon papa. »

Rosy a regardé Simon « c'est toi qui lui as appris à dire une bêtise pareille ? ».

Simon a fait « non » avec la tête et Ahmed s'est couché sur les genoux à Rosy et il a sucé son pouce et moi j'ai avalé la tarte aux pommes et mes devoirs parce que j'avais super envie de « faire la rampe » avec Camille.

Je suis allé chercher les chiffons et la cire sous l'évier de la cuisine, puis Camille dans sa chambre.

Alice dormait et Béatrice voulait venir avec nous et Camille a dit « non, tu n'es pas punie toi, je te donne ma poupée, tu peux jouer avec » et Béatrice était toute contente.

En bas des escaliers, j'ai mis un peu de produit sur le chiffon et j'ai dit à Camille « moi, je frotte, et toi tu repasses derrière moi pour que ça brille ».

Et on a grimpé les deux étages jusqu'aux studios du dernier étage.

« La dernière fois que j'ai fait la rampe, j'ai dit, j'étais avec Simon et on est tombés sur Myriam, une vieille de vingt-cinq ans qui habite dans un des studios. Elle est aux Fontaines depuis longtemps et maintenant elle est avocate ou un fruit comme ça et elle dort encore là. Simon a dit qu'elle serait mieux dans une maison à elle et Myriam a répondu “mais ma maison c'est ici” et Simon a dit “elle est dingue celle-là, c'est pas une maison, ici, c'est une prison" et moi j'ai dit "moins fort Simon, ou on va encore faire la rampe demain soir".

– Et toi, ça te dirait d'habiter ici tout le temps ? m'a demandé Camille.

– Ben, je sais pas, des fois je pense à ma maison et ça sert à rien parce que plus personne peut entrer dedans. Ici, j'ai des copains et Raymond vient me voir presque tous les dimanches et toi tu es là.

– C'est gentil de me dire ça, Courgette. Mais toi, tu n'as plus de famille ? Ils sont tous morts ?

– Oui, sauf mon géant de papa qui est parti faire le tour du monde avec une poule et ses souliers vernis et sa voix de coq.

– Tu as de la chance. Moi, il me reste tata Nicole et elle est très méchante. Quand mes parents sont partis, j'ai habité chez elle, ça sentait mauvais et c'était sale, et j'ai dû tout nettoyer et c'était jamais assez bien fait pour cette sorcière qui me privait souvent de manger, ou alors elle me donnait du pain dur avec des pâtes qui collaient à l'assiette, et un morceau de viande noire comme du charbon, et ça, les bons jours. Les autres, elle allumait des bougies dans toutes les pièces et il fallait demander pardon au bon Dieu pour tous les péchés qu'on avait faits dans la journée et des péchés elle en voyait partout et tout le temps. Viens, on va redescendre, sinon, on sera encore punis et cette fois-ci, je ne crois pas que madame Papineau nous enverra faire la rampe tous les deux. »

On s'est regardés avec des yeux terribles.

« Tu sais, a dit Camille, je dormais pas vraiment dans la forêt. »

Et moi je savais pas quoi dire alors j'ai coiffé mes cheveux avec ma main.

« Et j'ai bien aimé quand tu m'as embrassée. Personne ne m'avait jamais embrassée avant toi. Sauf papa, sur le front, quand il ne voyageait pas, et maman quand elle en avait le temps, juste un baiser sur la joue, et elle m'envoyait me coucher et j'entendais sonner à la porte et je me faisais toute petite pour regarder et c'était jamais papa ni le même homme. »

Et là, j'ai pris sa main et on a descendu les escaliers sans rien dire, nos mains collées l'une à l'autre.

Le soir, on a mangé une soupe aux légumes, des spaghettis à la sauce tomate et de la viande hachée et des yaourts aux fraises. Alice s'est laissé nourrir par Camille et après chaque bouchée elle faisait disparaître son pouce dans sa bouche et Ahmed pareil, et si ça continue, ils n'auront plus de pouces ces deux-là.

Boris et Antoine ont débarrassé la table et Jujube a cassé un verre « je me suis fais mal » et Rosy a regardé son doigt et elle a dit « c'est pas toi qui as mal, c'est le verre ».

Et elle a ramassé les morceaux.

Simon et moi, on a essuyé la vaisselle, et après on est allés se laver les dents et Rosy a vérifié et elle est retournée à la salle de bains avec Simon. Ahmed dormait déjà quand Rosy nous a chanté « Le Grand Manteau rouge ».

Elle avait l'air plus fatiguée que nous.

Simon a dit qu'elle avait « des valises sous les yeux » et je me suis demandé où elle partait comme ça, en pleine nuit, avec ses valises et puis j'ai pensé à Camille et au mot « amoureux ».

Des fois, Simon, il me fait peur.

Il connaît tous nos secrets, sauf peut-être celui des barbus.

11

Monsieur Paul nous parle des Romains.

Je dis à l'oreille à Camille « avant, c'étaient les hommes de Cro-Magnon qui s'habillaient avec des peaux de bêtes et qui vivaient dans des grottes. L'instituteur les a bien connus. À ce moment-là on se lavait pas au savon qui existait pas, mais par hasard, quand on tombait dans l'eau ».

Et monsieur Paul me demande « qu'est-ce que je viens de dire, Icare ? » et je réponds « je sais pas » et monsieur Paul m'envoie au coin du tableau.

Boris dit « de toute façon, on sait bien que les Romains faisaient pas le poids avec les Gaulois qui les soulevaient du doigt surtout quand ils avaient bu la potion magique. Les Romains, eux, ils buvaient le vin à la carafe en mangeant du raisin et des dattes sous leurs tentes ».

Monsieur Paul dit que l'histoire c'est plus sérieux et Boris répond « alors c'est pas intéressant » et monsieur Paul l'envoie à l'autre coin du tableau et on se fait un clin d'œil Boris et moi.

Antoine dit « mon frère a raison, et en plus les Romains c'étaient des barbares qui jetaient les prisonniers dans les cages avec les tigres, et le chef des Romains levait son poing avec le pouce en bas, et les tigres mangeaient les prisonniers parce qu'on leur donnait rien d'autre et la foule applaudissait et c'est nul l'histoire des Romains, moi, je préfère celle des hommes de la préhistoire ».

Jujube dit « ça veut dire quoi barbare, monsieur Paul ? » et monsieur Paul « un barbare, ça vient du grec *barbaros* qui veut dire étranger. Antoine, lui, nous parlait du côté inhumain des Romains, n'est-ce pas, Antoine ? » et Jujube « le Grec, il habitait dans les grottes ou sous les tentes ? Moi, je comprends plus rien » et monsieur Paul « bon, ça suffit, on reprend aux camps des Romains » et Jujube pleurniche.

Camille dit « pleure pas, mon chou, le Grec, lui, il se bronzait les doigts de pieds sur la plage avec sa crème solaire et il se fichait bien des Romains, des Gaulois ou même des hommes de la préhistoire » et on a tous rigolé sauf monsieur Paul qui a envoyé Camille au fond de la classe.

« Il reste encore un coin, attention je vous préviens ! »

Et c'est Antoine qui l'a pris à cause d'un « moi, j'irais bien jouer au ballon ».

Après le déjeuner, Camille commence « la maison de ses rêves » et elle veut pas mettre de chiffons aux fenêtres.

Elle dit à monsieur Paul « dans la maison de mes rêves, tout est ouvert, comme ça tout le monde peut venir et moi, je vois qui c'est en me penchant par la fenêtre ».

Béatrice fait entrer les petits animaux dans sa maison en retirant ses doigts du nez « ma maman elle aime bien jouer avec les poules et les cochons noirs quand papa est pas là. Après on se dépêche de les faire sortir mais ça sert à rien. Papa est en colère. Il dit que ça sent la merde chez lui et que c'est pas bien ces maillots de bain qu'on porte à moins qu'on cherche à se montrer à moitié nue, surtout maman, et après il lui tape dessus et moi je vais me cacher sous l'évier ».

Ça fait tousser l'instituteur.

Jujube dit « monsieur Paul, tu peux venir coller le toit de ma maison, ça me donne mal au cœur » et dans sa maison y a pas de meubles, juste des gâteaux qu'il peut sortir par les fenêtres ou la porte.

Simon aide Ahmed à construire la maison de ses rêves qui « n'existe pas ». Il peint les fenêtres en noir et il murmure je sais pas quoi à l'oreille à Ahmed et pour une fois ça le fait sourire.

Dans l'autocar, je demande à Simon ce qu'il a dit à Ahmed.

« Je lui ai dit que la maison de ses rêves, c'était celle où il pourrait vivre avec son papa et j'en ai fait une vraie prison avec des barreaux aux fenêtres et j'ai peint les fenêtres en noir parce que quand t'es en prison, le jour tu le vois jamais.

– Comment tu sais des trucs pareils ?

– Parce que.

– Parce que quoi ?

– Tu fais chier, la Courgette.

– C'est pas gentil, Simon, dit Camille.

– Il pose trop de questions, c'est pas ma faute, et puis on discute entre garçons, ça te regarde pas.

– Ah, ça me regarde pas ! »

Et Camille tire les cheveux à Simon qui fait pareil avec les siens et Pauline nous sépare sur un « ça suffit ces gamineries, allez chacun vous asseoir à une place et le plus loin possible l'une de l'autre, sinon j'en parle à madame Papineau » et Boris crie dans son dos « sale petite grue » et Pauline reste bouche ouverte avec son chewing-gum dedans « qui a dit ça ? » et nous on dit « qui a dit quoi Pauline ? » et Pauline répond « rien » et elle va bouder à côté de Gérard qui chante « Les Petites Femmes de Pigalle ».

Elle dit « c'est pas une chanson pour les enfants » et Gérard « ah, moi aussi, tu vas me dénoncer à madame Papineau ? » et on rigole tous et Pauline dit plus rien jusqu'aux Fontaines.

Nous, on chante tous « Les Petites Femmes de Pigalle » sauf Boris avec son walkman sur les oreilles qui chante avec Camille « Joe le taxi »[1] et c'est à celui qui chantera le plus fort et je sais plus qui a gagné ce jour-là.

12

Je frappe à la porte à madame Colette et j'entends « un moment » et j'attends dans le couloir.

La porte s'ouvre sur la voix à Camille « je veux pas la voir » puis celle à madame Colette « elle t'aime beaucoup, tu sais » et je vois Camille filer sur un « c'est même pas vrai » et elle me voit même pas à cause de ses yeux pleins d'eau.

Je regarde les dessins à l'encre noire et je dis :

« C'est Camille qui console Béatrice. »

« C'est Camille qui joue au foot. »

1. « Les Petites Femmes de Pigalle » et « Joe le taxi » sont deux chansons françaises populaires, respectivement interprétées par Serge Lama et Vanessa Paradis.

« C'est Camille qui se cache dans le placard. »

Et madame Colette me demande « pourquoi se cache-t-elle dans le placard ? ».

Et je réponds « ben, parce qu'elle veut pas voir tata Nicole ».

Des fois madame Colette elle devrait un peu se laver les yeux.

« Tu l'aimes bien, la petite Camille », dit madame Colette et je sais pas si c'est une question alors je réponds pas et je balance mes jambes sur la chaise et je me penche et je prends la pâte à modeler et j'en fais un cœur et je dis « c'est pour toi, madame Colette » et je lui tends mon cœur et madame Colette le prend et elle dit « merci, c'est une très jolie balle » et je dis rien parce que des fois elle est idiote madame Colette.

« Tu parles un peu avec Camille ?

– Ben oui, on parle tout le temps, sauf quand on se promène dans la forêt. »

Et là je deviens plus rouge que rouge « dans la forêt, on regarde la lumière sous les feuilles des arbres, c'est tout ».

Madame Colette me regarde bizarrement « de quoi parles-tu avec Camille ?

– On parle de monsieur Paul ou de Rosy ou de "la sale petite grue" ou de....

– Et qui est la sale petite grue ?

– J'ai pas dit sale petite grue.

– Si, tu l'as dit.

– Là, à l'instant ?

– Non, avant. J'attends, Icare. »

Et elle a pas l'air de rigoler et je cafte « bon, d'accord, la sale petite grue, c'est Pauline ».

« Ce n'est pas gentil de l'appeler ainsi. Je ne veux plus t'entendre dire ça. D'accord ? »

Et je réponds « okay » comme dans le film.

« Des fois on parle de la tata à Camille aussi, je dis.

– Et que te dit Camille ?

– Elle dit que sa tata est très méchante avec elle sauf quand il y a du monde autour. Là, elle fait semblant d'être gentille, comme le premier jour avec madame Papineau et après avec le juge. Elle dit aussi que quand elles habitaient ensemble, tata Nicole était jamais contente même quand Camille avait nettoyé toute la maison et c'était jamais assez propre pour elle alors que Camille avait frotté à se faire mal aux doigts et que toute la maison brillait, sauf elle avec ses vêtements qui étaient jamais lavés.

– Elle te dit ça Camille ?

– Oui, et aussi que sa tata l'obligeait à allumer des bougies partout dans la maison et à demander pardon au bon Dieu pour tous les péchés et elle avait pas eu le temps d'en faire, Camille, à nettoyer la maison en rentrant de l'école. Et elle demandait pardon, sinon sa tata la privait de manger et des fois, ça servait à rien, elle la privait quand même. Le bon Dieu, madame Colette, Il doit être occupé ailleurs ou Il est sourd ou Il a pas de cœur du tout.

– Tu sais, Courgette, il y a tellement de malheur dans ce monde, le bon Dieu, Il ne peut pas être partout.

– Il pourrait être là au moins pour Camille.

– Je suis certaine qu'Il est là en tout cas pour vous tous et qu'Il va prendre soin de vous.

– On s'en fout, nous on a Rosy, et Rosy, elle s'occupe mieux de nous que le bon Dieu qui se cache derrière les nuages et qui n'est jamais là quand on a besoin de Lui.

– Qui t'a dit qu'Il n'était jamais là quand on avait besoin de Lui ?

– Maman quand elle allait plus à l'usine et Simon, une fois, quand il parlait de l'accident des parents à Boris et à Antoine.

– Et Simon, il te parle aussi ?

– Il sait toujours beaucoup de choses sur les autres, mais sur lui, il dit jamais rien. Pourquoi il est là, madame Colette ?

– Je ne peux pas te le dire, c'est un secret.

– Comme celui des barbus ?

– Les barbus ?

– Ben oui, les barbus ont tous un secret, mais je sais pas lequel et j'aimerais bien le savoir. »

Et là, madame Colette rigole et moi je boude parce que j'aime pas qu'on se moque de moi.

« Ne fais pas cette tête, la Courgette. Je ne ris pas à cause de toi, mais tu sais, on dit que les barbus ont quelque chose à cacher pour se laisser pousser les poils et c'est tout. Il n'y a pas de secret. »

Et je regarde madame Colette et je pense qu'elle dit que des conneries parce que nous, les enfants, on sait bien que les barbus ont un secret, mais madame Colette, non, c'est une grande personne, et les grandes personnes ça croit toujours tout savoir.

13

Quand j'habitais encore avec maman, j'attendais le Père Noël toute l'année.

Je me disais « au cas où ça lui dirait de revenir rapport à ma liste qui s'allonge » et je posais mes chaussons près de la cheminée et le matin ils étaient toujours vides et mon cœur aussi.

« Je t'ai déjà dit cent fois que le Père Noël c'est pas pour rien qu'il s'appelle Noël, gueulait maman, et range-moi donc tes chaussons, y a pas de bonne ici à part moi. »

J'ai jamais compris non plus comment il faisait pour descendre par la cheminée avec ses kilos en trop et sa grosse doudoune rouge et ses cadeaux sans se coincer et se salir, ou même se brûler à cause du feu qui coûte moins cher que le chauffage et pourquoi il viendrait pas plutôt sonner à la porte, en été et en tee-shirt et baskets, comme ça il serait plus léger et il aurait beaucoup plus de cadeaux dans sa hotte.

En plus il vient la nuit quand je dors et je peux pas lui dire en face que ses cadeaux sont jamais sur ma liste et qu'il a dû se tromper avec un autre enfant avec ses oranges, ses bonbons et ses soldats de plomb, alors que j'ai juste demandé entre autres une voiture de course et un ours géant et un garage comme celui à Grégory. À croire qu'il est aussi sourd que maman quand elle regarde la télé et que je lui pose des questions.

Une fois je me suis caché derrière le canapé pour lui dire ma façon de penser et j'ai essayé de garder les yeux ouverts mais le Père Noël a dû m'envoyer une poudre magique et je me suis endormi et maman m'a réveillé « si le Père Noël te voit une seule fois, il ne viendra plus jamais » et j'ai pas recommencé et j'étais quand même bien content de jouer avec mes soldats de plomb.

Aux Fontaines, tous les enfants sont réunis pour Noël et l'instituteur et la psychologue et la directrice et tous les zéducs et les grands des studios aussi et Raymond et la tata à Camille et les parents qui sont pas en prison ou au ciel, et ça fait du monde.

Seul Crâne d'œuf est pas venu à cause de sa grippe et moi, je crois qu'il a rien du tout parce que je l'ai pas entendu tousser.

Crâne d'œuf, c'est un trouillard qui a peur de tout, même du Père Noël.

Le jour de Noël, tous les enfants font un spectacle. On se déguise et on doit apprendre des trucs par cœur comme à l'école. Simon m'a dit qu'on avait de la chance d'avoir Gérard pour s'occuper de la musique parce qu'il est allé dimanche dans la maison à madame Papineau et il a entendu que du Mozart.

« Pourquoi t'es allé chez madame Papineau dimanche, et c'est qui Mozart ? Un copain à la directrice ? »

Et il m'a répondu « tu fais chier, la Courgette, avec tes questions ».

Apprendre par cœur c'est pas pour moi et je vois pas ce que le cœur vient faire dans tout ça.

Le cœur c'est fait pour battre comme le mien pour Camille.

Boris dit que si on met le cœur à l'envers ça fait une paire de fesses et ça a pas fait rigoler Rosy.

Par contre se déguiser c'est chouette.

Les zéducs nous ont aidé à fabriquer nos costumes et moi je suis en « Terminator » avec le papier aluminium à Ferdinand le cuisinier et j'ai une arme qui lance des éclairs et qui fait « taratata » et le papa à Aziz m'a dit qu'il avait la même avant d'aller en prison et je l'ai donnée à Boris parce que je veux pas aller derrière les barreaux avec que de la bouillie à manger.

Béatrice s'est déguisée en oiseau avec le bonnet bleu à piscine sur la tête et les plumes des paons autour de la taille, et elle s'est assise, et les plumes ont chatouillé Rosy qui a fait un geste de la main comme si c'était des mouches.

Quand Pauline m'a demandé de venir ramasser les plumes des paons j'ai dit « non merci j'ai des devoirs à faire » et c'était pas vrai, j'avais juste peur que les paons me mordent la cheville comme l'âne qui a peur de nous.

Les frères Chafouin, eux, se sont changés en hommes de Cro-Magnon. Ils portent sur le dos les peaux de bêtes à Pauline et, sur leur tête, ses perruques, et ils se donnent des coups de massue et ça leur fait même pas mal.

Jujube s'est déguisé en grand blessé avec les pansements à Yvonne l'infirmière et on voit plus que ses yeux et sa bouche.

Ahmed voulait pas se déguiser et c'est Camille qui a pensé au doudou lapin. Rosy a posé deux grandes oreilles en carton sur sa tête et Simon a dit que c'était vraiment un bébé et Ahmed a répondu que son costume de cow-boy était nul et que s'il avait su il se serait déguisé en indien pour lui brûler les pieds et Rosy les a séparés avant qu'ils se tapent dessus et Simon s'est vengé en cachant le doudou et Ahmed a pleurniché et Simon est allé le chercher avant qu'on ouvre les cadeaux et Ahmed a dit « merci cow-boy » et Simon a souri et ils étaient plus fâchés.

Les deux grandes ailes à l'ange Camille sont remplies de plumes et on a bien rigolé quand on a crevé de vieux oreillers pour ça, sauf Jujube qui arrêtait pas d'éternuer.

Camille en ange, ça donne envie d'aller au ciel avec.

De toute façon, moi, j'irais n'importe où avec Camille.

J'ai demandé à monsieur Paul de chercher un poème sur un ange et j'ai appris le poème à monsieur Prévert [1] rien que pour Camille.

« Être ange/ c'est étrange/ dit l'ange/ Être âne/ c'est étrâne/ dit l'âne/ Cela ne veut rien dire/ dit l'ange en haussant les ailes/ Pourtant/ si étrange veut dire quelque chose/ étrâne est plus étrange qu'étrange/ dit l'âne/ Étrange est/ dit l'ange en tapant des pieds/ Étranger vous-même/ dit l'âne/ Et il s'envole. »

Je monte sur les planches et j'ai la gorge avec un chien dedans et je me dis que je vais pas y arriver. J'ai voulu faire l'intéressant pour Camille et maintenant je crève de trouille et je vois bien que tout le monde me regarde, surtout l'instituteur qui me l'a fait répéter trois cents fois.

Il dit « voyons, ma Courgette, souviens-toi : "Être ange/ c'est étrange…" ».

Et moi je reprends « être ange/ c'est étrange » et je ne quitte pas Camille des yeux et je récite le poème lentement

1. Poète français né en 1900 et mort en 1977.

et sans me tromper, comme si je lisais les mots sur le vert de ses yeux et je vois ses mains m'applaudir.

Sa tante la sorcière est là aussi et elle a pas besoin d'un déguisement pour ça : avec sa bouche sans lèvres, ses petits yeux méchants et ses habits tout noirs elle fait encore plus peur que l'âne et pas un enfant veut s'approcher d'elle.

Moi, je présente mon ange à Raymond qui porte un beau costume et une cravate et je suis tout content de l'entendre dire « c'est un bien joli petit ange » et de voir Camille rougir pour la première fois.

Raymond dit aussi qu'il a parlé avec madame Papineau et que je peux venir chez lui tout un week-end si je veux.

« Oui, je dis, mais seulement si Camille vient aussi.

– Je ne vois pas pourquoi la directrice dirait non. »

Et il nous regarde tous les deux avec un beau sourire.

Et le Père Noël arrive et je me dis que mon plus beau cadeau c'est quand même le sourire à Raymond.

On va tous s'asseoir sauf Ahmed qui se cache sous la table.

C'est la première fois que je vois le Père Noël en vrai et je le quitte pas des yeux.

Je trouve qu'il ressemble à Crâne d'œuf et je le dis à madame Papineau.

Elle me répond « tu as beaucoup d'imagination. Il vaudrait mieux que tu la gardes pour toi ».

Et je demande à Boris ce que veut dire « imagination ».

« L'imagination c'est restituer à la mémoire des perceptions ou des expériences antérieures. »

Et je comprends rien et c'est pas grave.

Je dis à Simon « le Père Noël, il est descendu par la cheminée ? ».

« Non, je l'ai vu par la fenêtre de la chambre quand je suis allé chercher le doudou lapin à Ahmed, il sortait de la Mercedes à Gérard.

– Et qu'est-ce qu'il a fait de son traîneau et de ses vaches à cornes ?

– C'est pas des vaches à cornes, andouille, mais des rennes.

– Mon nom c'est Courgette et pas andouille », je dis.

Les cadeaux sont sous le sapin avec nos noms dessus et j'ai hâte d'ouvrir les miens.

Le Père Noël dit « alors mes enfants, vous avez été sages ? ».

Et nous on crie « ouiii ! » même si c'est pas vrai parce qu'on se doute bien qu'on aura rien sinon.

« Bien, vous pouvez vous approcher du sapin mais si je vois un enfant pas sage je préviens le Père Fouettard [1]. »

Et on s'approche tous en silence sauf Ahmed qui veut pas sortir de sa cachette parce qu'il a peur « du monsieur tout rouge et du Père Fouettard ».

Les zéducs nous donnent nos cadeaux et on se précipite dessus et on oublie d'être sages et pardon le Père Fouettard : c'est Noël.

J'ai jamais eu un si gros cadeau.

Au début je pense que c'est plein d'oranges et de bonbons et de soldats de plomb et quand je découvre le garage à Grégory j'en crois pas mes yeux.

---

1. Personnage folklorique qui, à l'inverse du Père Noël, apparaît pour punir les enfants qui n'ont pas été sages.

Je me dis que le Père Noël a enfin reçu ma lettre que Rosy est allée poster avec toutes les autres.

Peut-être que maman avait pas la bonne adresse.

Alors je vais embrasser le Père Noël et un peu de barbe blanche me reste sur la bouche.

« Tiens, c'est pour toi », me dit Raymond et il me tend un gros paquet jaune avec un ruban rouge.

« C'est quoi ? » je dis les yeux brillants et j'attends pas la réponse, j'arrache le nœud avec mes dents et je déchire le papier jaune et je trouve un ours géant et je dis « ben merde alors » et Raymond « pas de gros mots à Noël » et je rigole « seulement à Noël ? » et je tends mes bras et Raymond me hisse à son cou et il sent bon le parfum.

Après on va tous s'asseoir pour manger le pâté de Noël [1], la dinde avec la purée de marrons et la bûche glacée du Père Noël.

« Délicieux ce foie gras », dit la tante à Camille.

Et je vois sa fourchette sous la table piquer la cuisse à mon ange. Moi j'ai pas peur de la sorcière et je me lève et je laisse tomber un peu de sel dans son champagne alors qu'elle discute avec monsieur Paul et je dis « joyeux Noël » quand elle recrache tout sur le pâté à Pauline qui se rend compte de rien à cause d'un papa qui lui raconte des secrets à l'oreille.

1. Le « pâté de Noël » est en réalité du foie gras, mais Courgette en mange sûrement pour la première fois et ne sait pas qu'il s'agit d'un plat raffiné.

Boris dit que les peaux de bêtes sur leurs dos sont à Pauline et qu'elle se couche dessus avec un copain pour regarder le feu et Rosy l'entend et elle dit « ben voyons » en serrant les dents et elle regarde Pauline et le papa qui rient et elle dit « c'est une honte » et elle part bouder à une autre table.

Je fais signe à Camille de venir, mais la sorcière enfonce ses doigts comme des dents « elle est très bien ici, n'est-ce pas ma chérie ? ».

Et sa chérie crie « lâche-moi ! tu me fais mal ».

Monsieur Paul regarde la sorcière « c'est Noël, chère madame ».

Et il a dit ça avec sa grosse voix et la sorcière rougit « bien sûr, bien sûr » et elle lâche Camille qui court se réfugier contre moi.

Monsieur Paul me fait un clin d'œil et je vois bien dans son œil ouvert que la sorcière a perdu.

Elle est toute ratatinée sur son siège et elle a l'air d'avoir cent ans et c'est bien fait pour elle.

14

Ce matin Ahmed a pas fait pipi au lit et Rosy était bien contente de pas changer les draps et Ahmed aussi et il rigolait et quand il rigole c'est pire que quand il pleurniche : ça ressemble au bruit de la craie sur le tableau et ça rend sourd.

Alors Simon et moi on a joué au « jeu de l'oreiller ».

Ça consiste à coincer la tête à Ahmed dessous, comme ça on l'entend ni pleurnicher ni rigoler, mais Rosy et madame

Colette sont arrivées tout sourire à ce moment-là, et Simon a juste eu le temps de dire « t'as intérêt à la boucler ».

Rosy a regardé Ahmed et le sourire a disparu.

« Pourquoi tu es tout rouge, Ahmed ? »

Puis se tournant vers nous « qu'est-ce que vous lui avez encore fait, vous deux ? ».

Simon a répondu « rien, Rosy, on rigolait, c'est pour ça qu'il est tout rouge, hein, Ahmed ? ».

Ahmed a dit « j'ai rien fait, moi, j'ai rien fait » et il a pleurniché et les regards à Rosy et à madame Colette sont allés se coller au plafond et après, elles ont emmené Ahmed je sais pas où.

Simon me dit que le papa à Ahmed est sorti de prison et qu'il vient le voir parce que la prison lui manque.

« Pourquoi il était en prison, le papa à Ahmed ? je demande.

– Parce qu'il a fait un hold-up dans une banque et qu'il a kidnappé le banquier.

– Et qu'est-ce qu'il en a fait après ?

– De l'argent ?

– Non, du banquier.

– Ben rien, il a été blessé par un gendarme et le banquier s'est enfui et il a été arrêté.

– Et pourquoi le banquier s'est enfui ? Il avait rien fait le banquier.

– Des fois tu fais chier, la Courgette, avec tes questions. »

Je me demande à quoi ressemble le papa à Ahmed.

D'habitude les méchants ont des têtes terribles et ils ont les cheveux sales et ils sont pas rasés et ils mangent du chewing-gum et bonjour les gros mots. Peut-être que le papa à Ahmed était pas méchant et qu'il voulait juste voler de l'argent à cause de sa femme très malade comme dans le journal télévisé.

Mais à quoi ça sert de voler le banquier ?

Après le petit déjeuner, Camille et moi, on part se promener dans la forêt. C'est pas facile d'être que tous les deux parce que Béatrice ou Alice veulent toujours venir et des fois les garçons aussi et on doit ruser comme les Sioux.

Camille a fait croire aux filles qu'elle allait chercher des bonbons dans le bureau à madame Papineau et moi j'ai dit à Simon que j'allais voir Rosy.

Camille porte toujours son jean et son pull gris qui lui mange le cou. Elle me tient la main et elle avance à cloche-pied. Je fais pareil et on s'éloigne du foyer comme si on avait qu'une jambe.

Et je perds l'équilibre et on tombe tous les deux sur le côté.

« Tu t'es fait mal ? me demande Camille.

– Non et toi ?

– Non. »

Et on reste par terre, allongés sur le chemin, entre les champs et la rivière.

« Ahmed est avec son papa, je dis.

– Il a de la chance, Ahmed !

– Son papa sort de prison. Il a volé l'argent et le banquier.

– Le mien aussi serait allé en prison, m'a dit le juge, s'il s'était pas jeté dans la Seine.

– Ton papa s'est jeté dans la Seine ? »

Et je me relève sur un coude et je regarde Camille qui regarde le ciel avec de la poussière à herbe dans ses cheveux longs.

« Oui, après avoir tué maman. »

Et là, je pense à ce que j'ai fait.

Au juge qui dit « ce garçon est un incapable mineur ».

À Raymond « c'est pas un jouet, mon petit, le revolver ».

Et je revois maman qui veut m'arracher le revolver des mains et je tiens bon et le coup part et je la tue une deuxième fois.

« Moi aussi, j'ai tué maman.

– Oui, je sais. Simon me l'a dit.

– Il sait toujours tout celui-là. »

Et je dis rien d'autre. J'attends. Il faut pas faire mal à Camille avec mes questions. Des fois ça fait mal les questions.

Et Camille parle au ciel.

« Maman était couturière. Elle travaillait à la maison et les gens venaient sonner à la porte avec leur chemise à recoudre, leurs chaussettes, leurs rideaux, leurs pantalons, ou des grands morceaux de tissus qui sous ses doigts se changeaient en nappes ou en robes. Quand je partais à l'école, elle était déjà penchée au-dessus de la machine, elle me faisait un signe de la main avec un baiser dedans, et quand je rentrais elle était toujours au-dessus de la machine, avec ses doigts qui glissaient sur le tissu, le bruit de la machine, et à côté d'elle le panier vide. Je venais m'asseoir sur ses genoux, elle passait la main sur son front, puis elle me disait "va prendre ton goûter, maman a encore du travail" et le travail ne s'arrêtait jamais. Le soir, les gens continuaient à sonner à la porte, mais ceux-là ils venaient les mains vides. Un soir, juste avant d'aller me coucher, j'ai demandé à maman ce qu'ils avaient à recoudre ces messieurs qui venaient les mains vides et elle m'a répondu en souriant "leur cœur, ma chérie". Je n'avais plus le droit de sortir de ma chambre quand j'entendais la sonnette, mais je le faisais quand même en cachette et maman ne m'a jamais vue la regarder recoudre le cœur des messieurs. Elle ne travaillait plus avec un dé, une aiguille, ou sa machine, juste avec sa langue.

– Et ton papa, il était où ?

– Jamais là. Quand il sonnait à la porte lui aussi, c'était pas pour longtemps. Il filait son linge sale à maman, il buvait plusieurs verres, il m'embrassait sur le front et j'aimais pas ça à cause de l'odeur, et il s'engueulait avec maman avant de claquer la porte. Des fois, il téléphonait à maman et c'était que des disputes. J'entendais maman dire "c'est pas une vie la vie que tu me fais vivre" ou "tu as encore bu, j'en peux plus" ou "tu dépenses tout l'argent avec tes conneries" ou "et qui va payer les factures une fois de plus ?". Une fois papa m'a demandé comment maman occupait ses soirées et j'ai dit qu'elle recousait le cœur des hommes avec sa langue et là, papa a raccroché. J'ai même pas pu lui dire "au revoir" ou lui passer maman. Il a sonné à la porte le lendemain soir et maman a crié "mais qu'est-ce que tu fais là ?" et le monsieur qui s'était caché derrière maman a dit "bon, ben moi je vais y aller" et papa l'a aidé en jetant ses vêtements par la fenêtre. Après papa et maman se sont disputés très fort et moi je pleurais, mais personne ne faisait attention à moi, alors j'ai tiré sur la veste de papa et papa s'est retourné et il m'a crié dessus "va te coucher" et j'ai eu peur et j'ai fait semblant d'aller dans ma chambre et je suis restée dans l'escalier et j'ai vu papa boire le whisky à la carafe et j'ai entendu maman "c'est ça, bois un coup, ça au moins, tu sais le faire". Papa a crié "ça veut dire quoi, salope ?" et maman aussi "salope ? C'est tout ce que tu trouves à dire avec ce tuyau mort qui te sert qu'à pisser ! Et comment crois-tu que je paye les factures ? Je me sacrifie et toi tu me traites de salope ! Comment oses-tu ? Sale impuissant !" Et là, papa a frappé maman avec son poing et elle est tombée par terre et j'ai crié, mais personne a fait attention à moi. Papa a tiré maman par les cheveux et il l'a poussée dehors à coups de pied et il a claqué la porte et j'ai entendu un bruit de clés et j'étais enfermée.

– Ça veut dire quoi impuissant ?

– Je sais pas, mais ça doit pas être super gentil, sinon papa se serait pas mis dans un état pareil.

– Et tu es restée longtemps enfermée dans la maison ?

– Oui. Je pensais qu'ils allaient revenir, je regardais par la fenêtre et je voyais que la nuit, et puis une dame est arrivée avec son chien et j'ai crié que j'étais enfermée et que mes parents étaient partis et la dame a dit "bouge pas, petite, je vais appeler la police" et je suis restée à la fenêtre jusqu'à ce que les gendarmes arrivent et défoncent la porte et la dame est entrée avec son chien et moi je faisais que pleurer. »

J'ai posé ma tête sur le ventre à Camille et j'ai regardé le ciel tout bleu sans nuages, sans le bon Dieu pour se cacher dedans, sans personne, ni maman, ni papa. Je me suis dit qu'on était tout seuls au monde. Et j'ai senti la main à Camille qui me caressait les cheveux puis le visage et ses doigts qui tournaient autour de mon grain de laideur.

« C'est joli, ce petit bouton noir, dit Camille. Tu as sûrement un secret caché à l'intérieur. »

Et elle appuie dessus pour connaître mon secret et je la regarde et elle se penche pour m'embrasser sur la bouche.

C'est comme à la télé.

Camille, j'ai envie de me marier avec, sauf que dans les films les gens qui s'aiment sont toujours très vieux.

« Tu crois que c'est mal ? je demande.

– Quoi ?

– S'embrasser sur la bouche, tu crois que c'est mal ?

– Je sais pas, répond Camille.

– À quoi tu penses ? je demande.

– À rien, dit Camille sur mes lèvres et elle sort sa langue et j'ouvre grande la bouche et je sais pas quoi faire.

– Il faut que tu sortes ta langue et que tu joues avec la mienne, comme si tu voulais l'attraper. Maman faisait ça avec le monsieur. »

Et je joue avec sa langue et je me sens tout bizarre et j'ai super chaud.

« T'as pas chaud, toi ? » je demande.

Et on rigole sans savoir pourquoi.

Camille est coiffée de brins d'herbe. On dirait la fée Clochette.

Je vois plus le ciel, juste son visage au-dessus du mien et sa bouche qui rit et je chatouille Camille et elle aussi et on rit encore plus fort et on roule dans l'herbe et j'ai jamais été aussi heureux, même quand maman me faisait sa purée.

Puis on se relève et on marche sans savoir où on va, la main dans la main, en regardant le bleu au ciel.

« Et tu les as revus, ton papa et ta maman ? Je demande à cause d'un petit nuage qui vient d'apparaître.

– Ben, non, ils sont morts. »

Et sa main serre très fort la mienne.

15

Je demande à Rosy « ça veut dire quoi impuissant ? » et Rosy reste bouche ouverte avec son gâteau dedans.

Tout le monde est parti à la grande ville au musée des Sciences de la Belette [1] ou un truc comme ça, sauf Ahmed, Camille et moi.

« Où tu as entendu ce mot-là ? s'étouffe Rosy.

– Dans les champs.

– Et dans quelle bouche, petit malin ? » insiste Rosy.

Et moi je veux pas cafter Camille et je réponds « dans la bouche à Ahmed » et je me dis qu'il faudra pas oublier de lui dire plus tard « t'as intérêt à la boucler ».

« Bon, je lui parlerai plus tard à celui-là. Je vais te donner un exemple, ce sera plus facile pour toi. Quand vous jouez et que vous criez tous trop fort, je peux vous demander de vous taire mais vous ne m'entendez pas et je suis impuissante parce que je ne peux pas vous faire taire. Tu as compris ?

1. Le musée des Sciences de la *Villette*, et non de la *Belette*, est un lieu d'exposition de Paris explorant le domaine des sciences naturelles et physiques, notamment à l'attention des enfants.

– Non, je vois pas le rapport avec le papa à Cam… euh, le papa à Ahmed.

– De toute façon, c'est un vilain mot, oublie-le.

– Alors pourquoi tu me donnes une explication bidon où je comprends rien ?

– Tu veux encore un peu de thé ? »

Et je pense à Antoine qui dit « c'est pas la peine de s'énerver » et je laisse béton.

De toute façon, c'est aux frères Chafouin que j'aurais dû poser la question. Avec leur jeu du dictionnaire, ils doivent sûrement savoir.

Je regarde au-dessus du petit lit à Rosy où y a que des livres et c'est pas des bandes dessinées.

J'en prends un. Ça s'appelle *La Naissance de Jalna* [1] et c'est que des mots à l'intérieur. Y a même pas une image. Sur la couverture on voit une fille avec un pull vert et ses cheveux dans la figure comme Alice et, derrière elle, une voiture comme dans les vieux films.

« C'est nul, je dis et je jette le livre sur le lit.

– Non, ce n'est pas nul, c'est une belle histoire, et plus tard, quand tu seras grand, je te le prêterai.

– Je serai jamais grand et j'en veux pas de ta belle histoire que tu veux me prêter.

– Icare, ou tu me parles gentiment, ou tu sors de ma chambre.

– Excuse-moi, Rosy. »

Et je prends un gâteau et je dis « elle est super ta chambre » même si c'est pas vrai à cause des livres sans

1. Titre du premier tome d'une saga littéraire sentimentale, écrite par Mazo de la Roche (1879-1961) dans les années 1930.

images et du papier au bon Dieu qui brûle dans une soucoupe, et qui sent pas bon comme à l'église.

L'église, c'est la maison au bon Dieu qui y est jamais.

Ça m'étonne pas, vu qu'il fait toujours méga froid dans sa maison. Le bon Dieu, Il est pas idiot, Il est bien au chaud dans les nuages avec le soleil qui Le chauffe au-dessus et Il se protège des gens qui ont toujours un truc à Lui demander.

« Surtout de l'argent », dit Simon.

Rosy dit que le bon Dieu nous voit tout le temps et qu'Il sait tout sur nous, même quand on fait une bêtise, et qu'Il nous aime quand même et qu'Il nous pardonne tout.

Camille dit que la sorcière lui dit tout le temps le contraire et que le bon Dieu ne l'aime pas à cause de son père qui buvait et de sa « Marie-couche-toi-là de mère » et qu'elle ira les rejoindre en enfer où le diable lui brûlera les pieds. J'ai répondu à Camille que la sorcière disait n'importe quoi vu que la copine au bon Dieu elle se couche là où elle peut, vu qu'y a pas de lits dans l'église. Camille dit que de toute façon sa maman s'appelait Françoise et pas Marie, et je dis « tu vois bien qu'elle dit n'importe quoi la sorcière » et Rosy dit « taisez-vous, vous êtes dans la maison du bon Dieu » comme si on savait pas.

Alice et Béatrice ont rien entendu, elles dorment l'une contre l'autre.

Ahmed, lui, veut le bonbon, mais Rosy dit qu'il ne peut pas à cause de sa religion qui n'est pas la même, et je pense que c'est pas bien d'interdire les bonbons parce qu'on est pas pareil, et je donne en douce à Ahmed la moitié du bonbon qui fond dans la bouche et qui est même pas bon.

On dirait du carton.

Rosy nous dit que le monsieur en robe blanc et noir est « le représentant du bon Dieu » et Jujube demande si le représentant[1] du bon Dieu sonne aux portes avec des trucs à vendre dans sa valise et Rosy dit « c'est pas la même chose » et Camille dit que les messieurs qui sonnent à la porte ont pas de valises et Jujube dit « si » et Camille « non » et Rosy « taisez-vous » comme si on était sourds.

Jujube et Camille continuent sans le son et on peut lire « si » ou « non » sur leurs lèvres et Jujube pince la cuisse à Camille et Camille hurle « non » et je crie « c'est Jujube qui a pincé Camille » et on doit sortir à cause des gens qui se retournent et c'est pas évident à cause de Béatrice et Alice qui pleurent quand Rosy les réveille.

Une fois dehors Rosy nous dit qu'on ira plus à l'église si on se conduit pareil et Simon dit en montant dans l'autocar à Gérard qui dort sur le volant « tant mieux, c'est chiant, et en plus il fait super froid » et Pauline débarque en tirant sur sa jupe « c'est déjà fini ? » et Rosy dit « vous, on ne vous a rien demandé » et Pauline répond « toujours aussi aimable, Rosy, c'est le bon Dieu qui vous apprend ça ? » et Rosy répond pas, elle la tue avec ses yeux pire qu'un revolver.

Moi, je demande pourquoi les gens dans l'église disent « mon père » au représentant du bon Dieu et Rosy lève les yeux au plafond et elle répond pas non plus.

C'est Pauline qui le fait « parce que le curé est un père pour ses brebis égarées, hein, Rosy ? » et Rosy fait comme si

1. Jeu de mots comme on en trouve beaucoup dans le roman, né d'une confusion entre les différents sens du même terme. Ici, Jujube comprend « représentant » au sens de « représentant commercial », vendeur ambulant.

elle était sourde et Pauline « ben alors Rosy, on boude ? » et Rosy « tu as de la chance que les enfants soient là, sinon je te dirais bien ce que je pense de toi » et nous « vas-y, Rosy, dis-nous ce que tu penses de Pauline » et Rosy se dégonfle « que du bien, les enfants, que du bien ».

« Tu te souviens, Rosy, quand on est allés à l'église ?

– Je préfère ne pas m'en souvenir. »

Et elle me sert une autre tasse de thé.

« Allez, fais pas la tête, Rosy. Je pensais juste aux mots à Pauline, dans l'autocar. »

Je reconnais que je la cherche un peu.

Mais, ça, c'est un truc de mômes.

On sait pas s'arrêter et on aime bien tourner la hache [1] là où ça fait mal.

« Des fois tu penses trop, Courgette. Pauline, c'est une brave fille. J'ai rien contre et j'ai rien pour non plus. C'est un genre, un point c'est tout.

– Entre nous on l'appelle comme toi : "sale petite grue". »

Et je regarde Rosy comme si j'étais un ange.

Rosy rigole « c'est pas bien de l'appeler comme ça » sauf que son rire dit le contraire et on se fait un clin d'œil Rosy et moi.

Puis elle me demande si j'aime bien Camille et je retire mon clin d'œil.

Camille et moi, ça regarde personne.

Je prends le dernier gâteau et je le mange en silence.

---

1. Jeu de mots humoristique qui reprend, en l'amplifiant, l'expression « remuer le couteau dans la plaie ».

Rosy, elle est pas idiote, elle s'arrange les cheveux avec ses mains comme si elle savait pas quoi faire et ça sert à rien vu qu'ils sont durs comme de la paille et elle dit avec une drôle de voix « moi aussi je t'aime bien, la Courgette ».

Je regarde Rosy et ses livres et nos dessins partout sur les murs.

Je pense qu'elle a que ça Rosy et, qu'en vérité, elle est aussi seule que nous, les enfants du foyer, et je m'approche d'elle et je lui fais un câlin.

On se dit rien. Le câlin, lui, dit tout.

Quand je pars, Rosy me sourit.

Et je me dis que c'est dommage qu'elle ait pas des enfants à elle, des vrais, parce qu'elle les aurait aimés encore mieux que nous, même si je peux pas l'imaginer cet amour-là. Rosy, c'est pas le genre à boire une bière et à parler à la télé. Si j'avais eu une maman comme elle, je serais jamais monté au grenier, et j'aurais jamais fouillé dans le tiroir à la commode. Et même si j'avais fouillé, j'aurais pas trouvé le revolver. Mais si j'avais eu une maman comme elle, j'aurais jamais rencontré Camille et c'est mieux comme ça. Des fois, je me dis que je suis « un incapable mineur » comme dit le juge, même si je retiens que le pire des mots.

Incapable.

Je comprends bien que j'ai fait une grosse bêtise.

Et puis des fois, je me dis que si je l'avais pas faite, je serais pas ici avec mes nouveaux amis et surtout avec Camille.

Avant, j'avais bien Marcel et Grégory, mais c'était pas pareil.

Le gros Marcel, il est nul aux billes et j'avais rien à lui dire sauf « t'es nul aux billes » même si j'aimais bien le battre. Et Grégory, à part envoyer le ballon dans la fenêtre, il savait rien sur rien.

C'est pas que je retiens tout, mais avec Simon et les frères Chafouin ça déménage quand même.

16

La sorcière s'en va avec son petit sac qu'elle étouffe sous son bras, sa petite bouche sans lèvres et son chapeau nul qui ressemble à un pot de chambre.

Camille sort de la pièce.

Ses yeux sont moins verts que d'habitude.

« Je vois pas pourquoi elle vient me voir pour me dire des choses aussi méchantes.

– Dis-le à madame Papineau, je dis, et la sorcière viendra plus.

– Je l'ai déjà fait. À madame Colette aussi. Mais je suis toute petite, ma Courgette, et je vois bien que personne ne me croit.

– Si, moi, je te crois. »

Et on se regarde avec des yeux terribles et ceux à Camille reprennent leur belle couleur.

« C'est plus la même personne quand il y a du monde autour. Elle joue à la mère, elle me caresse les cheveux, elle dit "pauvre petite", et moi, ça me dégoûte, je veux pas de ses mains sur moi ni de ses mots dans mes oreilles, alors je la repousse, je dis "arrête de faire semblant, tu me caresses avec tes mains ou avec tes mots parce que la directrice est là, ou le juge, ou madame Colette, mais quand on est que toutes les deux, tu me dis des choses méchantes et moi, tu me fais peur, je veux plus te voir" et là, elle fait un rond avec sa bouche, elle met la main sur son cœur et elle dit au juge, ou à madame Papineau, ou à madame Colette, "elle est encore sous le choc cette pauvre petite, il ne faut pas lui en vouloir. Elle reporte son agressivité sur moi qui n'ai plus qu'elle et je la comprends, pauvre petit chou, avec une mère pareille ce n'est pas étonnant, n'est-ce pas, madame Colette ?" et chaque fois, elle gagne, je le vois bien dans leurs yeux avant qu'ils disent "voyons, Camille, tu exagères un peu quand même, tu vois bien qu'elle t'aime beaucoup ta tante". Je les déteste, tous.

– J'ai une idée, Camille. »

Et je lui raconte ma ruse de Sioux à l'oreille.

« Tu crois que ça va marcher ?

– Ben oui, si tu te trompes pas de boutons. »

Et on est là dans le couloir à se raconter nos secrets, quand Ahmed sort du bureau à madame Colette avec son papa.

On se cache vite derrière une porte et on entend la voix à madame Colette « ne vous inquiétez pas, monsieur Bouradjah, c'est normal, Ahmed avait deux ans quand vous êtes parti ».

Je fais un pas en avant et je vois Ahmed qui veut pas que son papa l'embrasse.

Puis il me voit et je mets mon doigt sur ma bouche et Ahmed sourit, et je fais « c'est pas grave » avec mes lèvres et Ahmed « si » avec les siennes et madame Colette, qui regarde Ahmed, se retourne aussitôt.

« Icare ! Qu'est-ce que tu fais là, caché derrière la porte ? »

(Chaque fois qu'on m'appelle Icare c'est pas bon signe.)

On s'avance main dans la main, Camille et moi.

« Camille, tiens, tu es là toi aussi ! Allez dans mon bureau tous les deux, j'arrive. Excusez-moi, monsieur Bouradjah, je vous raccompagne, si vous le voulez bien. »

Le papa à Ahmed répond « oui » et il me regarde et il a pas l'air méchant. Il mâche pas de chewing-gum comme les méchants dans les films et il est rasé de partout et j'ai pas entendu de gros mots et je vois juste une bonne tête de papa triste.

« Qu'est-ce que vous faisiez derrière la porte, les enfants ? »

J'ai pas vu la psychologue entrer et je sursaute.

« Rien de mal », je dis, et je termine quand même mon cœur de pâte à modeler que j'offre à Camille.

Je me dis que madame Colette n'y verra qu'une « très jolie balle ».

« Alors, Courgette, on offre son cœur à Camille ?

– N'importe quoi, c'est une très jolie balle. »

Et je la regarde comme si elle était complètement idiote.

« On s'est cachés derrière la porte, dit Camille, parce qu'on vous a vue sortir avec Ahmed et son papa et on a eu peur de se faire disputer.

– Et pourquoi pensiez-vous que j'allais vous disputer ?

– Parce qu'on est des enfants, répond Camille.

– Comment ça s'est passé avec ta tante ?

– Oh, ça. Ben, comme d'habitude, toujours aussi gentille cette peau de vache.

– Il ne faut pas dire cela, Camille. C'est difficile pour elle aussi, tu sais.

– Ah, tu crois ça. Tu crois vraiment n'importe qui et n'importe quoi !

– Bien, Icare, sors, s'il te plaît. Je dois parler avec Camille.

– Non, je veux pas sortir, je veux rester avec Camille.

– Icare, ne m'oblige pas à te faire sortir.

– Okay. »

Je regarde Camille et je fais « peau de vache » avec mes lèvres et je sors sans refermer la porte derrière moi et j'entends la voix à madame Colette crier « la porte ! » et je fais le sourd et je cours jusqu'à ma chambre.

Ahmed est couché sous la couverture et rien dépasse sauf l'oreille au doudou lapin.

« T'es mort ? » je dis en soulevant le tout et je vois sa petite bouille toute en larmes contre la peluche.

Ahmed dit quelque chose avec le pouce dans sa bouche et je comprends rien alors je m'assois sur le lit et je retire le pouce et je dis « répète ».

« C'est pas mon papa. »

Et je vois débouler une tonne de larmes.

« Comment ça c'est pas ton papa ?

– Mon papa, il a une barbe et plein de cheveux.

– T'es con ou quoi, il a tout coupé. À la prison ça doit pas rigoler. J'ai vu ça dans un film, le méchant était rasé la tête à zéro avec un appareil, et après on le jetait dans un cachot et on glissait par un trou une assiette pleine de bouillie.

– Je sais pas tout ça. Sa barbe et ses cheveux, je jouais avec quand j'étais tout petit.

– T'as de la chance de te souvenir de ça. Moi, je me souviens de rien du tout. Mais si je le voyais, je le reconnaîtrais parce que c'est un géant qui parle comme un coq et qui porte des souliers vernis.

– Ma maman, elle est partie avec un autre monsieur et elle veut plus me voir et mon papa je l'ai oublié et il vient me voir et je le connais pas ce monsieur alors j'ai peur et je dis presque rien.

– Il était gentil avec toi ?

– Oui, il m'a dit qu'il devait trouver du travail et que Tony allait l'aider et qu'il reviendrait me chercher dans trois ou quatre mois et qu'on habiterait dans une belle maison avec un grand jardin et une piscine.

– C'est qui Tony ?

– Le monsieur m'a dit que c'était un copain de prison.

– Et ça te plairait d'habiter dans la belle maison avec le grand jardin et la piscine ?

– Je sais pas.

– Comment ça, tu sais pas ?

– Le monsieur m'a dit qu'on vivra tous les quatre avec Tony et Sandra.

– C'est qui Sandra ?

– Le monsieur m'a dit que c'était sa meuf et moi je les connais pas tous ces gens-là, et je veux pas m'en aller, je lui ai dit.

– Et qu'est-ce qu'il t'a répondu ?

– Qu'il était mon papa et que j'allais pas vivre tout le temps au foyer et que j'avais besoin d'une vraie famille comme Sandra, Tony et lui, et j'ai pleuré et il m'a dit "on s'habitue à tout tu sais" et moi j'ai dit que je voulais pas de sa famille parce que j'avais Simon et toi et Camille et Rosy et je suis parti et madame Colette m'a attrapé par la chemise et on est retournés voir le monsieur.

– Je croyais que t'étais amoureux de ton papa.

– Ben oui, j'y pensais tout le temps, mais dans ma tête je voyais une barbe et plein de cheveux et là, je reconnais rien du tout, et je veux pas de lui.

– Et qu'est-ce qu'elle a dit à ton papa, madame Colette ?

– Elle a dit qu'il devait venir me voir souvent pour que je m'habitue à lui et le monsieur a dit qu'il ferait de son mieux mais qu'il devait partir trois mois pour des affaires. Madame Colette a dit "je vois" et le monsieur a dit "c'est difficile de trouver du travail quand on sort de prison et grâce à mon copain Tony, j'ai un boulot qui m'attend en Amérique". "Quel genre de travail ?" elle a dit madame Colette, et le monsieur a répondu "un plan dans l'immobilier".

– C'est quoi un plan dans l'immobilier ?

– Je sais pas. »

Et Simon débarque « vous êtes nuls les copains, c'était super le musée » et il regarde Ahmed et il ajoute « alors, ton papa ? Pas cool on dirait, à voir ta tronche ».

Et Ahmed tire la couverture et il disparaît dessous.

« C'est quoi le problème ? » me demande Simon.

Je dis qu'Ahmed est plus du tout amoureux de son papa à cause de sa barbe et ses cheveux rasés et il veut pas de la belle maison avec la piscine, le jardin, Tony et Sandra parce qu'il nous préfère nous, les enfants du foyer.

« T'es dingue, Ahmed, crie Simon à la couverture. Ici, c'est la pire des prisons, pire que celle à ton papa, parce que nous, on n'est pas près d'en sortir, et on a beau aller à la piscine ou au musée de la Villette, on revient toujours dans cette baraque de cons et personne ne s'en va jamais ou alors quand on est très vieux, et toi tu pourrais aller dans une belle maison avec une piscine et un jardin et tu préfères "la prison" à cause d'une histoire de poils. J'ai jamais entendu une connerie pareille. »

Ahmed fait glisser un peu la couverture « toi, tu sais toujours tout sur tout, mais t'es tout seul, et personne ne vient jamais te voir, même madame Colette a pas de tiroir à ton nom, et t'es moche et t'existe pas.

– Ah ! j'existe pas ! Tu vas voir ça ! »

Et Simon se jette sur le lit et il frappe Ahmed et je crie « arrête Simon » et il arrache le doudou lapin, et là c'est Ahmed qui crie, et je tire Simon par les épaules et je prends son poing dans la figure et Rosy arrive et Simon lui donne un coup de pied et Rosy l'attrape par les cheveux.

« Simon ! Tu vas te calmer tout de suite et venir avec moi chez madame Papineau. Icare, tu emmènes Ahmed à l'infirmerie et tu mets un mouchoir tout de suite sur ton nez qui saigne. »

Comme je trouve pas de mouchoir, je prends un tee-shirt à Simon qui traîne sur une chaise et je me mouche avec et c'est tout rouge dedans.

Et j'emmène Ahmed avec sa joue toute bleue et son doudou à l'infirmerie.

« Hou là là ! dit Yvonne l'infirmière.

– Je veux pas de piqûre, je préviens.

– Le doudou lapin est mort », dit Ahmed.

Yvonne nous soigne tous les trois avec un truc qui pique et c'est à celui qui hurlera le plus fort, sauf le doudou qui la ramène pas.

Et Yvonne dit « il est courageux ce lapin. Là, c'est fini » en collant un sparadrap sur la joue à Ahmed, un autre sur mon nez et le dernier sur l'oreille au doudou lapin.

« Voilà, le lapin va mieux, et vous aussi, allez oust, retournez dans vos chambres. »

Et on part super vite parce que ça sent bizarre chez Yvonne et y a que Jujube pour rester aussi longtemps à l'infirmerie alors qu'il a rien de rien, moins que le doudou lapin.

Près de l'escalier, Simon frotte la rampe.

Ahmed lui tire la langue et il me lâche la main et il s'enfuit avec le doudou et je me penche et je vois les larmes à Simon se mélanger à la cire et j'ai comme un ballon dans la gorge et je descends le voir.

Simon dit rien, même ses larmes c'est que du silence.

Il a juste posé sa main sur mon épaule et moi je dis « arrête de pleurer, c'est pas grave » et il s'assoit sur les marches et il cache sa tête dans ses mains et ça a l'air grave.

Je sais pas quoi dire, alors je pose mes fesses à côté des siennes et j'attends que le chagrin s'en aille et Camille déboule et elle me dit « t'as quoi au nez ? » et je fais chut avec mes lèvres et elle s'assoit à côté de nous et elle pose sa tête sur mon épaule et on reste comme ça super longtemps.

Puis Camille se lève et elle attrape la cire et elle me tend le chiffon.

« C'est moi qui suis puni », dit Simon.

Camille et moi on répond au même moment « si t'es malheureux nous aussi ».

Et on se regarde tous les trois comme si on était seuls au monde.

Et on attaque la rampe et Simon retrouve le sourire.

17

Ahmed retourne au lit avec le doudou lapin.

« Je veux pas voir le méchant gendarme.

– Mais il a rien de méchant, je dis, et tu vois bien qu'il est pas habillé comme un gendarme quand il vient me voir.

– J'ai toujours peur qu'il m'arrête avec les menottes et qu'il m'appuie sur la tête pour me faire rentrer dans sa voiture et que tout le monde se moque de moi en disant "oh ! là là ! Ahmed, il fait que des bêtises" et après je suis au cachot et j'y reste pour longtemps et plus personne me reconnaît quand j'en sors.

– Des fois, t'es grave, dit Simon. Tes bêtises, c'est rien à côté de ton kidnappeur de père, tu n'iras pas en prison pour ça. C'est pas ta faute si t'as une famille complètement irresponsable. Et la Courgette a bien de la chance avec ce gendarme qui vient le voir tous les dimanches avec des paquets de bonbons et de tendresses. Et en plus, il va nous l'enlever pour le week-end avec Camille, et nous on va aller au Louvre avec Rosy et l'instituteur pour apprendre des trucs dont on se fout complètement. C'est pas un musée qui va nous faire des câlins et nous garder pour toujours.

– Moi, je comprends rien à ce que tu racontes, Simon, dit Ahmed en suçant l'oreille au doudou.

– Avec ton cerveau de peluche ça m'étonne pas, répond Simon. Eh, Courgette, y a Raymond qui te fait des signes et y a son môme qui nous fixe. Ça mérite une grimace ça ! »

Et la grimace à Simon est tellement horrible que Victor retourne aussitôt dans la voiture.

« J'ai faim, on mange quand ? je demande au miroir à la voiture où je vois que les yeux à Raymond.

– Surprise ! » répond Raymond.

J'aime pas les surprises : ça fait battre le cœur trop fort, ou alors on est vachement déçu.

La surprise à Raymond est au bout d'un chemin qui fait mal aux fesses à cause des trous.

C'est un restaurant.

Un monsieur bien habillé nous conduit à une table et là une dame pousse ma chaise avec moi dessus, comme si j'étais qu'un incapable, et après elle nous distribue des cartes géantes et Raymond me dit « tu peux prendre ce que tu veux » et j'en reviens pas.

« T'es déjà allée dans un restaurant ? je demande à l'oreille à Camille.

– Oui, des fois, quand papa et maman se disputaient pas.

– Moi, j'ai vu ça dans des films et maman m'a dit que c'était que pour les riches.

– Elle te racontait n'importe quoi, ta maman.

– C'est pas sa faute, tu sais, tout ça c'est à cause des bières et de sa jambe malade.

– Alors, mes enfants, vous avez fait votre choix ? nous demande la dame avec un carnet et un stylo dans sa main.

– Un œuf mayonnaise et un poulet-frites, répond Camille.

– Euh, moi aussi. »

Rosy m'a toujours dit que j'avais les yeux plus gros que le ventre quand je me servais plusieurs fois et que je touchais pas à la dernière assiette, pourtant, moi, si je m'écoutais, je prendrais bien toutes les entrées et tous les plats qui me tentent bien.

La dame recopie tout sur son carnet : les vieux ça a pas de mémoire.

Au dessert, on avale des glaces.

Raymond défait sa ceinture et un bouton à son pantalon à cause de son ventre qui veut respirer et il allume une cigarette.

« C'est pas bien de fumer, papa.

– Tu as raison, mon fils. »

Et il écrase la cigarette dans le cendrier.

Victor, il fait super attention à son papa. Tout à l'heure, il a dit que c'était pas bien de boire non plus et Raymond a dit non au verre de vin alors que ses yeux disaient le contraire.

Après on va se promener au bord de l'eau et Camille cueille des fleurs sauvages et Victor tient la main à son papa et le soleil joue avec l'eau et on voit une maman canard avec ses petits qui ont l'air un peu pompettes à nager tout de travers et des fois je marche en regardant le ciel tout bleu et je suis content de pas voir un seul nuage.

À part Raymond qui dit « c'est l'heure de rentrer, mes enfants ».

« Elle est où ta maman ? me demande Victor, assis dans la voiture à côté de son papa.

– Victor, on ne pose pas des questions pareilles, dit le gendarme.

– Maman est au ciel avec ses bières et une harpe, je réponds.

– La mienne, elle est au cimetière et on va la voir et on lui apporte des fleurs. Et toi Camille ?

– Là où papa l'a poussée, au fond de l'eau.

– Alors on est tous les trois sans maman ? demande Victor.

– Hélas oui, répond Camille en me serrant la main.

– Victor ! Assieds-toi correctement s'il te plaît et arrête donc de les embêter.

– Mais il nous embête pas, monsieur, dit Camille.

– Tu peux m'appeler Raymond, ma petite. Voilà on est arrivés. »

Raymond habite dans une petite maison sur le bord de la route avec un grand jardin derrière et plein de fleurs dedans. C'est de l'autre côté du village et même debout sur le toit je suis pas sûr de voir la maison abandonnée à maman.

« C'est papa qui s'occupe du jardin maintenant, raconte Victor. Il a lu un tas de livres parce qu'il y connaissait rien et les fleurs, au début, elles n'avaient plus personne pour les aimer à part moi, mais j'avais trop de choses à faire, alors elles sont parties dans le paradis des fleurs. Aujourd'hui, elles poussent comme des herbes folles à cause de papa qui leur fait écouter du jazz. Elles adorent ça, le jazz.

– Je savais pas que les fleurs aimaient la musique, je dis.

– Oh, si, maman, elle leur mettait de la musique classique, mais là, elles poussaient bien sagement.

– Et vous avez essayé le disco ? » je demande.

J'imagine les fleurs qui poussent toutes de travers quand j'entends la grosse voix à Raymond « Courgette, Camille, montez, votre chambre est prête ».

La chambre est super grande et le lit aussi et on voit les champs par la fenêtre et Raymond a mis les fleurs sauvages à Camille dans un vase et je respire les fleurs et ça sent rien.

On a rien rangé du tout parce qu'on a envie de jouer aux petits chevaux avec Victor qui est venu nous chercher à cause de son papa qui arrachait les mauvaises herbes au jardin.

D'habitude je triche et personne s'en rend compte, comme ça je gagne et je suis le plus fort.

Quand je jouais aux billes avec le gros Marcel à la récré, je montrais du doigt l'avion qui passait haut dans le ciel ou le chignon à la maîtresse et quand cet abruti de Marcel regardait ailleurs, je bougeais la bille et Marcel criait « t'as triché ! » et moi je disais « non, je suis le plus fort, et donne-moi toutes tes billes bleues ».

Avec maman c'était pas difficile de tricher vu qu'elle regardait que la télé.

« Je sais pas de qui tu tiens une chance pareille au jeu, elle disait. Ton abruti de père a jamais gagné un sou au loto et moi je trouve même pas un mot sur les grilles des mots croisés. »

Mais avec Camille, j'ose pas tricher.

Ça m'empêche pas d'essayer rapport à l'habitude.

Je pose mon doigt sur le dé pour changer le chiffre et faire double dé et je regarde Camille qui montre à Victor une tache au plafond et on dirait qu'elle me dit « vas-y triche, je m'en fous » mais je peux pas.

C'est comme si mon doigt me brûlait et je le retire du dé et j'avance seulement de trois cases. Je me dis que si je triche ça va se voir dans les yeux verts à Camille. Et moi je veux que du bonheur dans ses yeux.

Alors je perds et je suis fier d'être le plus faible.

Raymond lit son journal et nous regarde jouer.

Quand moi je le regarde, Raymond fait semblant de lire son journal. Je vois bien qu'il tourne pas les pages.

J'ai l'impression qu'il pense à quelque chose d'important mais je sais pas quoi et j'ose pas demander.

Puis il se lève pour aller parler avec ses fleurs et j'en profite pour demander à Victor « c'est comment un papa ? ».

Victor prend son temps avant de répondre.

« Moins bien qu'une maman.

– Pourquoi tu dis ça ? demande Camille.

– Quand maman est partie, papa ne voulait plus rien faire et il restait là, dans le canapé du salon, avec la bouteille de whisky à la main à regarder la télévision sans le son. Des fois son copain Dugommier venait le voir et pour ça, il devait passer par une fenêtre ouverte à force de sonner et de frapper pour rien à la porte à cause de mon papa qui voulait pas bouger. Moi, quand je rentrais de l'école, j'allais faire les courses avec le billet que je prenais dans le portefeuille à papa ou dans la boîte à sous à maman, et après je faisais le ménage et je préparais le dîner, sinon papa ne mangeait rien. Il a même failli perdre son travail et c'est grâce à Dugommier que tout s'est arrangé. Un jour Dugommier a tellement engueulé papa que ça l'a réveillé de son mauvais sommeil. Ça tombait bien, j'avais plus un seul billet pour faire les courses. Il a arrêté de boire et il est retourné au commissariat et Dugommier et les autres étaient bien contents de retrouver leur chef à cause des voleurs qui en avaient profité pour cambrioler des tas de maisons.

– La fenêtre, c'est toi qui la laissais ouverte ? je demande.

– Oui, je me disais que si c'était pas Dugommier, ce serait un oiseau ou une mouche ou même le fantôme à maman qui viendrait le distraire, mais le fantôme à maman il est jamais venu. Il savait peut-être pas voler celui-là et c'est vrai que maman c'était pas le genre à passer par les fenêtres, mais bon, j'aurais préféré qu'il vienne et qu'il fiche la trouille à papa plutôt que la guêpe qui lui a piqué la main. Je l'ai soigné avec la pharmacie à maman et j'ai bien failli ne plus laisser la fenêtre ouverte pour Dugommier. Le soir j'ai prié le bon Dieu, j'ai dit "si t'es sympa, je te filerai un billet, ne fais plus venir les guêpes et débrouille-toi pour le fantôme à maman et amen" et pour une fois le bon Dieu m'a écouté, mais seulement pour les guêpes, alors j'ai donné une pièce jaune à la tirelire de l'église et j'ai dit "tu mérites pas plus que ça et t'es qu'un paresseux et amen".

– Tu as dû être malheureux, mon chou, dit Camille.

– J'avais pas le temps avec tout ce que j'avais à faire.

– Tu pleurais pas ta maman ? demande Camille.

– Non, des fois je me dis que je suis pas normal, mais les larmes, j'ai beau essayer, elles viennent pas.

– T'as jamais pleuré ? »

J'en reviens pas.

« Si, quand je tombe de la bicyclette ou quand j'épluche les oignons, mais ça dure pas longtemps.

– Et Raymond, il t'a jamais battu ?

– Il a jamais levé la main sur moi. Juste sa voix des fois, mais ça fait pas venir les larmes.

– Mais je comprends pas pourquoi tu penses qu'un papa c'est moins bien qu'une maman. Moi si j'avais eu un papa pareil j'aurais pas joué avec un revolver et tout ça. C'est vrai que ça devait pas être rigolo tous les jours de le voir devant la télé, surtout qu'il mettait pas le son, mais bon, il t'a jamais mis la raclée du siècle, et il a tellement d'amour en lui que ça transpire de partout.

– Oh, oui, c'est le plus gentil des papas, mais une maman ça pense à tout, tu sais. D'ailleurs, elle était tout le temps dans ma tête. Quand je faisais les courses, je me disais "elle prendrait ça ou ça à cause du fer ou des vitamines ou du nombre de calories ou parce que c'est moins cher ou parce que c'est la saison" et quand je faisais le ménage "elle passerait l'aspirateur derrière le meuble à cause de la poussière qui se cache partout" et quand j'ouvrais les fenêtres "il faut bien que Dugommier s'occupe de lui puisque nous ne sommes plus là" et quand je retirais la bouteille de whisky de ses mains et que je remontais la couverture sur ses épaules "elle en aurait fait autant".

– Et il boit plus Raymond ? je demande en pensant à maman qui me criait dessus après, quand c'était pas pire.

– Juste un verre le soir quand il rentre du travail et c'est moi qui sers, un fond, et sans glaçons dedans.

– Il en boit peut-être en cachette comme Michel le barbu qui nous abandonne en forêt pour un "besoin naturel". Un jour je l'ai suivi et j'ai vu à quoi ça ressemblait le besoin naturel : à une canette de bière. Et même si je le suis pas, j'ai qu'à respirer sa bouche quand il me parle. C'est un truc à tuer les mouches.

– Ça risque pas, la bouteille c'est moi qui la cache et Dugommier en fait autant au bureau et des fois papa dit qu'on se moque de lui dans son dos et c'est pas vrai, c'est juste pour son bien. On veut plus le voir malheureux.

– Tu es très courageux, dit Camille, toute rêveuse. Quand mon papa ne voyageait pas, je me souviens qu'il buvait plus à la bouteille qu'au verre. Ça rendait maman très méchante. Elle fermait la porte de sa chambre à clé et l'obligeait à dormir sur le canapé et elle lui criait dessus tout le temps, comme quoi elle aurait pu avoir une autre vie si elle en avait épousé un autre. Elle essayait pas de cacher ses bouteilles. Moi je pense que c'est lui qui aurait dû en épouser une autre. Il était pas méchant. Elle, elle tenait déjà de sa sœur, elle avait du sang de sorcière. Elle avait beau recoudre les cœurs des hommes seuls et travailler jour et nuit, ses aiguilles ne faisaient que le bien des autres. Elle était jamais contente de son sort et c'était toujours de sa faute à lui. Elle voyait passer les vêtements bien coupés et elle s'imaginait dedans en les réparant. Elle rêvait d'une autre vie à chaque instant, sans vivre la moindre miette de la sienne. Elle n'était pas mauvaise avec moi et je crois qu'elle m'aimait bien, à sa manière, mais ses caresses n'en étaient pas, juste un revers de la main qui se posait sur ma joue ou sur mon bras comme un papillon.

C'était toujours moi qui venais vers elle. J'allais m'asseoir sur ses genoux, je cherchais un peu de tendresse, le papillon se posait sur mon front et j'entendais "va prendre ton goûter, maman a encore du travail" et c'était tout.

– Ta maman travaillait aussi la nuit ? demande Victor.

– Oui, elle savait pas s'arrêter, mais la nuit c'était différent, elle se servait pas de sa machine. Juste ses doigts et sa langue.

– Avec des hommes, c'est ça ?

– Oui, ça devait la détendre, un peu comme la gymnastique.

– Papa a connu une femme comme ça derrière les barreaux. Un jour il en a parlé avec Dugommier. Il en revenait pas. Il appelle ça "une femme de mauvaise vie". Il l'a gardée juste une nuit et il l'a relâchée ensuite et il lui a demandé de plus revenir dans nos campagnes.

– Maman n'est jamais allée en prison pour ça. Et elle faisait que du bien à ces messieurs à voir leur figure toute contente.

– Peut-être, dit Victor. N'empêche que ta maman, c'était "une femme de mauvaise vie".

– Oh oui, elle le disait souvent que sa vie était mauvaise.

– Moi, je dis, la mienne elle le disait pas, mais sa vie elle était pas bonne, avec sa jambe malade et toutes ces bières, à parler qu'à la télé, et ses vêtements tachés et la main qui me tombait dessus pour rien et la branche à cinq feuilles sur mes joues après, mais elle faisait de la bonne purée et des fois on rigolait bien en regardant la télé.

– Hum hum, dit Raymond en chapeau de paille, tablier et gros ciseaux à la main. Vous n'allez quand même pas passer tout l'après-midi dedans avec un soleil pareil ! Et si on allait tous faire une promenade ? »

Et nous on dit « oui » parce qu'on voit bien que ça lui fait plaisir de nous avoir rien que pour lui.

On marche dans les champs avec la terre qui colle aux souliers et on déboule sur un chemin que je connais bien.

Je crois que Raymond il a pas fait exprès vu sa tête.

Moi ça me fait tout drôle de revoir ma maison.

Les herbes ont poussé et le carreau à la cuisine est cassé et c'est peut-être le fils au voisin qui a lancé un œuf ou le vent qui a frappé trop fort parce que personne lui répondait.

Je veux entrer dedans et montrer ma chambre à Camille quand Raymond me prend doucement le bras « tu ne peux pas, c'est interdit » et il me montre la bande de papier et le gros cadenas qui bouche la serrure.

« Et c'est interdit de passer sous la trappe derrière la maison ?

– Quelle trappe, mon petit ?

– Venez, je vais vous montrer. Je rentrais par là quand maman m'envoyait chercher des conserves.

– OK, mais pas longtemps », dit Raymond.

Et on va derrière la maison avec les herbes jusqu'aux genoux et je soulève la trappe et on descend dans le noir et Victor est tout excité.

« On se croirait dans *Indiana Jones* », il dit.

Camille me tient la main et Raymond dit « attention les enfants ne tombez pas » comme si on avait envie de se casser les jambes.

Ça sent pas bon à cause des légumes et des fruits pourris.

On remonte par l'escalier à la cuisine et il y a des morceaux de verre par terre et des toiles d'araignée sous les plafonds et beaucoup de poussière qui vole dans un rayon de soleil. Camille et Victor crient à cause d'une petite souris morte et on grimpe dans ma chambre et ça sent bizarre alors j'ouvre les volets et dans la cour je vois le fils au voisin qui me regarde.

« C'est qui le garçon assis sur un cochon ? demande Camille.

– Un sauvage qui a peur de tout sauf de son père et des cochons. »

Je lui fais un signe et à ma grande surprise il en fait autant.

« Il s'appelle comment ? demande Camille.

– Nathan. Une fois j'étais triste et maman m'a dit que j'avais beaucoup de chance. "Regarde ce petit rouquin toujours sale et puant qui porte les vêtements du père avec la corde pour retenir le pantalon et le tee-shirt lavé au robinet. On connaît pas le savon chez ces gens-là. Son pull est mangé aux mites et souillé de boue, ses pieds sont nus été comme hiver. Toi au moins tu es à peu près normal. Grâce à moi, tu es propre, tu as des chemises à ta taille, tu vas à l'école et même si t'apprends rien, au moins, ça t'occupe. Tu es nourri, logé, blanchi, alors que des tas d'enfants dorment sous les ponts quand ils dorment et quand il y a des ponts."

– J'avais dit pas longtemps, la Courgette ! » gronde Raymond.

Alors on s'en va. Je me retourne quand même et je vois Nathan me sourire et ça me mord le cœur.

Je l'ai jamais vu sourire à autre chose qu'un cochon.

Raymond nous envoie sous la douche à cause de nos habits tout crottés et nos visages et nos mains pareils. Après, on met des vêtements tout propres et on sent l'eau de toilette à Raymond qu'on s'est tous les trois renversée dessus. Et on joue avec le Nintendo [1] à Victor.

« À table les enfants ! » dit Raymond, et il nous sourit comme si on était tous les trois pareils.

On mange des tomates avec le persil au jardin et un poulet et de la purée et des fraises à la crème Chantilly et on peut voir tout ça sur le tee-shirt à Victor qui mange avec ses doigts, comme Béatrice.

« Victor, ta fourchette, dit Raymond.

– Quoi ma fourchette ?

– Ne fais pas le malin devant tes copains. Prends ta fourchette et mange avec. »

Et Victor prend sa fourchette et sa main tremble et tout dégringole sur son tee-shirt et son papa lève les yeux au plafond et Camille et moi on attrape nos fourchettes et nos mains tremblent et tout tombe sur nos habits tout propres et Victor rigole et Raymond aussi.

Après on regarde un peu la télé et c'est un match de foot et Camille et moi on bâille à se décrocher la bouche.

« Allez au lit, mes petits », dit Raymond et il nous fait un gros câlin et ça me fait tout drôle de voir les petites mains à Camille se refermer sur son énorme cou.

---

1. Comprendre *la* Nintendo – console de jeux vidéo diffusée par la marque du même nom dès le milieu des années 1980.

À peine au lit, Camille ferme ses yeux.
Et moi je me souviens plus trop après.

18

Raymond boit son café.

Et il nous propose de passer la journée au Monstre.

J'en lâche ma tartine à confiture.

« Pour de vrai ? » je dis, un peu méfiant.

Avec les grandes personnes on sait jamais.

« Pour de vrai, répond le gendarme.

– Ouahou ! on crie Victor et moi.

– C'est quoi le Monstre ? demande Camille, pas rassurée.

– C'est un parc, je dis, avec des trains fantômes et tout ça. Moi j'y suis allé une fois avec Grégory et sa maman et on s'est bien amusés. Sauf que quand je suis rentré maman m'a crié dessus à cause de la boue sous mes chaussures qui avait sali son tapis et elle a pas voulu que je lui raconte ma journée et j'ai dû monter au grenier pour éviter la raclée du siècle et j'avais que les pommes pour m'écouter parler des manèges. »

Le soleil éclabousse le Monstre.

On dirait que tous les enfants du parc ont « fait la rampe » pour que les manèges brillent de partout.

Raymond nous offre une barbe à papa.

J'ai jamais vu de barbe rose au menton d'un papa.

Des fois c'est n'importe quoi les noms.

On marche tous les quatre avec les yeux qui mangent les manèges et les pieds qui collent aux papiers gras. Victor prend la main à son gendarme et il la tient serrée dans la file au train fantôme. Camille s'assoit sur la barre de fer et balance ses jambes dans le vide en suçant le bâton à la barbe rose.

« Attention, ne l'avale pas », dit Raymond comme si Camille avait envie de se trouer l'estomac.

Les adultes, des fois, ça dit des trucs stupides à cause de la peur qui leur dévore le cœur.

Ils feraient mieux d'écouter le silence.

On finirait par croire que les enfants sont super débiles et qu'ils n'ont qu'une envie : se percer la gorge avec une sucette, ou se casser le cou à bicyclette, ou les jambes et les bras en descendant des escaliers, ou avaler de l'eau de Javel parce que ça change du Coca.

Et il faut les regarder, ces adultes, jouer aux grandes personnes et faire plus de bêtises que nous les enfants. C'est vrai qu'on est pas aussi sages que les images qui bougent jamais, mais bon, c'est pas les enfants qui cambriolent les maisons ou font sauter les gens avec des bombes ou tirent avec des carabines, à part moi, mais c'était juste un revolver et j'ai pas fait exprès. Eux, les méchants, c'est toujours exprès, pour faire du mal aux gens et leur voler leurs économies et c'est pas bien. Après les gens dorment sous les ponts et ils attendent d'être aspirés par le ciel pour plus avoir à se soucier de rien.

C'est parti pour le train fantôme.

Un squelette sort d'une boîte et effleure les cheveux à Camille et ça fait crier mon ange qui se serre contre moi. Des fois, le petit wagon roule plus vite. On dirait qu'il va dérailler et non, il fonce vers une porte fermée qui s'ouvre au dernier moment et on traverse une toile d'araignée géante et au-dessus de nos têtes une sorcière s'envole sur son balai. Des fois aussi on voit que du noir et Camille me pince le bras et soudain des monstres sans tête et pleins de sang dansent dans la lumière et on ferme nos yeux pour pas être dévorés et quand on les ouvre c'est pour défoncer des tas de portes fermées et juste avant de sortir pour de bon, une main nous touche les épaules, et on hurle Camille et moi et c'est super.

Victor bondit hors du wagon, tout excité.

Son papa, non.

Il a un peu de mal à sortir son gros ventre du petit wagon.

« Les montagnes russes ! Les montagnes russes ! crie Victor.

– Oh oui, Raymond, on va aux montagnes russes, je dis et on attend des années dans la queue et Camille lève les yeux et regarde tout là-haut le wagon jaune qui bascule dans le vide.

– Et les gens descendent les montagnes comme ça en Russie ? elle demande.

– C'est où la Russie ? dit Victor au même moment.

– À côté de Marseille », je réponds.

Raymond me regarde « à côté de Marseille ?

– Ben oui, je dis, super fier de ma réponse.

– La Russie, c'est trente fois la France, mais ça n'a rien à voir avec Marseille, mon petit. C'est au sud des pays du Nord, comme la Finlande, et au nord de la Chine.

– Ah bon, je dis, un peu perdu. Alors je devais dormir quand monsieur Paul nous a montré la carte du monde.

– De toute façon, ça n'a rien à voir avec le manège. C'est juste que les montagnes sont hautes là-bas, mes enfants.

– C'est sûr que ça se décroche pas ce machin ? demande Camille.

– Sûr, je dis. C'est juste ton cœur qui se décroche, mais une fois en bas tout se remet en place.

– Ah ! dit Camille, pas rassurée du tout.

– Tu n'es pas obligée de monter, dit Raymond. Si tu veux, on attend les garçons en mangeant une glace sur le banc-là, derrière nous.

– Non merci. Si ça se décroche je veux être dedans pour partir avec Courgette.

– Mais ça ne va pas se décrocher, mon enfant, voyons. Fais-moi confiance. Ces machines-là sont testées.

– C'est gentil de m'appeler mon enfant, monsieur Raymond, mais testées ou pas, moi, ça me fait un peu peur ce truc-là.

– Alors appelle-moi Raymond, et ce n'est pas les manèges qui manquent ici.

– Quand on a peur de quelque chose, Raymond, monsieur, il faut pas se décourager, sinon on aura peur toute sa vie.

– Tu as raison, Camille. Mais ce n'est qu'un jeu la montagne russe.

– Tout est un jeu, monsieur Raymond.

– Raymond, ma petite, il ne faut pas croire que la vie est un jeu. Qui t'a dit une chose pareille ?

– Personne, c'est moi toute seule, pour me protéger de la sorcière qui voulait que je l'appelle Nicole et après elle était méchante. Quand je frottais le parquet, si je me disais que tout ça n'était qu'un jeu, alors j'avais moins mal.

– Nicole ?

– Sa tante, je dis, une vraie salope.

– Icare, on ne dit pas “salope”.

– Tu le dis bien toi. En tout cas, elle fait comme si Camille était une pauvre petite fille avec madame Papineau et le juge, mais avec Camille elle est très méchante.

– C’est vrai qu’elle avait pas l’air commode à Noël.

– Si on te le dit, Raymond. On a un plan, d’ailleurs, pour nous débarrasser d’elle.

– Comment ça, Icare, “nous débarrasser d’elle” ?

– Pas pour de vrai, bien sûr, mais je peux pas te le dire. C’est un secret entre nous.

– Tu ferais un bon policier, toi ! dit Raymond en rigolant.

– Oui, et je pourrais même t’aider à arrêter les voleurs.

– Ah, comment ?

– Ça, je sais pas, tu pourrais m’apprendre.

– On verra ça, mon petit. C’est à nous les enfants ! »

On monte tous les quatre au premier rang de la chenille.

Raymond s’assoit d’un côté et moi je prends l’autre pour protéger Camille qui tient ses mains bien serrées sur ses genoux.

La chenille se hisse lentement sur la pente avec un bruit à faire peur. Tout le monde crie.

En levant la main, on pourrait presque toucher le ciel.

En bas, la foule est toute petite.

« Ferme les yeux si tu as trop peur, je dis à Camille juste avant qu’on bascule. »

La chenille dévale d’un coup et hop ! on plonge dans le vide et ça tourne serré avec Camille qui cache ses yeux et on remonte un peu pour redescendre encore plus vite et j’ai le cœur qui cogne de partout et la tête sur le point d'éclater et c'est trop bien et mon cœur se décroche et il se balade partout et je regarde Raymond qui ferme aussi les yeux et Victor qui hurle « non » et hop ! une grosse descente, les tournants, encore plus de vitesse, on remonte une dernière fois pour redescendre encore plus vite et tout mon visage est aspiré par le vide et j'ai l'impression que mon cœur va sortir de ma bouche et c'est trop génial et c'est le dernier tournant avec le corps à Camille collé au mien et ses mains qui m'attrapent le bras et ses yeux qui me regardent, verts, si verts, tout va très vite, et voilà, on ralentit et c'est fini.

« On y retourne ? » dit Victor, tout énervé, mais son papa tout blanc nous montre l'énorme queue qui s'est formée depuis notre descente et je crois que Camille a bien mérité sa glace.

« Après, je dis, et Camille me caresse avec ses yeux.

– Après quoi ? demande Victor, tout déçu.

– Ça va ? je demande à Camille qui hoche la tête.

– Papa, s'il te plaît, insiste Victor.

– Bon, les petits, j'y retourne avec Victor. Ne vous éloignez pas trop. Tenez, prenez ce billet et achetez-vous des glaces. »

Camille arrache le billet des mains à Raymond et elle m'entraîne vers la marchande de glaces et je suis bien content d'être tout seul avec Camille : mon cœur bat encore plus fort que sur la montagne russe.

Camille et moi on prend un double cornet.

Camille, chocolat-vanille. Moi, fraise-pistache.

On est assis sur le banc et on reste là, bien sages comme des images.

« Tu t'es taché, dit Camille.

– Où ? et je regarde ma chemise et mon pantalon et je vois rien.

– Là. »

Et elle m'embrasse la bouche.

« Oh ! comme c'est adorable ! » lâche une vieille de trente ans.

Adorable ou pas, ça la regarde pas cette chipie et j'attends qu'elle s'éloigne pour rendre son baiser à Camille et sa bouche sent le chocolat. Ça me chauffe de partout, des tas de picotements remontent sur mes bras et mes jambes et je me dis que le soleil a dû profiter de ma bouche ouverte pour entrer dedans.

J'en ai marre d'être sage.

« Viens, je vais t'offrir un ours géant.

– Courgette ! C'est les sous au gendarme.

– Je vais la gagner la peluche. T'inquiète. »

Le monsieur du stand me tend une carabine avec des billes dedans et je regarde les petits ballons de couleur dans leur cage qui aimeraient bien s'envoler.

« Désolé, je dis aux petits ballons. »

Le juge, s'il était là, il dirait plus que je suis un incapable : j'ai tué tous les ballons et j'ai gagné un ours géant.

« Il est où ton papa ? me demande le monsieur aux ballons.

– J'ai pas de papa.

– Ah, je croyais que monsieur Raymond était avec vous.

– Tu connais Raymond ?

– Oui. C'est une vieille histoire. Mais t'es pas obligé de lui parler de moi. »

Camille me tire par le bras. Elle serre l'ours géant contre elle.

« Viens, Courgette, on s'en va. Le gendarme va s'inquiéter. »

Raymond et Victor nous attendent sur le banc.

« C'est quoi cet ours ? demande Raymond.

– C'est Courgette qui l'a gagné en tirant sur des ballons. Même que le monsieur du stand vous connaît et qu'on est pas obligés de vous le dire.

– Ah ! il a dit ça. Et il est où ce vendeur d'ours ?

– Là-bas, le monsieur avec la veste à carreaux.

– Mais c'est ce filou de Gilbert !

– C'est qui Gilbert, papa ?

– Un petit voleur de voitures que j'ai arrêté.

– Mon papa c'est le plus fort », dit Victor, tout fier.

Et il ajoute tout bas « surtout depuis qu'il picole plus ! ».

Ça nous fait rigoler tous les trois et Raymond dit « qu'est-ce qui vous fait rire, mes petits ? » et nous « rien » et on peut plus s'arrêter de rire.

Raymond nous regarde et ça le fait sourire « vous vous moquez de moi, c'est ça, hein ? » et nous « oh ! non ! » et c'est reparti pour un tour.

On finit par se calmer à cause de Raymond qui propose un hamburger-frites et un tour d'autotamponneuse.

« Moi, je monte avec Courgette », dit Victor.

Et je vois bien que Camille boude un peu et ça me fait plaisir cette mauvaise tête : ça veut dire qu'on peut plus se passer l'un de l'autre.

« Allez, ma petite, dit Raymond en passant le bras sur son épaule, je crois que nous n'avons pas le choix. »

Camille lève son menton et sourit au gendarme.

« Non, on a pas le choix, mais on va leur mettre la pâtée.

– C'est pas joli de dire ça.

– C'est pas joli, mais c'est quand même ce qu'on va leur mettre, Raymond, une pâtée du siècle ! »

Et là mon ange rougit et Raymond aussi : c'est la première fois que Camille dit son prénom pour de bon.

On attend super longtemps que les voitures se libèrent tout en buvant le Coca par la paille.

Raymond nous prend l'un après l'autre sur ses épaules.

Une dame très vieille dit à Raymond « vous avez de très beaux enfants !

– Merci, madame », répond le gendarme.

Victor nous regarde.

Après tout, on est pas les enfants à Raymond et ça doit pas lui faire plaisir à Victor d'entendre tout ça.

« Tu vois, papa, si j'avais un frère et une sœur, j'aimerais bien qu'ils ressemblent à ces deux-là. »

Et il verse une petite larme.

Et Raymond s'étouffe.

Camille et moi, on sourit idiots et on le console avec des baisers.

Victor me prend la main et me pousse dans une voiture rouge tandis que Camille entraîne Raymond dans une voiture verte où il a bien du mal à s'asseoir.

Et c'est parti.

Victor fonce sur Camille qui l'évite et rentre dans la voiture à la vieille dame de tout à l'heure et Victor fait tourner le volant dans tous les sens et on se retrouve sur les bords à la piste pour mieux rattraper la voiture à Camille et on fonce dedans. Raymond lève son poing et dit en rigolant « vous allez voir ce que vous allez voir ! » et il a pas le temps de finir sa phrase qu'un grand monsieur tout maigre lui rentre dedans et la voiture à Camille fait pareil avec une autre et toutes les autres voitures se disent bonjour sauf la nôtre : nous on roule tranquilles sur les côtés. Le tas de voitures se sépare et Camille donne un grand coup de volant vengeur et nous fonce dessus par l'arrière.

« Attention ! » je crie, mais la voiture à Camille est plus rapide et c'est l'accident et nos fesses se soulèvent et le manège s'arrête aussitôt et on doit sortir des voitures et laisser nos places encore chaudes à d'autres petits veinards.

« Il se fait tard, dit Raymond. C'est bientôt l'heure de vous ramener aux Fontaines, mes enfants.

– Papa ! Encore une montagne russe, s'il te plaît !

– Victor, on n'a pas le temps.

– Mais si, regarde, y a plus de queue !

– C'est vrai, ça, mais c'est pas gentil pour Camille.

– Moi, j'ai plus peur, dit Camille. Et toi, Raymond ? »

Et on peut lire dans les yeux au gendarme qu'on a gagné un dernier tour : c'est pas le genre à se laisser impressionner par des garnements comme nous.

19

L'orthographe, ça commence à m'énerver.

Il faut recopier des phrases où le mot souligné a le même sens.

Ça commence mal : rien n'a aucun sens.

1/– Maman a préparé de la langue de bœuf.

C'est trop dégoûtant de manger la langue aux animaux.

On passe à la suivante.

2/– L'arabe est la langue des Marocains.

Simon et moi on regarde la langue à Ahmed avec nos doigts et elle est comme la nôtre et Ahmed pleurniche parce qu'on a tiré trop fort dessus.

3/– Mon frère apprend une langue étrangère.

On passe à la suivante parce qu'on a pas de frère.

4/– Bruno m'a tiré la langue.

On connaît personne qui s'appelle Bruno.

Dommage : c'est la seule phrase qui a un sens pour nous.

Et madame Colette déboule et me sauve de cette leçon à la con.

« Courgette, la directrice et Rosy t'attendent dans mon bureau.

– T'as dû faire une sacrée bêtise, dit Simon.

– Non, Courgette n'a rien fait, lui. »

Simon fait une drôle de tête.

« Ça veut dire quoi ?

– Ça veut dire ce que ça veut dire. Mais pour l'instant c'est le tour de la Courgette. Toi, on verra plus tard. »

Madame Papineau est assise sur la chaise à la psychologue, madame Colette sur son bureau et Rosy sur notre pouf.

Elle a de la peine à tenir dessus avec ses grosses fesses et moi j'ai du mal à garder mon sérieux avec tous ces regards sérieux.

« Alors, mon petit, nous aimerions savoir comment s'est passé ton week-end avec le gendarme, commence madame Papineau.

– C'est pour ça que vous êtes là, toutes les trois ?

– Oui, mon petit.

– J'ai pas fait de bêtises ?

– Non, pas que je sache, dit madame Papineau en regardant Rosy qui fait non avec ses mains.

– Alors c'est pas la peine de m'appeler mon petit : j'ai presque dix ans.

– C'est vrai que tu es grand, Icare, mais, tu sais, "mon petit" c'est affectueux.

– Je suis plus un bébé. »

Et je pense à Raymond qui m'appelle comme ça, mais Raymond, c'est pas pareil, lui, il peut m'appeler comme il veut.

« Et mon nom c'est Courgette. »

La directrice regarde le plafond.

« On t'écoute.

– On s'est bien amusés, je dis et c'est tout. »

Je sais pas pourquoi mais je me dis qu'il faut pas tout raconter alors je réfléchis et ça prend du temps.

« À quoi tu penses, la Courgette ? demande la psychologue.

– Oh, je pensais au restaurant au bord de l'eau, à la promenade avec les canards et aux fleurs qui écoutent du jazz dans le jardin à Raymond.

– Comment ça, des fleurs qui écoutent le jazz ? demande Rosy.

– Ben oui, quoi, les fleurs ça pousse avec la musique. Toi, des fois, on dirait que t'habites dans la grotte à Cro-Magnon.

– Quoi d'autre, Icare ? s'impatiente madame Papineau.

– On a dormi dans un grand lit.

– On ?

– Victor et moi. Camille, elle a dormi dans le lit à Victor.

– Et ça ne l'embêtait pas de prêter sa chambre ?

– Oh non, il est très gentil Victor. Sauf que j'avais du mal à m'endormir parce qu'il arrêtait pas de parler. »

Et je me dis que je vais pas m'en sortir avec tous ces mensonges surtout si madame Papineau pose les mêmes questions à Raymond.

Il faut pas que j'oublie d'appeler le gendarme pour qu'il mente lui aussi.

« De quoi parlait-il ? demande madame Colette.

– De la pâtée qu'il nous avait mise à Camille et à moi au Nintendo.

– Le Nintendo ? dit Rosy, aussi dégoûtée que si c'était la langue au bœuf.

– C'est de leur âge, dit madame Papineau.

– C'est peut-être de leur âge, mais ces jeux-là, c'est pas bon pour eux. Ça les isole trop.

– Rosy ! Vous avez l'esprit trop rétrograde [1] ! Si vous laissez des enfants jouer toute une soirée avec, peut-être, mais sinon c'est bon pour leurs réflexes.

– Ça veut dire quoi rétrograde ? je demande au cas où on oublierait que je suis dans la même pièce.

– Vieux jeu, répond Rosy.

– Vieux jeu ? »

Je comprends plus rien.

« Oui, ma Courgette. La directrice veut dire que je suis à côté de la plaque.

– Je n'ai pas dit ça, Rosy.

– Si, vous l'avez dit, Geneviève. Moi, je suis fière de préférer les berceuses à ces jeux débiles. Et les enfants, eux, ne s'en plaignent pas. N'est-ce pas, Courgette ?

– Oui, Rosy. »

Au point où j'en suis des mensonges, un de plus…

« Revenons à nos moutons. Qu'avez-vous fait dimanche ? »

La voix à madame Colette est aussi dure qu'un croûton de pain.

« On est allé au Monstre, je dis, et Camille avait un peu peur dans les montagnes russes alors je l'ai protégée et après j'ai tiré avec une carabine et j'ai gagné un ours géant.

– Raymond t'a laissé tirer avec une carabine ? » demande madame Papineau.

On dirait qu'une aiguille vient de la piquer.

Et moi, j'ai pas réfléchi assez.

---

1. Réactionnaire ; qui n'aime pas la modernité et préfère l'ancien temps.

« C'est pas sa faute, je dis. Victor voulait faire un autre tour, alors il nous a donné de l'argent pour qu'on aille s'acheter des glaces, Camille et moi.

– On ne laisse pas deux enfants tout seuls dans un parc aussi grand ! dit Rosy. Vous auriez pu vous perdre ou pire, vous faire enlever !

– Je suis pas idiot. Si un inconnu me demande de le suivre, je me laisse pas faire. Avec le judo du mercredi, je lui mets la pâtée. »

Et je file un coup de poing au pouf à Rosy.

Ça fait rigoler la directrice et sursauter la zéduc.

« Et Raymond, il a réagi comment quand il a su que tu avais tiré avec la carabine ? » demande la psychologue.

Je mens comme un arracheur de dents [1] « oh ! là ! là ! il était très colère ! Il m'a dit que c'était pas bien d'avoir fait une bêtise pareille et qu'il nous laisserait plus jamais tout seuls.

– Et quand il n'est pas colère, comment il est avec Camille et toi ?

– Super gentil, il nous offre des barbes à papa et des hamburgers et plein de tours de manège et on monte sur ses épaules et il nous tient la main et le soir il nous fait un gros câlin avant qu'on s'endorme.

– Et Victor ?

– Il voudrait bien avoir un frère et une sœur comme nous, mais je sais pas où il peut aller pour ça. Y a peut-être des

---

1. Expression populaire signifiant mentir effrontément, sans scrupule (en référence aux arracheurs de dents du XVIIe siècle qui assuraient que leurs services étaient indolores, ce qui était totalement faux, bien entendu).

supermarchés pour enfants où les mamans vont faire leurs courses, mais comme Victor a plus de maman, je crois qu'il est mal barré.

– Bien, dit la directrice en souriant, samedi prochain, tu iras chez Raymond, mais cette fois-ci sans Camille.

– Pourquoi ? je dis, tout déçu.

– Parce que sa tante vient la voir.

– Elle peut pas nous lâcher la sorcière ?

– On ne parle pas comme ça d'une grande personne, Icare.

– Elle a rien de grand, madame Papineau, et c'est pas non plus une personne quand elle parle avec Camille. Demandez à monsieur Paul ou à Raymond ce qu'ils pensent de la sorcière, vous verrez bien.

– Je n'ai pas à leur demander. Ils l'ont fait d'eux-mêmes. De toute façon, ce n'est pas ton problème et tu n'es pas là pour savoir ce qu'elles se disent entre elles.

– Je suis pas là, mais Camille me raconte tout et c'est pareil. Rosy dit que la vérité sort de notre bouche. La sorcière c'est pas un môme et y a que des mensonges qui sortent de son trou et ça fait mal à Camille. Et si ça fait mal à Camille, ça me fait mal à moi aussi. »

Madame Papineau se lève et va près de la fenêtre. Elle regarde je sais pas quoi et on dirait qu'elle est plus là.

Rosy me fait un clin d'œil et je lui souris.

La psychologue lit des papiers sur le bureau à la directrice et c'est pas bien de faire ça en cachette.

« Je peux m'en aller ? » je demande.

La directrice se retourne.

« Tu n'as rien remarqué chez Simon ? »

Moi, méfiant, « non ».

« Tu n'es pas étonné de ses connaissances ?

– Je comprends pas.

– Tu ne t'es jamais demandé pourquoi Simon savait tout sur vous ? »

Et moi je suis pas un cafteur et je veux pas de mal à Simon et je réponds « non, parce qu'on lui raconte tout ».

« Bien, tu peux t'en aller maintenant, dit madame Papineau. Mais j'aimerais bien que tu ne parles pas de tout cela à Simon. Je peux compter sur toi ?

– Bien sûr », je dis en croisant les doigts dans mon dos.

Et je cours jusqu'à la chambre et je raconte tout à Simon, même que je dois pas lui dire.

« C'est pas bien de pas obéir », dit Ahmed.

Simon, lui, se tait et c'est bizarre tout ce silence.

« Pourquoi tu dis rien ? je demande, inquiet.

– C'est pas tes affaires », répond Simon.

Et il balance le doudou à Ahmed par la fenêtre.

« Merde, fais chier », il dit avant de claquer la porte derrière lui.

Et ça fait moins de bruit que les pleurs à Ahmed.

20

Mercredi, c'est les neuf ans à Béatrice.

Camille dessine le gâteau à anniversaire avec des bougies de toutes les couleurs et on écrit tous nos prénoms dessous et on scotche le dessin dans la cuisine et on le regarde à tous les repas et on a super hâte d'être à mercredi pour manger le gâteau au chocolat à Ferdinand le cuisinier.

Des fois quand on est sage au moins une semaine (et c'est pas facile parce qu'on est « des mômes surexcités » comme dit Pauline) on peut aider Ferdinand à laver les salades ou à retirer les queues des fraises ou des haricots verts.

Un jour, Boris prend le couteau à grandes dents pour éplucher les patates et Ferdinand crie « c'est dangereux, tu vas te couper la main » et Boris répond « je m'en fous, j'en ai une autre » et il tue la patate en deux et Ferdinand le menace avec son doigt et dit « donne-moi ce couteau immédiatement » et Boris lance le couteau à grandes dents et il passe à ça des oreilles à Ferdinand et il se plante dans le mur. Depuis Boris a plus le droit d'aller aux cuisines et quand on y va, il nous traite de « faux frères » comme si on savait pas que le vrai c'est Antoine.

Jujube, lui, il peut pas s'empêcher de tout manger même les queues des fraises. Il a même avalé la pâte à tarte, et après il est resté au lit deux jours et Simon a dit que tout ça c'était pour pas aller à l'école. Des fois aussi Jujube oublie sa tête. Un soir, il a voulu attraper les nouilles dans l'eau bouillante parce qu'il avait super faim et pour une fois le sparadrap c'était pas du bidon.

Simon dit « y en a pas deux comme Jujube » et Béatrice enlève ses doigts du nez pour dire « heureusement, sinon y aurait plus rien à manger ».

Boris met du ketchup sur ses frites.

Je demande à son oreille « ça veut dire quoi impuissant ? ».

Et Boris renverse le ketchup sur les frites et Rosy le gronde et Boris dit « c'est pas ma faute » et c'est tout.

Moi j'ai super chaud : j'ai cru qu'il allait cafter.

Je mange la crème caramel quand Boris répond à mon oreille « impuissant c'est quand tu bandes pas » et je comprends pas et j'attends qu'on soit dans l'autocar à Gérard et je prends Boris à part et je dis « ça veut dire quoi bander ? ».

« C'est quand ton zizi devient dur comme du bois.

– Ah, je dis, et ça fait mal ?

– J'en sais rien.

– Et pourquoi il devient dur comme du bois le zizi ?

– Parce que t'as une érection.

– Et c'est quoi une érection ?

– Tu viens de la planète Mars, toi, des fois. T'as jamais vu un film cochon ?

– Non, mais les cochons, je connais, j'en ai vu plein à la campagne et je vois pas le rapport avec le zizi qui devient dur.

– Simon a raison, t'as une case en moins.

– Il dit ça Simon ?

– Bon, les films cochons ça t'intéresse ou pas ? Sinon moi, j'ai mon walkman.

– Non, s'il te plaît, raconte-moi.

– Les films cochons c'est pour les papas quand les mamans font des courses ou quand elles mangent entre copines ou quand elles dorment parce que c'est la nuit. Alors les papas, ils s'ennuient, et ils regardent les films cochons. C'est nul, y a ni Bruce Willis ni poursuites de voitures ni planète à sauver, juste des gens qui passent leur temps à se déshabiller et à s'empiler les uns sur les autres. J'en ai vu avec Antoine quand les parents jouaient aux cartes ailleurs et que la nounou s'endormait sur le canapé. On allait dans le bureau à papa et on regardait la cassette qu'Antoine avait trouvée un jour en cherchant la télécommande du magnétoscope. Dans le film cochon, les filles sont vachement maquillées et elles ont des gros lolos et elles pensent qu'à s'asseoir sur le zizi d'un monsieur qui n'est jamais le même et des fois elles le mangent comme si c'était un bonbon.

– Elles mangent le monsieur ?

– Non, idiot, elles mangent le zizi super gros qui à la fin crache du lait et tout le monde s'endort ou fume une cigarette, et on mettait une autre cassette rapport à la nounou qui se réveillait et on regardait *Piège de cristal* ou *Armageddon* [1] et ça nous changeait de *Toutes des chiennes*.

– C'est con ton film. Je vois pas l'intérêt de cracher du lait par son zizi alors qu'il est meilleur sous le pis de la vache. Et les chiennes, je me demande ce qu'elles viennent faire là-dedans à part lécher le lait ou mordre le zizi énorme pour jouer avec. En tout cas, je vais dire à Camille que son papa ne crachait pas de lait parce que son zizi n'était pas dur comme du bois et qu'il ne voulait pas qu'on le mange parce qu'il en avait besoin pour faire pipi. Ça va la rassurer. »

Dans l'autocar à Gérard, on est tous là, sauf Béatrice qui dessine dans le bureau à la psychologue. Simon dit que son plus beau cadeau ce serait que sa maman se décide enfin à

1. *Piège de cristal* (1988) et *Armaggedon* (1998) sont des films d'action américains dont le rôle principal est interprété par Bruce Willis.

prendre l'avion. Madame Papineau nous a donné de l'argent de poche et je vérifie toutes les cinq minutes que j'ai pas perdu mes vingt francs[1].

Jujube colle son argent de poche sur ses yeux et il fait le monstre et ça tient pas. Une pièce tombe et roule jusqu'à Pauline qui parle à Gérard et Jujube est trop gros pour aller sous le siège et il pleurniche et Pauline se retourne et dit « Jujube retourne à ta place, tu vois bien que je parle à Gérard » et Jujube répond « j'en ai rien à péter » et Pauline se lève et attrape Jujube par l'oreille « on va voir ça si t'en as rien à péter » et Gérard dit « laisse le môme tranquille » et Pauline lâche l'oreille à Jujube comme si ça lui brûlait les doigts et elle se rassoit bien sage sur son fauteuil et elle boude parce que Gérard a mis Patrick Bruel super fort.

Et Camille va chercher la pièce sous le siège à Pauline et Jujube l'embrasse sur la joue et moi j'ai envie de griffer le visage à Jujube et je sais pas pourquoi.

Au village, on descend de l'autocar sauf Gérard qui allume une cigarette.

« Tu ne viens pas ? demande Pauline.

– Non, les magasins, c'est pas mon truc. »

Nous, on adore ça.

Camille essaye une bague aussi rose que les lunettes à Béatrice.

« Très joli », dit Pauline en essayant des tas de bijoux qu'elle achète pas à cause des étiquettes collées dessus.

Boris et Antoine se barbouillent la bouche avec du rouge à lèvres et ils se regardent dans le miroir en rigolant.

---

1. Vingt francs équivalaient à environ trois euros.

La vendeuse et Pauline, elles, ne rigolent pas du tout.

« Je suis désolée, dit Pauline. Les mômes, vous savez…

– Tout ce que je sais, madame, c'est que vous me devez cent quinze francs. »

Pauline sort le portefeuille de son sac à main et elle donne un gros billet à la vendeuse et elle regarde les frères Chafouin qui s'essuient la bouche avec un mouchoir en papier.

« Vous ne pouvez pas rester tranquilles, non, ça c'est trop vous demander ! Du rouge à cent quinze francs ! J'en parlerai à la directrice au retour et on verra si vous faites toujours les marioles. »

La vendeuse nous fait un clin d'œil du genre « elle est pas commode celle-là ! ».

« T'as pas intérêt à faire ça, dit Simon.

– Pardon ?

– Je dis, fais pas ça, sinon je parle de ton fiancé à la directrice.

– Quel fiancé ? demande Pauline comme si elle en avait des tonnes.

– Celui qui te fait des papouilles quand on est à la piscine. »

Et là, Pauline ouvre grande la bouche et rien ne sort.

Les frères Chafouin donnent tout leur argent pour une poupée qui rigole quand on appuie sur son ventre. Jujube achète deux paquets de gâteaux au chocolat, un pour lui, et l'autre pour l'anniversaire à Béatrice, et il les mange tous les deux avant d'arriver à la caisse.

Ahmed pleure quand le vendeur dit « le lapin, là ? Il coûte cent francs mon petit bonhomme ».

Une dame juste à côté dit « c'est une honte, monsieur, de faire pleurer un enfant » et elle regarde le vendeur comme si c'était un monstre et elle offre le lapin à Ahmed et on la regarde tous comme si c'était une fée, sauf Pauline qui boude encore.

21

Tous les cadeaux sont en pile sur son assiette et Béatrice ne tient plus en place. Elle se tortille sur sa chaise comme si on avait mis des punaises dessus et bientôt elle disparaît derrière les paquets alors elle monte sur sa chaise avec ses doigts dans le nez et elle rigole et on voit sa langue toute rose et ses dents toutes blanches et elle, elle voit rien à cause de ses lunettes roses où elle s'est essuyé les doigts encore pleins de chocolat.

Nous on est super contents de manger avec monsieur Paul au foyer.

Ça nous change de ses « hiboux, cailloux, genoux ».

Camille tire sur la jupe à Béatrice « allez ouvre tes cadeaux ».

Béatrice sort les doigts de son nez pour les coller aussitôt dans sa bouche.

On dirait qu'elle va pleurer.

« J'ai jamais eu autant de cadeaux pour mon anniversaire.

– Commence par celui-là, dit Jujube en montrant le sien.

– Fais pas chier, Jujube, dit Simon.

– Pas de gros mots, les enfants, crie Rosy.
– J'ai rien fait moi », pleurniche Ahmed.

Béatrice s'assoit tout en boule et Camille lui retire ses lunettes. Comme ça elle peut voir ses cadeaux, et nous ses larmes.

« Pleure pas », dit Camille en lui prenant la main et ça marche pas.

Un vrai robinet à larmes, cette Béatrice.

Rosy la soulève pour la coller sur ses genoux et la petite Noire cache son chagrin dans le cou à Rosy.

« Là, là, mon petit chat, ça va passer », dit Rosy tout en lui tapotant la tête et on voit bien que Rosy, elle est super émue, sa voix tremble et sa bouche aussi et si ça continue elle va pleurer elle aussi.

« Moi aussi je souffre, dit Jujube en montrant son sparadrap.

– Arrête un peu, Jujube, dit Boris, ça fait bientôt deux semaines, y a même plus de croûte. »

Et Jujube dit plus rien et il boude et nous on est habitués, même monsieur Paul, et on regarde tous le plafond. Alors Béatrice essuie ses larmes avec ses petits poings fermés et elle attrape le plus gros cadeau sous la pile et tout s'écroule et ça fait rigoler Béatrice et Rosy et monsieur Paul, même Jujube qui boude plus.

Le plus gros cadeau, c'est celui à Rosy, une petite robe à carreaux rouges et blancs enveloppée dans un joli papier tout blanc que Béatrice se met sur la tête et on dirait qu'elle se marie mais on sait pas avec qui. Maintenant, elle a plus du tout envie de pleurer, ses doigts arrachent les nœuds et les papiers de couleur comme si elle avait un rendez-vous ailleurs et nous, on est tous perchés sur nos chaises et Rosy nous crie même pas dessus et on enlève aussi les nœuds et les papiers avec nos yeux et on veut voir le cadeau avant Béatrice mais elle le tient déjà entre ses mains et c'est le lapin à Ahmed. Elle dit à l'oreille peluche des mots qu'on entend pas et elle le pose doucement sur la robe à carreaux rouges et blancs et elle déchire un autre paquet et c'est la poupée aux frères Chafouin, qui rigole quand on appuie sur son ventre, et Béatrice elle sait pas, elle enfonce ses doigts dedans et la poupée rigole et ça fait peur à Béatrice qui ne bouge plus du tout et elle cache ses doigts dans son nez, et ses yeux deviennent immenses quand Alice à son tour touche le ventre à la poupée.

Elle lui arrache aussitôt la poupée des mains.

« C'est à moi », elle crie.

Alice tremble comme si c'était l'hiver dedans.

On dirait une feuille qui va tomber de l'arbre et elle tombe et c'est plus qu'un tas de chiffons et de cheveux.

« Ce n'est pas gentil », dit Rosy et elle abandonne la petite Noire sur sa chaise pour consoler Alice.

Béatrice regarde monsieur Paul qui lui fait les gros yeux et elle va pleurer quand Camille parle à son oreille.

Aussitôt Béatrice se lève et s'approche du petit tas ramassé contre la poitrine à Rosy et elle regarde Rosy qui fait semblant de pas la voir et elle se dresse sur la pointe des pieds et elle secoue un peu Alice qui tourne la tête avec ses cheveux dedans et Béatrice écarte les cheveux avec ses doigts et elle caresse les taches de rousseur avant de montrer la poupée aux petits yeux affolés.

« Tiens, c'est pour toi. »

Et elle voit pas le sourire à Rosy.

Juste celui à Alice, pas plus grand qu'une allumette.

« Merci », dit la bouche avant d'embrasser la poupée.

Et tout le monde frappe dans ses mains sauf Jujube « moi j'aurais jamais donné mon cadeau » et Simon dit « non, tu l'aurais mangé » et ça fait même rigoler la poupée.

Béatrice met la bague rose à son doigt, la casquette offerte par monsieur Paul sur sa tête, et elle déplie le dessin à Jujube : une plage avec des arbres à plumes et un gros soleil au-dessus d'une petite fille noire en maillot de bain rose, allongée sur le sable.

« Rosy m'a un peu aidé », avoue Jujube.

Béatrice l'écoute pas.

Elle regarde le dessin comme si elle était dedans.

« Ça ressemble à chez moi », elle dit en caressant la plage avec son doigt et les petites larmes reviennent et ça ressemble plus du tout à un anniversaire.

« J'ai faim ! » crie Jujube et pour une fois ça tombe bien.

On oublie d'être tristes. La faim, ça change tout. Carottes râpées, poisson et nouilles et enfin le gâteau au chocolat à Ferdinand le cuisinier sur lequel Rosy et Camille allument neuf bougies et on chante super faux « joyeux anniversaire » et Béatrice souffle les bougies tellement fort que toute la poudre au chocolat s'envole sur Ahmed.

Il est aussi noir que Béatrice.

Jujube dévore sa part avec la cire à la bougie dessus et celle à Alice qui préfère jouer avec la poupée qui rigole et après il a mal au cœur et il s'en va à l'infirmerie avec Rosy.

Nous, on reste avec monsieur Paul.

Béatrice s'endort sur son épaule et on entend la poupée rigoler et les frères Chafouin jouer au jeu du dictionnaire.

« Ataxique.

– Lymphatique.
– Néphrétique. »
Et après j'entends plus rien.
Je dors, moi aussi, sur les genoux à Camille.

22

J'arrête pas de poser des questions à Rosy.
« À quelle heure on part ?
– Et Pauline, elle vient aussi ?
– Qu'est-ce qu'on emmène dans la valise ?
– Qu'est-ce qu'on mange à la montagne ? »
Et Rosy dit « c'est pas vrai, on dirait un moulin à questions ».
« C'est quoi un moulin ? » je demande.
Et là Rosy elle craque et je dis « c'était pour rigoler » et Ahmed pleurniche et on sait pas pourquoi et Rosy dit « vous voulez ma mort ou quoi ? » et Antoine répond « ça va pas la tête, Rosy ! Comment on ferait sans toi ? ».

Et tout ça c'était avant qu'on prenne le train avec nos skis et nos grosses valises sauf celle à Jujube qu'il a oubliée en achetant des gâteaux à la gare. J'ai collé mon visage à la vitre et j'ai regardé la photo à Rosy qui vient pas avec nous et c'est comme si je l'emmenais quand même.

Rosy dit que la montagne c'est très haut et qu'elle a peur déjà de monter sur une chaise ou même de regarder par la fenêtre : ça lui donne envie de tomber dans le vide. J'ai dit que je l'empêcherais de faire une bêtise pareille et elle m'a répondu qu'elle était trop vieille de toute façon pour faire des batailles de boules de neige.

Je peux pas l'empêcher d'être vieille.

Je suis parti avec le cœur gros et Simon m'a dit qu'on pourrait toujours l'appeler au téléphone et mon cœur allait mieux et on est arrivés à la montagne et j'ai complètement oublié d'appeler Rosy dans le téléphone.

Je n'arrête pas de me retourner sur l'oreiller.

Alors je me lève sans bruit pour pas réveiller les copains et je vais voir Crâne d'œuf qui se repose dans une autre chambre.

« Tu dors ? » je dis.

Et j'allume la lampe et je secoue le zéduc.

« Quoi, Courgette, mais qu'est-ce que tu fais là ? »

Je m'assois sur son lit et je dis « j'arrive pas à dormir ».

« Va dans ta chambre et compte les moutons », répond cet idiot en se tournant contre le mur.

J'attends un peu et je dis « y a pas de moutons dans la chambre et de toute façon il fait trop noir pour les compter ».

Crâne d'œuf ne répond pas et ça m'énerve.

Je crie à son oreille « y a pas de moutons dans la chambre ! ».

Et le zéduc se dresse d'un bond sur le lit « t'es dingue ou quoi ? » et il frotte ses yeux et il me regarde comme s'il avait perdu « bon, raconte-moi pourquoi tu dors pas » et il bâille et ses dents sont toutes jaunes.

Alors je raconte le froid qui gèle les doigts de pieds au fond des grosses chaussures et les mains tout habillées de moufles (même que c'est pas pratique pour défaire les papiers des bonbons), juste bonnes à tenir des bâtons et encore quand on tient dessus parce que la plupart du temps on a les fesses dans la neige.

Les skis c'est comme si on marchait sur une peau d'orange.

On tombe tout le temps.

Et j'arrive pas à faire le chasse-neige, je chasse rien du tout, je tombe en avant ou en arrière ou sur le côté, comme Camille, alors que Simon, lui, il tient debout et il descend en chasse-neige et il dit que c'est fastoche et le moniteur est content et il nous demande de faire pareil et nous on tombe comme si on savait même plus marcher.

Et ça fait mal sauf à Boris et à Antoine qui ont jamais mal et qui veulent toujours continuer, mais nous on dit pouce et on s'allonge dans la neige et on regarde le moniteur comme si c'était un monstre, surtout Jujube qui pourtant est plutôt du genre à rebondir quand il tombe.

C'est juste pour rigoler entre nous.

Le moniteur c'est pas un monstre.

Il s'appelle Balthazar, mais nous on dit Bataza à cause de Béatrice qui peut pas faire autrement.

Déjà, moi, elle m'appelle Cougette.

Et il est gentil avec nous Bataza : plus souvent par terre à nous ramasser que debout à nous dire comment faire son chasse-neige à la con.

Ses lèvres sont toutes brillantes et elles sentent la fraise. Sa peau est bien bronzée à force de passer ses journées au soleil avec des mômes, à rien faire. Et ses lunettes sont des miroirs où on se voit dedans.

Moi ce que j'aime, c'est faire les escaliers.

Je monte la piste comme si c'était des marches et là, au moins, c'est fastoche. Sauf qu'en haut il faut bien redescendre et moi, je le fais sur les fesses.

Ahmed pleurniche tellement que le moniteur le coince entre ses jambes et Ahmed il tombe plus et il dit « fastoche » sauf que le moniteur le lâche une fois et Ahmed il va dire bonjour au sapin et c'est pas grave.

Les autres veulent tous aller entre les jambes à Bataza, sauf Jujube qui s'allonge dans la neige pour manger ses gâteaux et moi à cause du sapin à qui j'ai pas envie de dire bonjour.

Ça me rappelle l'accident à maman et le chêne abattu avec lequel on a fait une table et un lit. Et j'ai pas envie de me rappeler tout ça.

Camille me dit tout essoufflée que c'est génial et j'ai pas envie non plus de passer pour un trouillard à ses yeux, alors je ferme les miens et je fais tout ce que Bataza me demande de faire.

Je plie mes jambes et je dessine un V à l'envers avec mes skis.

À la fin j'ouvre mes yeux et Bataza dit que je suis un futur champion et Camille dépose un baiser sur ma joue et j'ai chaud comme si sa bouche était un radiateur.

Des fois, je regarde les grandes personnes qui essayent d'attraper le grand bâton pour monter la piste, mais le grand bâton leur échappe des mains et monte tout seul en se cognant dans la neige et je me dis qu'on est pas pires que les grandes personnes qui font semblant de savoir.

De toute façon, quand je serai grand je monterai tout en haut de la piste en escaliers.

Après la leçon, on prend « un œuf » pour aller manger au sommet de la montagne et Crâne d'œuf dit que les plaisanteries les plus courtes sont toujours les meilleures et ça nous empêche pas de rigoler.

Une fois, Michel ne rigole plus du tout à cause d'Ahmed qui laisse tomber son bâton à ski dans le gros trou à l'œuf comme si c'était fait pour.

Moi, je suis content d'arriver au restaurant parce que j'ai super envie de faire pipi. Et là, je dois glisser une pièce de deux francs que j'ai pas pour entrer aux toilettes. Je danse sur un pied en me serrant le kiki et c'est Crâne d'œuf qui me sauve et c'est limite.

Après, on mange des frites et de la viande sur une terrasse avec le soleil qui nous chauffe de partout. Michel arrive avec le bâton à Ahmed et il s'est « foulé » la main à cause de la mauvaise neige.

J'écoute pas trop.

Je regarde Camille.

Et je me sens tout bizarre, comme si mon cœur jouait au foot avec mon estomac.

Mais ça, je le raconte pas à ce trouduc de Crâne d'œuf, même si je me suis pas pissé dessus grâce à lui.

« C'est bien, ma Courgette, dit Crâne d'œuf. Maintenant retourne te coucher, sinon demain matin tu vas dormir sur tes skis. »

Et il se retourne contre le mur quand je dis « je t'ai pas raconté l'après-midi ».

« Tu me la raconteras demain, bâille Crâne d'œuf.

– Non, maintenant », je dis, super colère.

Les grandes personnes faut toujours que ça soit demain. C'est énervant à la fin.

« Je dors, dit Crâne d'œuf.
– Non, tu dors pas, sinon tu le dirais pas.
– Allez, sois gentil ou je vais finir par me fâcher.
– C'est pas la peine de te fâcher, tout ce que je voulais c'est que tu t'intéresses à moi, mais je vois bien que tu m'aimes pas.
– C'est pas vrai et tu le sais bien.
– Non, je sais rien.
– Bon, soupire Crâne d'œuf. Je t'écoute. »

Des fois les grandes personnes sont pires que nous. On peut leur faire gober n'importe quoi.

Je commence par raconter le télésiège.

J'ai super peur et je me tiens à la barre pour pas glisser dessous. J'ai même les jambes qui picotent quand je regarde les gens en bas. Et puis au milieu de la montagne, le télésiège s'arrête et le vent nous souffle dessus comme dans un manège.

« On va s'écraser », je dis, pas rassuré du tout.

Et Camille serre ma moufle et j'ai plus peur du tout.

En haut de la montagne, Bataza vérifie qu'on a bien attaché nos skis et nos chaussures et je regarde une dame faire la même chose avec un petit garçon et je suis pas seul à les regarder.

Simon dit « il en a de la chance celui-là ».

Boris « c'est peut-être pas sa maman ».

Jujube « mais si c'est sa maman, elle s'intéresse qu'à lui ».

Ahmed « elle est jolie la dame ».

Béatrice « la mienne est encore plus jolie ».

Camille « ouais, n'empêche que t'as pas fermé le bouton, là ».

Alice « les mamans, c'est plus pour nous de toute façon ».

Elle a raison Alice.

Je regarde une dernière fois la dame fermer le blouson du petit garçon avec ses doigts sans moufles et tirer sur le bonnet pour protéger ses petites oreilles.

Moi, je me suis toujours habillé tout seul et si je me trompais de bouton personne me disait jamais rien.

Même pas maman qui regardait sa télé.

Elle a jamais été pour moi une maman comme celle à ce petit garçon.

« Les vacances c'est pour les riches », elle disait.

À l'école, Marcel ou Grégory se moquaient de moi parce que j'étais jamais allé à la mer ou à la montagne.

Eux, ils avaient dormi sous les tentes au camping et je voulais pas les écouter davantage parce que ça me brûlait la tête toutes ces histoires de vacances de riches.

Maintenant je dois être riche pour partir en vacances.

Si j'avais pas tué maman, j'aurais jamais connu la montagne.

À la montagne les pistes ont des couleurs.

Nous, on descend la verte et les grandes personnes la noire.

Simon dit que la verte est horizontale et la noire verticale et c'est pour ça qu'on va jamais sur la noire. Si on tombe c'est pour longtemps. Après l'hélicoptère vient chercher les morceaux parce qu'on est cassé de partout.

Moi je trouve déjà que la verte est super difficile.

Depuis que Simon m'a parlé de l'hélicoptère, je regarde le ciel quand je tombe et je vois que Bataza penché au-dessus de moi qui m'aide à me relever.

En rentrant au chalet, on fait une super bataille de boules de neige.

Alice et Ahmed nous regardent de loin. Ahmed préfère sucer l'oreille au doudou et Alice veut pas se battre.

Elle dit que ce sera comme ça toute sa vie.

Nous on adore se mettre la pâtée.

Après on fait un bonhomme de neige, comme ça Alice et Ahmed restent pas tout seuls trop longtemps. On plante deux cailloux pour les yeux, une carotte pour le nez et de la paille pour son sourire.

Et j'arrête de raconter tout ça à Crâne d'œuf.

Ça sert plus à rien.

Il ronfle ce con.

23

Pour le dernier jour de nos vacances, Michel le barbu dit qu'on va aller respirer « le bon air de la montagne » comme si on respirait que du gaz aux Fontaines.

Je crois surtout que ça va faire du bien à sa main toute bandée de partout.

Nous, on ressemble tous à des bonshommes Michelin à cause du gros pull et du blouson.

Le soleil fait fondre la neige sur les branches au sapin et des fois ça tombe par paquets quand on secoue les branches exprès, et vaut mieux pas se trouver dessous.

Camille et moi, on retire une moufle pour se tenir par la main et des fois je mets nos mains dans la poche de mon blouson et ça les réchauffe un peu.

C'est rigolo de marcher sur la neige : on laisse un souvenir avec nos pas. Et des fois j'écrase un truc et je sais pas quoi, et Camille et moi, on imagine des os de squelettes et on se fait peur et les os c'est quand même mieux que les fleurs qui essayent de pousser sous le grand tapis blanc. Des fois le chemin est très étroit et on doit marcher l'un derrière l'autre et je laisse passer Camille devant moi.

« Attention, ne vous approchez pas trop du bord, vous pourriez glisser et tomber », dit Crâne d'œuf.

Comme si on avait envie de se jeter dans le vide pour voir ce que ça fait.

C'est joli tous ces sapins habillés de blanc et les toits des maisons aussi et toute cette neige sur laquelle personne ne marchera jamais et sous laquelle l'herbe et les fleurs attendent l'été pour pousser.

Le froid ça conserve l'herbe et les fleurs comme un congélateur.

« Allez viens, Courgette, sinon on va perdre le groupe », dit Camille.

Je la regarde, avec ses longs cheveux tout blancs qui s'échappent du bonnet comme si elle vieillissait en marchant.

Je connais pas un aussi joli sourire : il allume tout son visage comme une lampe au-dessus de sa tête, et c'est encore plus beau que le sommet des montagnes et les sapins tout blancs qui descendent dans la vallée.

« Quoi, qu'est-ce que j'ai ? demande Camille.

– Je connais rien de plus joli que toi », je dis.

Elle fait la grimace « y a des tas de filles plus belles que moi ».

« Ah bon, où ça ? »

Et je regarde partout autour de moi et je fais l'andouille.

« Tu trouves que je suis jolie ? »

Camille croise ses pieds et elle regarde le sol comme si la réponse allait sortir du grand tapis blanc.

« Oui, la plus jolie de toutes. »

Je l'embrasse sur la joue et je regarde devant nous et je vois plus personne « viens, dépêche-toi, sinon on va se faire disputer » et on se dépêche pas trop pour pas se casser la jambe et tout le groupe est assis sous un grand arbre et on se fait disputer par le barbu.

On reprend le chemin et le soleil s'en va et de gros nuages blancs avalent tout le bleu du ciel.

« Dépêchez-vous, les enfants, on est presque arrivés au refuge », dit Michel.

On est tous dans la maison en bois à manger nos sandwichs quand les éclairs et le tonnerre nous font tous sursauter surtout Alice et Ahmed qui se cachent aussitôt sous la table.

« Ça va bien finir par se calmer », dit Crâne d'œuf.

Et il a pas l'air rassuré du tout. Quel trouillard celui-là.

« On va dormir ici ? je demande, tout excité.

– C'est pas fait pour, répond Michel.

– Tu dis ça à cause des brosses à dents et des savons ? rigole Simon.

– On a pas assez de nourriture et ce refuge n'est pas équipé pour vous faire dormir.

– On va mourir de faim ? demande Jujube la bouche pleine.

– Mais non. Ça dure pas ces tempêtes-là, dit Michel.

– On aurait dû se renseigner sur la météo, dit Crâne d'œuf.

– Arrête de gémir, dit Michel. Boris, aide-moi à faire du feu.

– Ouais ! super !

– Moi aussi je peux ? je demande.

– Oui, fais des boules avec ces vieux journaux.

– Et moi je fais quoi ? demande Boris.

– Pareil.

– Et moi ? demande Simon.

– Prends le petit bois et dépose-le sur le tas de papiers dans la cheminée. Voilà, comme ça, c'est bien. »

Michel craque une allumette et on se rapproche tous du feu sauf Alice et Ahmed qui veulent toujours pas sortir de leur cachette.

Michel propose un jeu.

Le jeu de la phrase qui tient debout.

Ça consiste à dire un mot chacun notre tour et à répéter celui du voisin jusqu'à former toute une phrase.

Béatrice a rien compris et quand son tour vient elle oublie de répéter les mots des autres et elle est éliminée.

Puis vient le tour à Crâne d'œuf qui oublie le « anorexique » à Boris, à Jujube qui zappe le « maillot de bain » à Béatrice et à Simon, pour le « rang » à Michel.

Pour l'instant ça donne « madame Papineau a mangé un anorexique boulimique en maillot de bain violet qui épluchait des courgettes en rang d'oignons car le facteur avait oublié de poster sa casquette ».

Camille ajoute « parce que ».

Antoine « monsieur ».

Et moi « Paul ».

Ça joue serré entre nous trois et on ajoute des tas de mots jusqu'à ce qu'Antoine se plante le premier en oubliant le « boulimique » à Jujube.

On se regarde Camille et moi.

J'attends qu'elle récite « madame Papineau a mangé un anorexique boulimique en maillot de bain violet qui épluchait des courgettes en rang d'oignons car le facteur avait oublié de poster sa casquette à cause de monsieur Paul qui cachait les tomates au grenier vert du paon rouge » pour oublier exprès le « vert » au grenier et Camille a gagné et c'est la plus forte et je suis fier de ce que j'ai fait.

« La tempête s'est calmée », dit Crâne d'œuf tout content.

J'essuie la buée de la fenêtre avec la manche de mon pull. Dehors tout est blanc, même le chemin effacé par la tempête de neige. Je sens une main prendre la mienne et je me retourne.

« On peut rentrer à la maison ? murmure Alice.

– Oui, Alice, on peut rentrer à la maison. »

Et je sens la petite main serrer plus fort la mienne.

24

Ça fait tout drôle de retrouver les Fontaines après les vacances à la neige. Surtout que la pluie remplace le grand tapis blanc et qu'on peut plus aller se promener dans les bois à cause des trous où on « pourrait se noyer » comme dit ce trouillard de Crâne d'œuf.

Comme si on savait pas nager avec tous ces mardis à la piscine, à part Ahmed, bien sûr, qui met toujours sa bouée pour pas couler.

Et puis c'est pas des trous de rien du tout qui vont nous faire peur, mais Crâne d'œuf décide de pas salir ses belles chaussures toutes neuves et il nous prive de promenade et c'est pas juste.

Alors Simon et moi on vole le Ketchup à Ferdinand et on le renverse sur ses Adidas et c'est bien fait pour lui.

Sauf que Crâne d'œuf cafte à la directrice et Simon et moi, on est privés de dessert toute la semaine et on s'en fout à cause de Ferdinand qui aime pas Crâne d'œuf et qui nous refile des pommes en douce.

Et puis un gros pépin nous tombe dessus et c'est pas celui d'un fruit.

Tout ça à cause de Pauline.

Elle oublie son portefeuille aux Fontaines et elle tombe sur Simon à deux heures du matin.

Et Simon, il lit son cahier de notes.

Pauline réveille tout le monde comme si Simon voulait la tuer ou pire, lui voler son portefeuille.

« J'ai pris ce sale môme la main dans le sac. »

N'importe quoi, c'était ni sa main ni un sac, juste les yeux à Simon sur ses cahiers à la con.

Le portefeuille, il l'a même pas ouvert.

À quoi ça lui servirait les photos des fiancés à Pauline ?

Rosy est dans tous ses états.

Elle s'en veut de pas avoir vu Simon quand elle cachait la clé.

Elle dit « j'aurais pu la mettre dans ma poche et tout cela ne serait pas arrivé ».

Voilà pourquoi Simon sait tout sur nous.

Moi je sais pas garder un secret.

Je m'en débarrasse toujours comme si ça me brûlait la langue.

Et là pas question de « faire la rampe » ou d'être privé de dessert même pour un an. Simon ressort du bureau à la directrice avec une tête à faire peur et il dit « je suis viré ».

Je vais voir madame Papineau et je la supplie.

« Geneviève, vous pouvez pas faire une chose pareille. Simon, c'est un gentil garçon, et il a même pas touché au portefeuille à Pauline.

– Je suis contente que tu m'appelles Geneviève pour la première fois, mais je ne peux pas laisser un tel acte impuni. Simon va aller dans un autre centre plus sévère, et j'espère que ça va lui servir de leçon. Les informations vous concernant sont confidentielles. Et je sais qu'il n'a pas volé quoi que ce soit dans le portefeuille, encore heureux !

– Mais vous l'aimez bien Simon, je sais qu'il vient vous voir dans votre maison pour écouter monsieur Mozart.

– Tu en sais des choses, mon petit.

– M'appelez pas mon petit, surtout si vous nous enlevez Simon. Moi je lis pas les cahiers mais j'ai les oreilles qui traînent. On voit bien que vous avez pas de cœur ni rien, sinon vous ne feriez pas une chose pareille. C'est Pauline qui devrait être punie avec toutes ces papouilles que lui fait le monsieur chaque mardi pendant qu'on est à la piscine.

– Tiens, tiens.

– Oui, et elle se gêne pas pour soulever ses jupes et ouvrir grande la bouche pour faire rentrer le monsieur dedans avec sa langue.

– Bien, je m'occuperai d'elle plus tard. Tu vois, Icare, Simon est un enfant comme vous tous, qui n'a pas eu de chance. Ses parents sont morts. Je connaissais bien la maman de Simon et je lui avais promis de veiller sur son fils au cas où il lui arriverait malheur. Et la drogue, mon petit, c'est un grand malheur.

– Le grand malheur c'est de l'envoyer ailleurs. Il va être triste loin de vous, Geneviève, et nous pire.

– On en guérira tous. Je ne peux me comporter différemment avec Simon. Je t'aurais envoyé dans une autre maison d'accueil si c'était toi que Pauline avait surpris. »

Ça me fait froid dans le dos d'entendre ça.

Perdre Camille et mes copains pour toujours !

Rien que d'y penser ça me rend tout malheureux.

« Voyons, Icare, ne fais pas cette tête-là, il ne s'agit pas de toi mais de Simon. Et je ne reviendrai pas sur ma décision. »

Je pars le cœur lourd comme une pierre qu'on va jeter dans l'eau. Camille m'attend derrière la porte et elle a pas besoin de demander comment ça s'est passé avec madame Papineau, ça doit se lire sur mon visage, plus fastoche que la dictée à monsieur Paul.

Rosy, qui passe par là, nous enveloppe d'un sourire.

« Mes enfants », elle dit.

Et c'est tout.

Elle voit bien que c'est fichu pour Simon.

Elle s'assoit sur le banc. On dirait qu'elle a cent ans.

« Sale petite grue de rapporteuse, je dis. Ça change rien à nos vies que Simon, il soit au courant de tout, hein, Rosy ?

– Non, ça change rien, répond Rosy.

– C'est pas ta faute, dit Camille. Toi, tu nous aimes. T'aurais jamais dénoncé personne.

– Eh bien, ça va changer ! La Pauline, elle ira pas au paradis, croyez-moi ! »

Et elle se relève toute pleine de vitamines et elle va frapper à la porte à madame Papineau.

On entend pas un moustique voler, juste les couverts dans l'assiette et encore y a que Jujube à qui ça coupe pas l'appétit.

Je pense à mon premier petit déjeuner où Simon me menaçait de me « pourrir la vie si je beurrais pas ses tartines ».

Ça fait bientôt huit mois.

Et à le voir maintenant, il a plus rien du petit coq fier.

Il regarde personne et il fait des petites boules grises avec la mie au pain.

Ferdinand a préparé son gâteau préféré, meringue et chocolat, mais il fait comme si c'était de la langue de bœuf.

« Simon, c'est pour toi que Ferdinand a cuit cette merveille ! » dit Rosy.

Sauf que sa voix sonne tout creux. Elle veut juste un sourire sur la bouche à Simon.

« Je m'en fous.

– Pas moi, dit Jujube qui se sert une grosse part.

– Bas les pattes ! » crie Rosy.

Et elle tape sur ses doigts avec la fourchette.

« Aïe ! tu m'as cassé le doigt.

– C'est ça, Jujube, dit Simon. Et ta tête, elle va comment ?

– Mal, comme d'hab, dit Alice.

– Bon, ben moi, je vais à l'infirmerie puisque vous êtes tous contre moi.

– C'est ça, va voir Yvonne, dit Simon. Ça nous fera des vacances.

– Des vacances, oui, crie Jujube. Mais pas aussi longues que les tiennes. »

Et il court comme un lapin poursuivi par un renard.

« C'est pas gentil de dire ça, pleurniche Ahmed. Moi, je veux pas que tu t'en ailles.

– Voyons, mon chaton, il faut pas pleurer », dit Rosy.

Et elle éclate en sanglots et ça fait pleurer Béatrice et les frères Chafouin et ça me chatouille la gorge et Camille aussi et Alice va sous la table et Simon cache sa tête entre ses bras.

Tous les moustiques pourraient voler autour de nous, on les entendrait même pas avec nos nez qui coulent et qui reniflent bruyamment.

« J'ai une idée », sanglote Camille.

Et nous voilà partis en file indienne, prêts à scalper Pauline si on la trouve sur notre chemin et on sèche nos larmes avec nos mains et ça laisse des traces sur nos joues comme les peintures des Sioux et on frappe même pas à la porte, on déboule tous dans le bureau à la directrice.

« Rosy, vous voulez bien m'expliquer cette invasion !

– Geneviève, on est venus vous supplier de ne pas renvoyer Simon.

– Rosy !

– Je sais. Ce n'est pas mon rôle et, depuis trente ans, je ne me suis jamais plainte. Et même si ce ne sont pas mes enfants, c'est comme si ça l'était, et je ne peux pas supporter de les voir aussi tristes.

– Enfin, vous savez bien que Simon n'avait pas le droit de faire une chose pareille.

– Madame la directrice, pleurniche Ahmed. Si Simon s'en va, moi je veux pas rester ici. Je partirai aux Amériques avec le monsieur et je serai le garçon le plus malheureux du monde et ce sera ta faute.

– Ahmed, voyons, ce n'est pas si grave d'être avec son papa.

– C'est pas mon papa, boude Ahmed.

– Moi j'ai personne, dit Alice, et si vous mettez Simon dehors, je sourirai plus jamais. Mais si Simon reste, alors je pourrai attacher mes cheveux et je vous donnerai mon plus beau sourire.

– Allez, madame, supplie Boris. Et c'est promis, nous, on fera plus de bêtises.

– Et je pourrai nettoyer votre bureau, dit Antoine. Regardez, c'est plein de poussière. »

Il passe son doigt sur une étagère et c'est tout noir.

« Simon, il en sait plus que les cahiers, dit Camille. Et c'est pas ce qu'il sait sur nous qui va nous faire du mal. Le mal c'est de nous enlever un frère. Comme si on était pas assez orphelins avec tous nos malheurs.

– Elle a raison, je dis. Faut pas faire ça, Geneviève, et surtout crois pas qu'on va en guérir. On va tous tomber malades et ce sera à cause de toi. »

Et toutes nos voix s'élèvent dans la pièce en un seul cri « s'il te plaît ! » et c'est étrange toutes nos bouches pareilles et ce silence qui tombe ensuite dans le bureau.

Madame Papineau fait tourner un crayon entre ses doigts.

On regarde tous le crayon et ça dure super longtemps.

Puis madame Papineau dit « bien, je vais réfléchir ».

Et on se précipite tous sur la directrice pour l'étouffer avec nos baisers et Rosy serre Simon fort contre elle et je crois bien qu'elle pleure à cause de ses épaules qui dansent.

25

Rosy dit que j'ai attrapé le rhume en jouant au foot sous la pluie.

Simon et Ahmed et tous les autres sont partis à l'école.

Moi je dois rester au lit et si j'essaye de me lever, je me sens tout bizarre et ça tourne comme un manège et je dois me tenir à la table pour pas tomber.

Yvonne l'infirmière me demande de serrer un thermo-je-sais-pas-quoi entre mes lèvres et après elle dit que j'ai de la fièvre en regardant le bâton au-dessus de la lampe et je demande si je vais mourir et Yvonne pose sa main sur mon front et elle dit « mais non, quelle idée, voyons ! Ce n'est qu'un rhume » et je la crois pas.

Je me dis voilà, c'est la fin, je vais partir au ciel et je sais même pas jouer de la harpe et j'ai pas envie de boire des bières et surtout je veux pas m'en aller loin de Camille.

Après j'avale un verre d'eau avec un truc dedans et je fais la grimace et je pose ma tête sur l'oreiller et je regarde le plafond et je vois des anges avec de grandes ailes noires et après je sais plus.

J'ai dû mourir un peu parce que j'ai pas vu Rosy s'asseoir au bord du lit avec un livre entre les mains.

« Comment te sens-tu, mon chou ?

– Je pensais que j'étais mort.

– Il ne faut pas dire une chose pareille. Ce n'est qu'un petit coup de froid.

– Oui, et j'ai plein de fièvre aussi.

– Avec les médicaments, elle va s'en aller, elle aussi. Ne t'inquiète pas. »

Je sais pas si c'est sa voix ou ses yeux, mais quand Rosy est avec moi, j'ai plus peur de mourir.

Yvonne, avec tous ses appareils, c'est pas pareil.

J'aime pas trop avaler ses verres d'eau avec des trucs dedans qui sentent même pas la grenadine et après elle s'en va parce qu'elle a des tas de gens à soigner ailleurs et moi je reste tout seul avec mon rhume et ma fièvre et c'est pas juste. On dirait que je suis puni alors que tous mes copains sont partis et Camille aussi.

Le seul truc de bien quand on est malade c'est qu'on peut se plaindre sans se faire disputer et que les gens sont très gentils avec vous. Même madame Papineau est venue pour me demander comment j'allais et j'ai fait les yeux tristes et madame Papineau a dit « pauvre chou » et elle a déposé une poignée de bonbons sur la table et j'ai fait celui qui en voulait pas et quand elle est partie, je me suis précipité dessus comme si on allait me les reprendre et après j'avais un peu mal au cœur et ça faisait beaucoup avec le rhume et la fièvre.

« C'est quoi ton livre ? je demande à Rosy en me redressant sur les oreillers qui sentent un peu les poules vu que je me suis pas lavé depuis la veille.

– C'est l'histoire d'un petit Touareg qui vit dans le désert.

– C'est quoi un Touareg ?

– Les Touaregs, c'est un peuple de nomades qui vit en Afrique, dans le désert du Sahara.

– C'est quoi un nomade ?

– Un nomade c'est quelqu'un qui ne reste jamais longtemps au même endroit.

– Un peu comme nous ?

– Oui, si on veut », dit Rosy en souriant.

Et elle me raconte l'histoire du Touareg Hassan, un petit garçon de mon âge qui passe ses journées sur le dos au chameau à parcourir le désert sous un soleil plus brûlant que mon front. Hassan, il aimerait bien marcher, mais le sable est trop chaud et il s'enfoncerait dedans et il disparaîtrait à jamais. Alors il attend la nuit. Il fait quelques pas sous la tente, mais il tourne en rond comme un chat dans sa cage. Quand toute sa famille dort avec des ronflements à réveiller les bêtes sauvages, il sort dehors. Les étoiles dessinent une flèche dans le ciel quand il se perd et le sable encore tiède se durcit pour pas l'avaler et les bêtes sauvages se cachent dans le noir pour pas lui faire peur et Hassan peut réaliser son rêve et marcher des heures sans avoir peur. Quand il retourne se coucher, il sait pas que le temps s'est arrêté pour qu'il soit pas trop fatigué dans la journée. Il peut dormir tranquille tandis que les anges du désert veillent sur lui parce qu'il a rien d'autre que le rêve.

« Il a quand même sa famille, je dis.

– Oui, mais sa famille doit monter le campement, préparer les itinéraires, veiller à ce que les chameaux ne s'échappent pas, et ils ne s'occupent pas du petit Touareg.

– C'est pas bien ton histoire. Voilà un petit garçon qui a la chance d'avoir toute une famille et son rêve c'est de marcher sur le sable parce qu'il est toute la journée sur un chameau.

– C'est un conte, Courgette.

– Alors j'aime pas les contes. Nous aussi on a pas grand-chose. On vit peut-être pas dans le désert et on marche beaucoup dans les bois, sauf quand Crâne d'œuf veut pas salir ses chaussures toutes neuves, mais on a pas de maisons et on est comme les nomades parce qu'on espère bien qu'un jour on partira d'ici et ceux qui ont de la famille sont aussi malheureux qu'Hassan. À quoi ça sert d'avoir une famille si elle a pas le temps de s'occuper de vous et de vous aimer ?

– Rien ne nous dit qu'Hassan n'est pas aimé par sa famille. La vie est dure dans le désert, plus dure que dans les campagnes ou les villes, et la famille n'a pas le choix. Hassan, lui, est heureux parce qu'il réalise son rêve, et il ne sait pas que les anges y sont pour beaucoup.

– Tu crois que les anges veillent aussi sur nous et que les étoiles dessinent une flèche si on se perd et que le temps s'arrête si on se promène la nuit dans les bois ?

– Bien sûr, ma Courgette.

– Ce matin, je crois que j'ai vu des anges avec de grandes ailes noires.

– Où ça ? demande Rosy, un peu inquiète.

– Au-dessus de ma tête, après les médicaments à Yvonne.

– Tu devais dormir, mon petit, ou c'était des ombres qui passaient à travers les volets fermés.

– Non, c'était des anges avec de grandes ailes noires », je dis, un peu colère.

À quoi ça sert de raconter des histoires avec des anges qui veillent sur un enfant si on y croit pas ?

Des fois, les grandes personnes faudrait les secouer pour faire tomber l'enfant qui dort à l'intérieur.

Ça me donne pas envie de grandir, tout ça.

Je suis sûr que les fées et les anges veillent sur moi, sinon comment j'aurais pu rencontrer Camille ?

Les anges m'emportent dans le désert à Hassan, mais je glisse sur leurs plumes et je tombe et je tourne dans les rayons au soleil et je sens comme une caresse sur mes cheveux blonds et j'ouvre les yeux et je vois mon ange à moi.

« J'ai allumé la lumière, dit Camille. On voit rien dans ta chambre.

– Fais attention à Rosy. Si jamais elle te voit ici…

– Ne t'inquiète pas, ils sont tous dans la cuisine. J'ai dit que je me sentais pas bien.

– C'est vrai ?

– Non, dit Camille dans un joli sourire. Et toi, comment ça va ? T'en as de la chance, toute la journée au lit !

– Je sais pas si c'est de la chance de pas te voir. »

Et Camille m'embrasse doucement sur la bouche.

« Attention, je dis. Tu vas attraper ma fièvre !

– Trouillard ! T'as peur de Rosy, surtout !

– Oui », je dis.

Si jamais on nous voit tous les deux dans la chambre ça va barder. En même temps j'ai envie de manger sa bouche et on se regarde tous les deux avec des yeux terribles. J'attrape son visage comme un saladier que j'ai peur de laisser tomber. J'ouvre grands les yeux quand on s'embrasse. Mon cœur va exploser d'un moment à l'autre et je me dis qu'un zéducateur va nous trouver dans les bras l'un de l'autre et ça me fait peur et c'est super et j'ai l'impression que le temps du conte s'est arrêté pour prolonger ce baiser quand Camille bondit hors du lit.

« J'ai entendu un bruit.

– C'est mon cœur.

– Non, ça ressemble plutôt au pas à Rosy.

– C’est qui le trouillard ? » je dis en rigolant et j’entends aussi le bruit et je crie à Camille « cache-toi derrière le lit » et Rosy entre dans la chambre et c’est limite.

« Tout va bien, mon petit ?

– Oui, un peu fatigué.

– Je vois que tu as bon appétit en tout cas. »

Elle se penche pour ramasser le plateau et je retiens ma respiration au cas où elle entendrait celle à Camille.

Elle dit « je vais te préparer ton goûter, je reviens ».

Et elle s’en va et je crois que je vais mourir de peur ou pire encore.

« C’est bon elle est partie », je dis.

Mais y a pas de Camille derrière le lit.

Après tout, c’est un ange. Elle a dû s’envoler ou disparaître.

26

Simon dit « des fois tout semble aller au ralenti et ça s’appelle l’ennui ».

Je suis pas d’accord.

Je me réveille. Je me brosse les dents. Je me lave. Rosy vérifie que j’ai pas oublié le savon. Je prends mon petit déjeuner. Je regarde Camille. Je cours au car. J’apprends qu’on met un x aux noms se terminant par eau. (Faut le savoir parce que ça s’entend pas quand on le dit.) C’est la récré. Je joue aux billes ou à chat avec les garçons. À rien avec Camille. Je retourne en classe. Monsieur Paul nous explique l’électricité. Je comprends rien. Pauline est partie sans nous dire au revoir.

Personne ne la regrette. Surtout Rosy. Je raconte à madame Papineau comment je me suis pris du jus avec les expériences à l'instituteur. Je me sers dans la réserve à bonbons. J'avale mon goûter et le regard à Camille. Je fête l'anniversaire à Jujube. À Boris. À Alice. Je fais mes devoirs avec Simon et Ahmed. Le lundi soir je regarde la télévision. Le mardi je vais à la piscine. Et le week-end chez Raymond avec Camille.

Et c'est déjà fini et Simon veut me faire croire que ça passe au ralenti ?

Simon, en plus, il est toujours là où il devrait pas se trouver, à croire qu'il le fait exprès. Il passe dans le couloir quand il entend madame Papineau et Pauline parler du monsieur qui fait des papouilles le mardi alors qu'on est à la piscine, et il se planque derrière la porte entrebâillée.

« Tout ça c'est à cause de Rosy, dit Pauline. Je suis sûre qu'elle s'est pas gênée pour vous raconter tout ça.

– Peu importe qui me l'a dit, répond la directrice.

Votre fonction est de surveiller les enfants à la piscine.

– Ils étaient avec Michel, ça va, personne ne s'est noyé.

– Ce que vous faites en dehors d'ici ne me regarde pas. Mais je n'apprécie pas du tout que les enfants vous voient embrasser un inconnu.

– Ce n'était pas un inconnu. Vous le connaissez bien d'ailleurs, c'est…

– Taisez-vous, je m'en fiche. Votre conduite n'est pas celle d'une éducatrice.

– Ah ! et si je faisais l'éducatrice, comme vous dites, et si je racontais à monsieur Clerget l'affaire des cahiers ?

– Il n'y a pas d'affaire, répond madame Papineau. Et je ne vous conseille pas d'aller en parler au juge ou je m'occuperai personnellement de vous et croyez-moi, ce ne sera rien comparé à votre départ d'ici.

– Je blaguais, madame la directrice », dit Pauline avant de claquer la porte.

Sauf qu'elle s'en va d'un pas qui a rien d'une blague.

Je sais pas ce qu'a dit Rosy, mais je me souviens bien de ce que j'ai dit, moi, pour sauver la peau à Simon et c'est vrai que quand j'ai vu partir Pauline sans nous dire au revoir, je me suis senti coupable.

Rosy m'a dit « tu n'as rien à te reprocher mon chou. Cette sale petite grue allait tout balancer au juge et je ne suis pas sûre que madame Papineau aurait pu faire quoi que ce soit pour Simon ».

Mais le plus important, c'est que notre ruse de Sioux a marché.

Et la sorcière a rien vu venir.

Camille entre dans la pièce avec le magnéto à Boris caché dans sa poche.

La sorcière ferme la porte à clé.

« Comme ça personne n'entrera par hasard. Je n'étais pas dupe la dernière fois, triple idiote.

– Comment tu vas ? demande Camille comme si elle était sourde.

– Qu'est-ce que ça peut bien te foutre ?

– Je voulais juste savoir comment tu te portais, tata.

– Ne m'appelle pas comme ça. Je préfère oublier qu'on est de la même famille.

– Si c'était le cas, tu n'aurais plus aucune raison de venir ici.

– Ne rêve pas, petite. Je suis une femme de devoir et je t'ai placée ici parce que je n'ai aucune envie de t'avoir dans les pattes. Je n'en ai pas les moyens, moi. Je gagne ma vie honnêtement. Je n'ose même pas imaginer ce que tu m'aurais coûté si je t'avais gardée. Et puis tu me seras plus utile quand tu seras majeure. Tout ce que je voulais c'est que tu sois un peu vissée. Je vois que ce n'est pas le cas. Je songe d'ailleurs à te retirer d'ici.

– Pourquoi ?

– Parce que ce n'est pas d'amour que tu as besoin, mais d'une poigne ferme qui te remette les idées en place.

– Quelles idées ?

– Ne te fais pas plus bête que tu n'es. Ici, tu fais ce que tu veux et tu n'as aucune idée de ce qui t'attend dehors. Qu'est-ce que tu crois ? Que tu vas vivre d'eau fraîche ? Si j'étais ta mère…

– Tu serais morte.

– Ne me parle pas sur ce ton. Pour qui te prends-tu ? Tu n'es qu'une orpheline mal foutue, malpolie, habillée comme une putain. Avec une mère qui couchait comme elle respirait et un père bourré du matin au soir, pas étonnant que tu sois ratée.

– Pourquoi tu es si méchante ? Je ne t'ai rien fait, rien demandé, et je suis peut-être ratée, mais si papa était encore là, il ne t'aurait pas laissée me parler comme ça.

– Pour sûr, il aurait levé la main sur moi. Il n'était bon qu'à ça ! Il suffit de voir ce qu'il a fait avec ta mère. Et tu lui ressembles déjà. Une putain, voilà ce que tu deviens.

– C'est quoi une putain, tata, ça te ressemble ?

– Voilà ce qu'on t'apprend ici, mais ça va pas durer, crois-moi.

– Je ne reviendrai jamais chez toi et si tu cherches à me placer ailleurs, j'en parlerai au gendarme.

– Ton gendarme ne peut rien contre moi, j'ai la loi de mon côté.

– Et si on t'entendait parler comme ça, qui aurait la loi de son côté, hein, tata ?

– Tu te crois dans un film ? Tu vois des caméras dans cette pièce ou peut-être un de ces sales gosses l'oreille collée à la porte ? Personne ne te croira, ta parole contre la mienne ne vaut pas grand-chose. J'ai déjà prévenu ta directrice que tu étais complètement mythomane [1]. Pauvre petite, avec une mère comme la tienne, ça passe comme une lettre à la poste.

– Ça veut dire quoi mythomane ?

– Ça veut dire que tu mens comme tu respires et que tu inventes toutes sortes de choses.

– Mais c'est toi, ça !

– Le monde est beaucoup plus cruel que tu ne le penses. Qui va-t-on croire, une orpheline mythomane ou une femme honnête ?

– Tu n'as rien d'honnête !

– Nous ne sommes que deux à le savoir, triple bécasse. »

J'aurais bien aimé être une petite souris et je suis pas le seul quand madame Papineau, Rosy et madame Colette ont écouté le magnéto à Boris. On a vu le juge sortir du bureau et dire tout fâché « ça ne va pas se passer comme ça ! ».

---

1. Personne atteinte d'une maladie psychologique qui l'incite à mentir systématiquement.

Camille nous a tout raconté et j'ai appelé Raymond dans le téléphone, et il est venu aussitôt aux Fontaines pour discuter avec madame Papineau.

« Il faut quand même se méfier de la sorcière, dit Raymond. Elle reste sa tante. Le juge a prévenu l'inspecteur de l'aide sociale à l'enfance et je crois qu'elle va passer de sales moments avec lui. Je le connais, c'est pas un tendre, surtout quand on parle ainsi aux enfants. »

Et puis, comme si on avait pas eu assez d'émotions avec tout ça, la maman à Béatrice est venue voir sa fille aux Fontaines.

Béatrice arrête pas de dire que le soleil est dans son cœur et nous, ça nous fait du bien de la voir toute riante, avec son beau sourire de dents blanches sans le pouce dedans. Depuis qu'elle sait que sa maman vient pour de vrai, elle prend sa fourchette et mange de bon appétit et Rosy est toute fière du changement.

Seulement voilà, la maman à Béatrice est pas venue toute seule. Elle a un revolver dans son sac.

Elle pense que Rosy l'a remplacée dans le cœur de sa petite.

Et c'est plus du soleil quand Béatrice court hors du bureau en criant à Rosy « cache-toi, maman veut te tuer ! ».

Tout le centre est silencieux à cause des enfants partis au parc Astérix avec les zéducateurs. Même madame Papineau a pris deux jours pour aller voir une amie en province et les seules familles présentes ont emmené leurs enfants chez eux ou sont parties se promener dans la campagne.

Camille et moi, on est chez Raymond.

Seul Simon est aux Fontaines à cause de ses devoirs pas faits. Il entend crier Béatrice et il sort de la chambre.

C'est quand même plus rigolo que de conjuguer le futur des verbes « venir, faire, voir et prendre ».

Il court se cacher dans le bureau à la secrétaire. Des fois il passe la tête et personne ne fait attention à lui.

C'est bien Simon, ça.

Rosy fait face à une grosse dame noire très en colère, les yeux tout sortis dehors, le revolver à la main.

Elle crie « je suis la seule maman de Béatrice ».

Et Rosy « mais oui, madame, il n'y a aucun doute » avec une voix toute calme comme si le revolver la regardait pas.

« Tu cherches à me la voler, c'est ça, hein ! hurle la grosse dame noire et ça résonne de partout comme si les mots se cognaient aux murs et rebondissaient sur le sol.

– Non, je ne cherche rien, juste faire le bonheur de ces pauvres enfants. Soyez raisonnable, madame, donnez-moi cette arme.

– Elle est où ma petite ? Je suis venue pour elle.

– En sécurité, le revolver lui fait peur.

– Je ne veux pas lui faire peur, juste lui dire qu'elle me manque. »

Rosy fait deux pas en avant : « Avec un revolver ?

– N'avance pas ou je vais te buter.

– Vous pouvez toujours me buter, madame, mais réfléchissez bien avant. Pensez à Béatrice car vous risquez de la perdre à jamais. Personne ne sera indulgent avec vous, si vous me tuez.

– Tout ce que je veux, c'est voir ma petite.

– Alors donnez-moi votre revolver et on arrangera ça.

– Ce n'est pas ma faute si je ne viens pas plus souvent. Je n'ai pas d'argent et son père ne veut pas que je quitte la maison.

– Je comprends, madame.

– Non, vous ne comprenez rien. Vous êtes là à me dire des « madame » longs comme le bras, mais sa mère, c'est moi.

– Personne ne dit le contraire.

– Je suis si fatiguée », dit la grosse dame noire.

Et elle baisse son arme et de grosses larmes sortent de ses yeux.

« Je vais venir vers vous », dit Rosy.

La grosse dame ne répond pas.

Rosy s'avance lentement et prend tout doucement le revolver et elle le pose à terre. D'un coup de pied elle l'envoie valser vers Simon qui le ramasse aussitôt.

« Voilà, c'est fini, dit Rosy en prenant par la main la maman à Béatrice. Je ne dirai rien à personne, c'est promis.

– Je peux la voir ? sanglote la maman.

– Oui, venez avec moi. »

Les deux femmes partent à la recherche de Béatrice. Simon les suit avec le revolver caché dans sa poche.

« Au cas où », me raconte Simon.

Heureusement y a pas eu de « cas où ».

Béatrice a juste peur et elle veut pas se retrouver toute seule avec sa maman. Alors Rosy reste et elle se fait toute petite pour faire grandir l'amour à la vraie maman.

« Tu as de la chance que personne t'ait vu, je dis. On dirait vraiment que tu les cherches, les emmerdes. Ça marchera pas toujours d'envahir le bureau à madame Papineau.

– J'avais peur pour Béatrice et Rosy mais j'aurais juste tiré en l'air, tu sais.

– T'as bien fait de le remettre à sa place en tout cas et de retourner à la chambre pour faire semblant de travailler.

– Mais je faisais pas semblant !

– Simon !

– Quoi Simon ? Je te jure que je révisais. Quand Rosy est venue me chercher pour le goûter je lui ai récité la ponctuation "bonjour, virgule, dit le loup, point. Il ne fait pas chaud dehors, point. Ça pince, virgule, vous savez, point".

– Et Béatrice ?

– Elle a pas touché au bon goûter de Rosy. Avec le pouce dans sa bouche, de toute façon, y avait plus de place. Sa maman a bien essayé de lui faire avaler une tartine de confiture, mais Béatrice a fait non avec la tête et sa maman avait l'air toute triste. Moi, je la regardais pas trop, j'avais peur qu'elle voie tout dans mes yeux. Quand elle est partie, j'ai dit "salut" et Rosy m'a grondé du regard, mais bon, j'allais quand même pas embrasser la dame au revolver. Béatrice s'est laissé prendre dans ses bras, mais je voyais bien qu'elle serrait pas grand-chose à part son pouce. Elle a fait un baiser sur la joue et c'est tout. Quand la dame est partie, elle a pas voulu jouer avec Rosy. Elle a pris sa poupée en maillot de bain et elle l'a habillée pire que l'hiver. »

27

Je me réveille à cause de la lumière allumée et je dis « c'est quoi ce bordel ? » et Simon grogne et Ahmed dit rien et c'est normal, son lit est vide.

« Simon, je dis tout bas. Ahmed est plus là.

– Il est allé faire pipi, rendors-toi.

– Non, pipi c'est au lit qu'il le fait, je l'ai jamais vu se lever la nuit pour ça.

– Mmm.

– Bon, reste là si tu veux, moi, je vais aller réveiller la nouvelle zéduc.

– T'es chiant, Courgette », dit Simon, les yeux tout crottés, assis sur son lit.

La nouvelle zéduc, c'est Charlotte et on dirait que ses cheveux sont en feu à cause de leur couleur et elle a l'air de bien dormir surtout qu'on est deux à la secouer.

« Quoi ? Qui ? Ah ! Mais qu'est-ce que vous faites là ? et elle est déjà debout dans une chemise de nuit toute blanche trop grande pour elle.

– C'est Ahmed, je dis. Il est plus dans son lit.

– Bon, laissez-moi m'habiller toute seule et je vous retrouve dans la chambre. »

Elle est super Charlotte.

Simon a entendu Rosy dire à la directrice « elle est trop jeune pour faire ce métier-là. Elle manque forcément d'expérience » et madame Papineau a répondu « vous n'êtes jamais contente, Rosy. Vous savez combien c'est difficile de recruter un éducateur de nos jours ? Je vais finir par croire que vous êtes jalouse des femmes ».

« Moi ? » a dit Rosy la main sur sa grosse poitrine.

« Oui, vous. Et si vous voulez un conseil, faites-vous-en une alliée. »

Et Charlotte, c'est pas difficile de faire ami avec elle, même si des fois ses sourcils se lèvent quand on fait une bêtise. Elle nous apprend toutes sortes de jeux et elle se promène des heures avec nous dans les bois et elle connaît tous les noms des fleurs et des arbres et elle nous montre les bons champignons et elle écrase les mauvais sous ses pieds. Elle a toujours un mot gentil pour nous ou pour Rosy qui finit par s'en faire une copine. Il faut les voir passer devant Michel et François, fières comme les paons qui font la roue. Simon m'a dit que Michel avait essayé de faire copain avec Charlotte et que la main aux fesses c'était pas une bonne idée, vu la gifle en retour. Depuis il se tient éloigné et Crâne d'œuf, qui a peur aussi des femmes, est toujours fourré avec Michel et Rosy dit « ah, les hommes ! » et Charlotte répond « où ça les hommes ? » et nous on rigole et on gonfle les muscles qu'on a pas à part Simon qui fait beaucoup de gymnastique et le barbu crache par terre et François dit « fais pas attention » et Rosy « et en plus, ils sont malpolis ces garnements ! ».

« J'ai pris la torche, nous dit Charlotte. Et j'ai bien envie d'aller réveiller Rosy, on sera pas trop de quatre pour retrouver Ahmed.

– Super ! » on dit, Simon et moi, parce qu'on avait peur qu'elle nous demande de rester au lit et on s'est même habillés exprès.

On l'accompagne chez Rosy en marchant sur la pointe des pieds pour pas réveiller les autres enfants.

Je pense à Camille mais je me dis qu'il faut pas pousser le bouchon trop loin avec Charlotte.

C'est pas grave, j'emmène Camille avec moi dans mes pensées.

J'ai le fou rire avec Simon et Charlotte quand on découvre Rosy avec son bonnet de nuit et son masque pour les yeux et son ronflement qui déjà traverse sa porte. Elle est encore plus difficile à réveiller et beaucoup plus lente à s'habiller que Charlotte et ça calme pas le fou rire.

On commence par chercher Ahmed aux Fontaines et on ouvre toutes les portes et y a personne.

« C'est pas possible, dit Rosy. Où il a pu aller ce petit ? »

Elle se tourne vers nous avec son doigt comme une fléchette « vous ne l'avez pas caché dans un placard, au moins ? ».

« On aurait pas réveillé Charlotte, dit Simon.

– Ah bon, parce que…, commence Charlotte.

– Oui, je t'expliquerai, coupe Rosy. Mais comment il a pu sortir par la porte ? Elle est toujours fermée à clé.

– Là, je dis en montrant la fenêtre grande ouverte et on se précipite dehors.

– Mon Dieu, gémit Rosy. Si Ahmed est parti dans les bois, il va falloir prévenir la police.

– Ça m'étonnerait, je dis. Il a toujours peur de tomber dans une flaque d'eau ou que les branches des arbres se referment sur lui à cause du film.

– Quel film ? demande Charlotte.

– Oh ! c'est juste un truc qu'on a regardé un lundi en se trompant de bouton sur la télécommande, aïe ! je fais à cause de Rosy qui me tire l'oreille.

– C'est bien la peine que je vous laisse tout seuls avec les dessins animés, ça m'apprendra. Où il peut bien être ce petit… Ah ! Je vois quelque chose, là, au bord de l'eau ! Dépêchons-nous. »

Mais Rosy se trompe. C'est juste une grosse bûche et on a beau regarder partout, on retrouve pas Ahmed.

« Il a pas pu se promener près de l'eau, dit Simon. Il en a trop peur. À mon avis, il est sur la route. »

Et nous voilà sur la route toute noire avec la torche à Charlotte qui éclaire à peine nos pieds et encore quand elle veut bien s'allumer et on est pas trop rassurés. Au moins, au bord de l'eau, la lune nous servait de torche mais là c'est « noir de chez noir » comme dit Simon. On passe sous le pont comme on fait avec le car quand on va à l'école.

« On ne va pas le retrouver, gémit Rosy. On ferait mieux de rentrer et d'appeler la police. On perd du temps. C'est dangereux de marcher ici avec les voitures qui ne vont pas nous voir. »

Personne ne répond. On est trop occupés à faire attention où on met nos pieds, histoire de pas se retrouver au milieu de la route, ou de glisser, avec les fossés pleins d'orties.

« Attention ! crie Charlotte. Une voiture ! Les enfants, mettez-vous sur le côté. »

Comme si on avait envie de rouler dessous !

La voiture nous passe devant et Simon me troue les oreilles « là-bas, regardez, les phares éclairent Ahmed ».

Et c'est bien Ahmed en pyjama qui a une bonne longueur d'avance sur nous. Comme il nous a ni vus ni entendus, et qu'il marche lentement, on le rattrape assez vite. Il se retourne au dernier moment et il essaye de courir avec le doudou lapin à la main, mais Charlotte est plus rapide et elle le soulève d'un rien. Ahmed se débat et le doudou lui échappe des mains et il tend ses bras pour le récupérer.

« Tiens, dit Simon qui vient de ramasser le doudou.

– Où allais-tu, mon petit ? dit Rosy en lui caressant la tête.

– Loin d'ici, je veux pas voir le monsieur qui revient samedi.

– Son père », dit Rosy à Charlotte.

On retourne aux Fontaines dans la nuit et le silence.

On entend juste pleurnicher Ahmed qui a peur d'être puni.

« Non, mon chou, dit Rosy, personne ne va te punir, mais il ne faut plus partir comme ça la nuit. N'importe quoi aurait pu t'arriver si nous ne t'avions pas retrouvé, j'en suis toute retournée.

– Je voulais pas que tu t'inquiètes, sanglote Ahmed. J'ai même failli revenir et je me suis assis sur la route pour réfléchir et j'avais peur d'être puni alors je suis reparti.

– Et tu n'avais pas la moindre idée où aller ? demande Charlotte.

– Si, je voulais retrouver l'instituteur. Il est très gentil avec moi monsieur Paul. Des fois, à la récré, on parle du monsieur et il dit que je suis pas obligé de partir aux Amériques si je veux pas.

– Et tu sais où il habite ? demande Charlotte.

– Oui, je suis déjà allé chez lui le samedi, avant que le monsieur vienne me voir.

– C'est loin d'ici, mon petit, dit Rosy.

– Ah bon ! répond Ahmed. Alors j'aurais attendu le jour et j'aurais demandé à une voiture de m'emmener chez monsieur Paul.

– Avec tous ces voleurs d'enfants, mon Dieu ! crie Rosy. Mais qu'est-ce que t'as dans la tête, un petit pois ?

– Ah non ! j'aime pas les petits pois, pleurniche Ahmed. Je crois que des fois ça se mélange un peu là-dedans. »

Il montre sa tête avec son doigt.

Simon dit « je suis pas sûr que le doudou soit d'accord pour que tu essayes encore une fois de t'en aller sur les routes ».

« Tu crois ? demande Ahmed. En tout cas, il a rien dit.

– Évidemment qu'il a rien dit, ça parle pas les peluches. Mais ça se voit dans ses yeux qu'il est pas content, le doudou.

– Ah bon ! dit Ahmed, la vue brouillée par ses petites larmes.

– Hein, j'ai raison, Rosy ?

– Oui, Simon. C'est vrai qu'il fait des drôles d'yeux ce lapin. »

Et moi je regarde le doudou et je vois que des billes de verre et du noir partout.

Il faudrait le passer à la machine à laver ce doudou-là.

Rosy sort ses clés et nous fait passer devant elle. Charlotte allume la lumière du hall. Ahmed serre son doudou contre lui. Simon bâille et moi aussi.

Demain matin, faudra que je raconte tout ça à Camille.

Rosy et Charlotte nous raccompagnent jusqu'à la chambre et on se déshabille sauf Ahmed qui est déjà en pyjama. Elles nous font un gros câlin surtout à Ahmed je trouve.

Je tends le bras pour éteindre la lumière quand Ahmed dit « eh, Rosy, tu me chantes "Le Grand Manteau rouge" ? ».

28

Je compte sur mes doigts les jours qui me séparent de mes dix ans.

Ça tombe samedi et Camille et moi on sera chez Raymond.

Je surveille Camille qui fait la mystérieuse, surtout depuis qu'elle est descendue au village avec Charlotte.

Même que madame Colette m'a retenu dans son bureau avec ses dessins à l'encre noire et j'ai pas pu sortir quand la voiture rouge à Charlotte a freiné sec sur les petits cailloux des Fontaines.

Et moi je fais l'andouille « c'est quoi mon cadeau ? » et Camille me regarde comme si j'étais muet « viens, on va à la balançoire » alors je lui prends la main et je répète à l'oreille « c'est quoi mon cadeau ? » et elle me répond « ah, tu as mal au dos, bon, tant pis pour la balançoire » et elle danse le disco comme si une guêpe l'avait piquée. J'essaye avec Charlotte qui me dit « je vois pas de quoi tu parles » comme si je m'étais trompé en comptant sur mes doigts ou que je les aie pas vues partir dans la voiture rouge.

Alors je fais un peu la tête parce que je me dis que personne va se rendre compte que je vais devenir vieux samedi.

Même Simon à qui j'ai tout raconté me dit « c'est pas grand-chose un anniversaire, juste une bougie de plus sur un gâteau, et des fois y a pas de cadeau parce que les grandes personnes ont d'autres choses en tête, le chien est malade et il faut le piquer, ou la grand-mère ou je sais pas quoi » et je vois pas le rapport entre mes dix ans et la grand-mère à piquer et Simon dit aussi « tu ferais mieux de réviser ton pluriel, t'as pas mis de s à bocal » et moi j'en ai marre des devoirs je préfère mettre un s à cadeau et c'est pas le bocal qui va faire la loi.

« Je comprends pas, je dis à Simon. Quand on fête l'anniversaire à Jujube ou à Alice, on fait le dessin une semaine avant et on le scotche dans la cuisine et on s'en va au village acheter des tonnes de gâteaux pour Jujube ou des colliers pour Alice et moi, rien, pas un dessin et tout le monde fait comme si j'allais rester avec mes neuf ans toute ma vie.

– C'est samedi ton anniversaire ? demande Simon. Je le déteste.

– Oui, je réponds, un peu colère.

– Eh ben voilà.

– Ben voilà, quoi ?

– Samedi personne ne sera là. Toi tu pars avec Camille chez ton gendarme et nous on va à Paris.

– Pour faire quoi ?

– On va voir des squelettes au musée.

– C'est nul comme promenade, je dis avec envie.

– Ouais, c'est nul, répond Simon et il regarde son livre d'école comme si c'était un hamburger-frites.

– Moi, je veux pas aller voir les squelettes, pleurniche Ahmed. Simon m'a dit que des fois ils s'amusent à faire peur.

– Simon dit n'importe quoi. Les squelettes ont pas assez de force pour te faire peur parce qu'ils sont morts.

– Tu es sûr ? demande Ahmed.

– Non. »

Et je fais le squelette avec les bras tout mous et je me précipite sur Ahmed qui hurle avant de se cacher sous le drap.

« Icare ! crie Charlotte avec une règle entre ses doigts. C'est comme ça que tu révises tes devoirs ? »

Les grandes personnes, ça prévient jamais avant d'entrer dans la chambre. C'est vrai ça, elles pourraient frapper à la porte ou je sais pas moi, marcher avec des chaussures à sonnettes, comme ça on aurait le temps de dessiner un s à la fin des mots.

« Un s à bocaux, tiens, tiens, elle dit avec sa règle qui s'abat sur le livre comme si c'était sa faute. Tous les mots en « au » prennent un x au pluriel, je te l'ai déjà dit plusieurs fois, Courgette et ça m'étonnerait que monsieur Paul ne l'ait pas fait avant moi.

– En tout cas, je dis, monsieur Paul frappe pas le livre avec sa règle.

– Tu préférerais tes doigts peut-être ?

– Euh, non, et cadeau, on met un x aussi, ou on pique la grand-mère ?

– On pique quoi ? La grammaire ? Des fois je te comprends pas, évidemment que cadeau ça prend un x au pluriel.

– Dans la grammaire peut-être, dans la vie ça m'étonnerait, je dis, un peu vexé.

– Oh ! mais c'est qu'il bouderait ce petit garçon quand on lui fait une remarque !

– Je suis plus petit à partir de samedi, je dis, content de moi.

– Eh bien d'ici là, tu vas me recopier cent fois le mot "cadeau" sans oublier le x au bout. Quant à vous, les enfants, allez jouer dehors et Ahmed, fais-moi plaisir, sors du drap, ce n'est pas là-dessous que tu vas apprendre le pluriel. »

Et voilà, je suis puni et je recopie cadeaux cent fois sur mon cahier alors que mes copains jouent dehors et j'en aurai jamais autant samedi de cadeaux et peut-être que Raymond oubliera aussi le gâteau et la bougie en plus à cause de sa grand-mère à piquer et c'est pas juste.

Je suis dans le bureau à madame Papineau qui fait semblant de lire un dossier.

Des fois elle me regarde et elle me sourit.

Raymond, lui, est dans le téléphone.

« Alors tu es content de venir me voir samedi ?

– Oui. Dis-moi, Raymond, t'as une grand-mère ?

– Une grand-mère ? Non, hélas, mon petit, elle est au ciel. C'est marrant que tu demandes ça parce que la grand-mère de Victor vient nous voir pour une semaine. Elle est un peu sourde, tu sais, il faut lui parler fort à l'oreille.

– Et vous allez la piquer pour ça ?

– La piquer ? Ce n'est pas un chien, mon petit. Où as-tu entendu un truc pareil ?

– Simon dit que les grandes personnes oublient les anniversaires à cause des chiens et des grands-mères qu'ils vont piquer.

– Simon a beaucoup trop d'imagination, mon petit. Et les grandes personnes n'oublient pas les anniversaires, surtout quand il s'agit de leurs enfants. Fais-moi confiance.

– Mais je suis pas ton enfant. Ton enfant c'est Victor. Alors tu vas m'oublier toi aussi ?

– Pour moi et pour Victor, c'est comme si tu étais mon fils et je ne suis pas près de t'oublier, bien au contraire. On en parlera samedi, tu veux bien me passer madame Papineau, mon petit ?

– Geneviève, c'est pour toi », je dis et je lui donne le téléphone et je m'en vais vite comme si j'allais jouer avec mes copains.

C'est juste une ruse de Sioux.

Je reste derrière la porte et j'entends que la directrice.

Elle dit :

« Oui.

– Comment allez-vous ?

– Ça va, merci.

– Monsieur Clerget propose un rendez-vous lundi, à 17 heures.

– Oui, bien sûr, il sera là.

– À son bureau.

– Bien.

– Je suis sûre qu'il sera aux anges.

– Au revoir, Raymond.

– Oui, bien sûr, en fin de matinée, je pense. »

Je me demande bien qui sera aux anges et pourquoi Raymond et madame Papineau ont pris rendez-vous avec le juge.

C'est vrai que monsieur Clerget ne ressemble pas aux juges des films. Il a ni marteau ni air sévère et il envoie personne en prison vu qu'il s'occupe que des enfants.

Moi, il me fait un peu peur surtout quand il est en colère. Même si c'était que pour la sorcière, j'aimerais pas qu'il me crie dessus comme ça. Avec nous, les enfants des Fontaines, il parle comme si on était tout en sucre alors on raconte tout et des fois il revient sur une phrase ou un mot et ses « pourquoi ? » s'enfoncent en nous comme des aiguilles et y a que Boris et Antoine à qui ça fait pas mal. Boris dit que son nom veut dire « au service de l'Église » et c'est vrai qu'il a quelque chose du bon Dieu, monsieur Clerget. Il décide du temps qu'on va rester ici et il peut envoyer Ahmed aux Amériques ou interdire à la maman à Béatrice de revenir ou nous placer ailleurs si on fait de grosses bêtises. Des fois, on est en train de goûter ou de jouer et madame Colette vient nous chercher parce que le juge veut nous parler et plus personne a envie de goûter ou de jouer et on attend super tristes que le coupable revienne comme si on avait peur de plus jamais le revoir. Je sais que le juge nous écoute et qu'il fera rien contre nous. Sauf s'il pense que c'est « pour notre bien ».

Et je me demande ce que les grandes personnes ont à décider de tout pour nous, quand on sait moins que les autres enfants ce qui nous attend une fois très vieux. Rosy dit que le juge enverra pas Ahmed aux Amériques si Ahmed veut pas. Et elle a pas parlé du revolver à la maman à Béatrice et Béatrice non plus parce qu'elle aime trop sa maman pour plus jamais la voir. Même si monsieur Clerget la prend pour du sucre, Béatrice s'est contentée de sucer son pouce quand les « pourquoi ? » du juge lui faisaient mal et monsieur Clerget a vu que « du feu » comme dit Simon qui, lui aussi, a échappé à l'incendie.

Au réveil, mon poing se referme et c'est normal, on est samedi, j'ai plus à compter les jours qui me séparent de mon anniversaire.

Ça y est, j'ai dix ans et ça change rien et je suis déçu.

Personne m'en parle, ni Simon, ni Ahmed, ni Rosy, ni même Camille et j'en aurais pleuré si Ferdinand le cuisinier m'avait pas chuchoté à l'oreille « il paraît que c'est ton anniversaire aujourd'hui ».

« Comment tu le sais ? je demande.

– C'est mon petit doigt. Il m'a tout raconté.

– N'importe quoi, un petit doigt, ça parle pas. »

Ferdinand rigole « mais tout le monde sait ma Courgette que c'est ton anniversaire. Tiens, c'est pour toi, mais tu dis rien à personne ».

Et il sort un tout petit gâteau au chocolat en forme de cœur que j'avale tout rond.

« Et pourquoi je dois rien dire ? je dis en me léchant la bouche.

– Tu verras bien. Ma femme et mes enfants m'attendent. À lundi, Courgette. »

Et Ferdinand le cuisinier m'embrasse et il part dans sa camionnette et je me demande pourquoi il ment.

On sait tous que Ferdinand a pas de femme, et pas d'enfants à part nous.

Puis le car se remplit de copains et je les regarde partir eux aussi avec envie. Les squelettes, ça doit être super, et c'est pas chez Raymond qu'on va jouer avec, même si je suis content de retrouver le gendarme et son fils. Je trouve curieux que tous les zéducateurs montent dans le bus, surtout Rosy qui, d'habitude, le samedi, se repose dans sa chambre. Normalement quand on visite un parc ou une forêt ou un musée, y a qu'un seul zéduc pour nous accompagner quand c'est pas l'instituteur. Les autres zéducs restent chez eux pour « faire des grasses matinées et s'empiffrer de télé et de hamburgers-bières », m'a dit Michel le barbu.

« Pas étonnant que ça s'appelle grasses matinées avec toutes ces cochonneries », a dit Rosy qui a tout entendu.

Et depuis Jujube réclame « une grasse matinée » et il est pas content qu'on le laisse dormir et que toutes ces bonnes choses lui échappent, même si ses rêves en sont pleins.

Je commence à croire que le gendarme nous a oubliés Camille et moi quand la voiture à pompon bleu écrase les petits cailloux.

Nous, on se balançait dans les airs et on était presque seuls, à part la secrétaire à madame Papineau qui nous regardait par la fenêtre et qui nous criait parfois « attention, pas si haut les enfants, vous allez finir par vous casser une jambe » comme si on attendait que ça.

Et puis d'abord qu'est-ce qu'elle fait là, un samedi, si c'est pas pour nous surveiller ?

Comme si on savait pas se tenir sans les grandes personnes et qu'on allait plumer les paons ou jouer avec l'âne méchant ou envahir la cuisine à Ferdinand pour faire des batailles de farine et poser nos fesses sur les plaques brûlantes.

« Désolé, les enfants, dit Raymond.

– On va à la messe ? je demande en sautant de la balançoire.

– Mais non, mon petit, pourquoi ?

– T'es habillé pour.

– Ah, ça… Et je suis pas beau ?

– Si, dit Camille en sautant dans ses bras. On lui dit ?

– On me dit quoi ?

– Rien, mon petit. Ah, au fait, bon anniversaire, ma Courgette.

– Ah, c'est ça que tu dois pas me dire ? »

Et je suis un peu déçu comme si je m'attendais à des centaines de cadeaux.

On roule le long de la rivière quand je demande « et Victor, pourquoi il est pas venu avec toi ? ».

« Il est resté avec sa grand-mère.

– La dame sourde à qui faut crier dans les oreilles ? je crie dans les oreilles à Raymond.

– Attention, mon petit, je conduis.

– Bon, je dis plus rien. »

Et je boude.

« On t'entend plus, dit Raymond.

– Non, il boude », dit Camille et elle me chatouille et ça me fait rigoler.

Devant la maison à Raymond, Camille me dit de fermer les yeux.

« Pourquoi ? » je demande.

Et je ferme les yeux.

C'est difficile de résister à Camille.

« Tu verras bien. Je vais te mettre un chiffon sur les yeux, là, comme ça. Tu n'auras qu'à prendre ma main et je te dirai où marcher pour pas tomber. »

Je descends de la voiture aidé par Camille.

« Stop ! Attention, tu as quelques marches à grimper. »

Et je lève les pieds pour entrer dans la maison et je la traverse lentement jusqu'au jardin, toujours avec mon ange qui me tient la main. Je me cogne quand même contre un meuble.

« Aïe !

– Je t'ai pas dit d'aller à gauche. Tu marches tout de travers.

– Je marche pas tous les jours avec un chiffon sur les yeux, et il est où Raymond ? »

Et plus j'avance, plus j'entends des chuchotements et des rires.

« T'y es presque. Un pas de plus... Stop ! Voilà, tu peux retirer le chiffon. »

Et puis j'ouvre mes yeux et je les referme aussitôt.

Je suis tout retourné et je peux pas empêcher mes larmes de sortir.

Camille me lâche la main et je suis tout seul devant mon cadeau et c'est le plus beau cadeau de toute ma vie.

Alors je vais pas le gâcher ce cadeau.

Je serre mes poings et j'essuie mes yeux avec et je les regarde pour de bon et aussitôt ils chantent tous « joyeux anniversaire, Courgette ! ».

Ils sont tous là.

Même Ferdinand le cuisinier.

Même le juge avec madame Papineau.

Et tous mes copains et les zéducateurs qui sont jamais partis voir les squelettes.

Et monsieur Paul avec madame Colette.

Et Yvonne l'infirmière avec Gérard le chauffeur.

Et Victor qui tient la main à Camille.

Et Raymond qui disparaît derrière un gâteau comme j'en ai jamais vu.

C'est le plus gros cœur en chocolat qui donne envie de mordre dedans.

Et c'est pas tout.

Y a plein de paquets avec des tas de rubans et de ballons autour.

Et dans une chaise roulante, au milieu de ma grande famille, une petite dame avec des yeux bleus et souriants et je la connais pas cette dame même si je me doute bien que c'est la grand-mère à Victor et je sais pas si c'est ses yeux bleus et souriants ou ses bras qu'elle tend vers moi, mais je me réfugie dedans et je l'embrasse sur la joue et je sens que les bras se referment sur moi et je vois les ballons s'envoler et j'ai l'impression que si je me détache de la dame aux yeux bleus, moi aussi, je vais m'envoler.

29

Les gens très âgés c'est pareil que les enfants à part l'âge et les dents qu'ils retirent le soir dans le verre à eau.

Ils font autant de bêtises que nous et ils mangent aussi mal.

Simon dit aussi que l'âge est comme un élastique et que les enfants et les gens très âgés tirent dessus, chacun à un bout, et il finit par craquer et c'est toujours les gens âgés qui se prennent l'élastique dans la figure et après ils meurent.

La dame aux yeux bleus s'appelle Antoinette et Victor a bien de la chance.

Quand j'étais petit ma grand-mère à moi était déjà au ciel à tricoter des pulls aux anges.

Je l'ai seulement vue en photo.

Tout le monde regarde le petit oiseau qui va sortir sauf ma grand-mère qui tricote un pull.

Et elle a pas le temps de le finir sur terre : elle fait « une crise du cœur » et elle meurt juste après la photo.

Antoinette, elle, tricote que ses phrases et elle a du mal à les finir. C'est pas sa faute, elle est sourde comme un arbre, même si on crie dans ses oreilles. Des fois on dirait qu'elle le fait exprès et que ça l'arrange bien de rien entendre. Et elle sait lire sur les lèvres, comme nous. Sa peau est aussi jaune qu'une tarte aux prunes. Ses cheveux sont blancs et je tire dessus pour voir si c'est pas des faux et Antoinette crie et je m'excuse. Elle parle pas beaucoup mais elle regarde les gens comme si elle passait au travers. Elle chante toujours un petit air et elle sait même plus quoi.

Elle dit « une chanson plus vieille que moi ».

Elle habite dans une maison un peu comme les Fontaines, sauf que les zéducateurs sont des infirmiers et les enfants des gens aussi vieux qu'elle.

On appelle ça des « maisons de retraite ».

Elle dit « de toute façon, ça fait longtemps que je me suis retirée de tout et j'ai pas attendu d'être avec des vieillards pour ça. Tu verras mon enfant, le monde est cruel et… Qu'est-ce que je disais déjà ? »

Et elle chantonne.

Tous les enfants des Fontaines veulent jouer avec Antoinette et je vois bien qu'elle aime tricher comme moi pour gagner. Elle boude même quand elle perd et Raymond dit « à ton âge ! » et elle le regarde comme si c'était un monstre. Elle joue aux billes mieux que Simon. Et Simon c'est le plus fort. Par contre, au jeu de la phrase qui tient debout, elle est nulle. Elle se souvient pas du mot du voisin et en plus elle en invente un autre et elle soutient que c'était « tomate » et pas « laxatif » et des fois on dit « OK Antoinette » sinon elle boude trop longtemps à cause des mots à Boris. Aux petits chevaux elle tourne les dés avec ses ongles et elle dit « c'est pas vrai » quand Jujube fait le rapporteur, vu que le gagnant aura une part en plus du gâteau au chocolat.

Elle a pas son pareil pour nous faire des câlins et on est tous allés dans ses bras sauf Jujube.

Elle a dit « tu es trop lourd, toi ».

Et Jujube s'est vengé sur un pot de confiture qu'il a mangé à la petite cuillère et après il avait mal au cœur et il a fait le malade tout l'après-midi malgré le comprimé à Yvonne et personne l'a cru.

« Alors tu aimes bien mon grand dadais de fils ? me demande Antoinette à l'oreille.

– Il est pas si grand que ça Victor, je dis.

– Pas Victor, le grand Raymond.

– Euh oui, mais c'est pas votre fils.

– Quelle fille ?

– C'est pas votre fils, je crie à son oreille.

– Ah ! C'est pareil. J'ai perdu ma fille, j'ai toujours un fils et surtout un petit-fils et j'ai de la chance.

– Et c'est comment ta maison ?

– Mais j'ai toute ma raison, je suis pas folle, mon enfant, juste très vieille. »

Et elle chantonne.

Je fais avec mes lèvres « pas raison, maison, avec un m comme maman ».

« Ah, ça. Grande et pleine de vieux pas rigolos du tout, mmmmm.

– C'est quoi ta chanson ?

– Une rançon ? Quelqu'un a été enlevé ?

– T'es marrante, toi.

– Oui, c'est tout ce qui me reste. Allez, va jouer avec la petite, là-bas.

– Camille ?

– Quand tu seras grand, tu vas l'épouser.

– Comment tu sais ?

– Les vieux ça voit beaucoup plus loin qu'on ne croit. »

On s'est allongés dans l'herbe, Camille, Victor, Alice, Béatrice et moi.

Madame Colette, Charlotte, Rosy, Yvonne et madame Papineau boivent du vin rouge sous le parasol.

Tous les autres jouent au foot avec Raymond et le juge.

Moi, j'ose pas trop l'approcher monsieur Clerget même si sa chemise est sortie de son pantalon comme celle à Raymond et qu'ils ont l'air de bien s'amuser. Avec la chance que j'ai, j'enverrai le ballon dans sa figure et après il se vengera et il me placera dans un foyer avec des barreaux aux fenêtres et je pourrai plus m'allonger sur l'herbe avec ma bande.

Alice a tenu sa promesse. Depuis que Simon est toujours là, elle attache ses cheveux avec un élastique et ses lèvres ne tremblent que si on lui parle.

Béatrice mange toujours son pouce et elle a plein d'herbes dans les cheveux. Elle s'est roulée dedans en riant avant d'aller respirer les fleurs, ses deux bras écartés en arrière, comme si elle avait peur de les toucher.

Victor essaye de siffler dans un brin d'herbe, bien serré entre ses deux pouces, et ça fait comme un prout et on regarde les adultes qui nous regardent pas et on rigole bien.

« Oh, là là, dit Victor. Le juge, il vient de glisser sur l'herbe et il a les quatre fers en l'air.

– Où tu vois les fers ? je dis. C'est pas un cheval, le juge.

– Bien sûr que c'est pas un cheval, Courgette. Les quatre fers en l'air, c'est une expression. Des fois, t'es vraiment bête ! Encore plus que le gros là, comment il s'appelle ?

– Jujube, pouffe Béatrice.

– Il est où, tiens, celui-là ? je demande.

– Dans mon lit, il est malade, répond Victor.

– Tu parles ! C'est rien que du pipeau avec Jujube. Il avait juste envie d'essayer ton lit et il va laisser des tas de miettes dedans.

– Simon raconte que ses parents vont bientôt venir le voir aux Fontaines, dit Camille.

– Comment il sait ça Simon, il lit toujours les cahiers ?

– Non, il a entendu une conversation dans le bureau à la directrice.

– Sacré Simon ! je dis. La maman à Jujube était pas au Pérou ?

– C'est où le Pérou ? demande Alice.

– Pas loin de la Russie, je dis au pif.

– Depuis le temps, en tout cas, ils ont eu le temps de faire cent fois le tour du monde, dit Camille.

– Ils sont allés chez moi à la Martinique ? demande Béatrice.

– Sûrement, sourit Camille.

– En tout cas, je dis, Jujube a jamais parlé de son papa. Et sur la carte postale y a que l'écriture à sa maman.

– Les papas n'écrivent jamais sur les cartes postales, dit Béatrice. C'est toujours la maman qui écrit “papa et maman t'embrassent”. Le papa, il embrasse que sur les cartes postales, sinon, il tape la maman et il enferme les petites filles dans un placard.

– Ah bon, je dis. Et les petits garçons, il en fait quoi ? Des rôtis ?

– Je sais pas, j'ai pas eu de frère. Papa disait qu'il avait déjà assez de problèmes comme ça.

– Des fois les papas sont gentils, dit Camille. Comme Raymond avec Victor.

– Pas le papa à Jujube, je dis. Il a dû oublier qu'il avait un fils.

– Et il vient de s'en souvenir, dit Victor. C'est pour ça qu'il vient aussi.

– Moi, j'aimerais pas que mes parents viennent me voir, tremble Alice. Je m'en irais avant et personne ne me retrouverait.

– Ils sont où tes parents ? je demande.

– Je sais pas.

– Et la dernière fois que tu les as vus ?

– Je sais pas.

– Laisse-la tranquille ! dit Camille. Tu vois bien que ça la fait trembler.

– Alors, on bronze ? dit Charlotte, un peu pompette. Attention aux coups de soleil, ça fait mal. »

Et elle s'allonge dans l'herbe et elle s'endort aussitôt.

« Elle est bourrée votre éducatrice, dit Victor.

– Elle est jolie, surtout », dit Camille en caressant les cheveux carotte.

Ferdinand et Yvonne partent chercher les gâteaux. Rosy verse le jus d'orange dans les verres. Simon fait l'andouille. Le juge s'écroule sur une chaise et il transpire comme Raymond avec une grosse tache sombre sous les bras. Michel repousse le verre et demande si y a pas de bière. Crâne d'œuf boit la bouteille d'eau sans respirer. Madame Papineau demande à Simon de se calmer et Simon se calme. Antoinette prend Alice sur ses genoux. Madame Colette dit à l'instituteur « je préfère la mer à la montagne » et elle dit ça pour rien parce que monsieur Paul regarde Charlotte et on voit bien qu'il s'en fout de la mer et de la montagne et Charlotte aussi. Elle bâille et madame Papineau la regarde avec un air sévère.

« Pardon », dit Charlotte quand leurs regards se croisent et elle cache sa bouche avec sa main.

Boris et Antoine partagent le walkman avec chacun un bouchon [1] dans l'oreille. On applaudit Ferdinand et Yvonne avec les plats remplis de gâteaux, aussitôt suivis de Jujube

1. Écouteur.

que l'odeur a réveillé. Camille retire les brins d'herbe sur la tête à Béatrice. Elles sont toutes les deux assises sur les genoux à Gérard le chauffeur.

« Quelle belle journée ! dit le juge.

– Reprenez donc un gâteau, dit Raymond.

– On est en quelle année ? demande Antoinette.

– L'année de mes dix ans », je réponds.

Rosy sert un jus d'orange à Michel.

« Non merci, dit Michel.

– C'est meilleur que la bière et ça fait moins grossir, dit Rosy en appuyant son doigt sur le gros ventre au barbu.

– Les goûts et les couleurs, dit Gérard qui boit la bière à la bouteille.

– Simon ! dit monsieur Paul. Quand madame Papineau te demande de te calmer c'est pas pour recommencer dès qu'elle a le dos tourné !

– Elle a pas le dos tourné.

– Simon, on ne répond pas, dit la directrice.

– C'est pas poli de pas répondre, madame Papineau.

– Moi, je reprendrais bien un peu de gâteau », salive madame Colette.

Et elle attend personne pour se servir.

« Ça va mieux, Jujube, on dirait, dit Yvonne avec un sourire.

– Mmm, répond Jujube, la bouche pleine.

– Je propose qu'on lève tous nos verres à la santé de la Courgette, propose Raymond.

– Mais elle va bien ma santé ! »

Tout le monde lève quand même son verre et ça se renverse de partout.

« À la santé de Courgette. Hip, hip, hip, hourra ! »

Antoinette vient de s'endormir la tête à l'envers et bientôt ses ronflements font rigoler tout le monde et ça la réveille.

« Qu'est-ce que je disais déjà, ah oui, c'est pas tomate, mon enfant, mais laxatif. »

Et elle chantonne.

30

Aux Fontaines, le chat entre dans la cuisine alors que Rosy prépare la salade avec Camille. C'est Béatrice qui le voit en premier et elle crie « minou, minou » et Rosy se retourne et elle crie « ah non, pas de sac à puces ici, allez va-t'en le chat » et elle le chasse avec la grosse cuillère à salade et ça fait pleurer Béatrice.

« Voyons, mon chou, dit Rosy, ne pleure pas. Ces bêtes-là transportent toutes sortes de maladies. On ne sait même pas d'où il vient ce chat, et tu sais bien que le règlement interdit les animaux.

– Je m'en fous, moi, du règlement, dit Boris et il prend la main à Béatrice. Viens, on va retrouver le chat.

– Boris ! Béatrice ! se fâche Rosy. Revenez ici immédiatement. »

Mais ils courent trop vite pour Rosy qui se laisse tomber sur une chaise.

On dirait que les années font voler les pages d'un calendrier et que Rosy vieillit sur place sans voir passer ses anniversaires.

Camille me regarde et dans ses yeux je lis « on y va ? » et on le fait et Rosy ne cherche même pas à nous retenir et bientôt elle est toute seule dans la cuisine et nous les enfants dehors à chercher le chat.

« Là ! » crie Jujube en le pointant du doigt sans s'approcher.

Le chat et le paon sont tout effrayés de se rencontrer. Le chat se dresse sur ses pattes, son poil est raide et ses yeux ne quittent pas le paon qui sautille sur place.

Béatrice s'approche « minou, minou » et minou la griffe avant de s'enfuir à grands bonds. Camille emmène Béatrice à l'infirmerie et nous on se dépêche à rattraper le chat qui s'enfuit dans les champs vers l'âne méchant.

« Chat, chat ! crie Alice. Va pas là-bas. »

Mais le petit animal est sourd et bientôt le voilà près de l'âne qui mâchouille de l'herbe. Il tourne autour et l'âne le surveille d'un œil sans lui donner le coup de sabot qui a blessé des tas d'enfants. On se tient tous super loin, à crier « le chat » ou « minou » et rien à faire, il s'en fout, il se roule dans l'herbe sous la grande bouche de l'âne et il tend une patte pour jouer et l'âne le pousse un peu avec sa tête et le chat secoue la sienne avant de revenir sous les jambes de l'âne qui s'arrête de manger. Il secoue sa tête entre ses deux pattes avant et pousse un « hi-han » qui fait sursauter le chat.

Antoine s'avance vers l'âne et le caresse. L'âne plonge sa tête dans l'herbe. Alors on vient tous et on pose nos mains sur sa peau grise qui pique comme la barbe à Michel.

Le chat, lui, se glisse entre les jambes à Alice.

Alice le ramasse et le chat se laisse faire.

Sa tête pendouille sur le bras à Alice et ses quatre pattes s'étirent vers le ciel.

« Viens, minou, dit Alice. On va te donner du lait. »

Le chat pose ses pattes sur l'épaule à Alice, son derrière bien assis dans ses petites mains, et on revient vers les Fontaines, suivis de l'âne qui pousse quelques « hi-han » sur le chemin, bientôt stoppé par la barrière en bois sous laquelle on se faufile à nouveau.

« Au revoir, on dit en secouant nos mains et l'âne tend son cou comme s'il respirait un plat de carottes et c'est avec ses yeux qu'il nous accompagne jusqu'au bout de l'allée.

– Il est pas si méchant que ça, dit Jujube qui a pas osé le caresser.

– Les autres enfants ont dû le pincer, dit Simon. Ou le frapper avec un bout de bois, et c'est pour ça qu'il s'est défendu.

– Vite, on va se faire disputer par Rosy », pleurniche Ahmed.

Quand on déboule dans la cuisine, Béatrice est assise à table avec un pansement sur le bras, entourée de Rosy et de Camille.

« Ne te fâche pas, Rosy, dit Boris. On va juste lui donner un peu de lait. »

Antoine ouvre les portes au Frigidaire et au placard et verse un peu de lait dans un bol.

« Tu pourrais au moins refermer tout ça, dit Rosy d'un geste de la main.

– J'allais le faire », répond Antoine.

Et il pousse la porte au Frigidaire avec ses fesses.

« De toute façon, tout ce que je dis, c'est comme faire pipi dans un violon, vous vous en foutez.

– Rosy fait pipi dans un violon ? demande Ahmed.

– Mais non, crétin, c'est une expression, répond Boris.

– C'est pas vrai, Rosy, qu'on s'en fout, je dis. Nous, on voulait juste donner du lait et des caresses au chat.

– Béatrice s'est fait griffer par cette sale bête à cause de ça, rappelle Rosy.

– C'est pas grave, dit Béatrice. Et puis le chat a eu peur, je suis sûre qu'il me voulait pas de mal, hein, le chat ? »

Le chat écoute pas, il boit son lait.

« Il a joué avec l'âne, cafte Ahmed.

– Parce que vous êtes entrés dans le pré de l'âne en plus ? gémit Rosy. Vous êtes inconscients, mes pauvres petits, ou quoi ? Vous auriez pu recevoir un coup de sabot. Je ne veux plus que vous y retourniez, compris ?

– Il est pas méchant, l'âne, dit Alice. On l'a même caressé.

Rosy nous crie dessus « mais qu'est-ce que j'ai fait au bon Dieu pour avoir des enfants aussi stupides ? C'est dangereux le pré ! ».

« D'abord on est pas stupides, je dis. Et si tu cries c'est parce que t'as eu peur pour nous. Les adultes, c'est toujours comme ça, à nous crier dessus pour de mauvaises raisons. On est tous là bien entiers et l'âne s'est laissé faire sans nous faire de mal. Le bon Dieu, Il le sait bien puisqu'Il voit tout. T'as qu'à Lui demander, tu verras bien.

– Je ne vous crie pas dessus pour de mauvaises raisons. Je vous aime et je ne veux pas vous voir courir un pareil danger. L'année dernière, la petite Françoise, elle, n'a pas eu de chance dans le pré.

– Peut-être qu'elle a pas été gentille avec l'âne, dit Simon.

– Gentille ou pas, elle a passé plusieurs semaines à l'hôpital, dit Rosy. Cet animal est dangereux, croyez-moi.

– On mange ? dit Jujube.

– Imagine Rosy que cette petite fille te pince ou qu'elle te donne un coup de bâton. Tu te défendrais pas, toi ?

– Si, mais pas en la piétinant, Simon.

– L'âne il peut pas la priver de dessert et lui demander de faire la rampe, insiste Simon.

– J'ai faim ! crie Jujube.

– Il a tout bu, dit Alice en caressant le chat.

– Je vous dis que ce pré est interdit et que ça vous plaise ou pas, si jamais l'un d'entre vous y retourne, il aura affaire à moi !

– Alors viens avec nous la prochaine fois, dit Simon. Et tu verras que l'âne il est pas méchant.

– Il n'y aura pas de prochaine fois.

– Bon, si c'est comme ça », râle Jujube.

Et il se jette sur le pain comme s'il avait rien mangé depuis des années.

« Je sais pas moi, dit Simon, viens avec Gérard, Michel et Crâne d'œuf ou qui tu veux. Si tu nous aimes, fais-le. Allez, Rosy ! »

On crie tous « allez, Rosy ! ».

« Bon, on verra demain. À table, ou vous n'aurez plus de pain, hein, Jujube ?

– Quoi ? » fait Jujube, la bouche ouverte et c'est dégoûtant dedans.

Le lendemain, Rosy nous accompagne dans le pré avec Michel, Gérard, Charlotte et Crâne d'œuf qui répète pour la deuxième fois « c'est vraiment utile que je vienne ? J'ai du travail, moi ».

« Tu nous saoules, lâche le barbu.

– Ouais, tu nous saoules, répète Ahmed et ça fait rire tout le monde sauf Crâne d'œuf qui se renferme dans sa coquille.

– En tout cas pas question d'ouvrir la barrière, rappelle Charlotte. D'accord, les enfants ?

– D'accord », on dit.

De toute façon on a pas besoin de l'ouvrir la barrière. Y a qu'à passer dessous, mais ça, on le garde pour nous.

Le chat nous quitte plus et il se faufile entre nos jambes.

Il a toujours pas de nom à part « le chat » ou « minou ». Et on dirait qu'il nous comprend, surtout quand on mange.

Cette nuit, il a dormi dans un panier à la cuisine et ça sentait pas bon au petit déjeuner à cause de « ses besoins naturels » comme dit le barbu. Rosy a envoyé Gérard au village et il est remonté avec la boîte à crottes. On doit la changer tous les jours et c'est Boris qui l'a fait en rentrant de l'école.

« Pouah ! » il a dit en se pinçant le nez.

Nous, on l'aurait bien emmené dans la classe à monsieur Paul, mais Rosy a pas voulu et on a pas trop insisté quand elle a ajouté « sinon, je relâche ce sac à puces dans la nature ».

Des fois, il faut bien faire ce que nous demandent les grandes personnes et c'est juste une ruse de Sioux. On fait comme si on était d'accord, mais ça nous empêchera pas de la supplier quand elle sera de super bonne humeur. Et puis, si jamais elle relâche le chat dans la nature, ça m'étonnerait qu'il revienne pas à cause du lait, du fromage et des petits nounours en chocolat qu'il avale tout en se léchant la bouche.

On est tous derrière la barrière, sauf que nous, les enfants, on voit pas grand-chose, à part moi qui dépasse tout le monde d'une tête.

L'âne nous regarde tout en balançant sa petite queue.

Et je sais plus quoi penser des queues qui remuent à cause de Charlotte qui m'a dit « contrairement aux chiens, le chat remue sa queue quand il est en colère ».

« Il est content de nous voir ? je demande à Charlotte.

– Peut-être, ou alors il chasse les mouches. »

Rosy sort les carottes du sac en plastique et elle les balance dans le pré. L'âne respire les carottes avant de les croquer. Il balance sa tête tout content et bientôt y a plus une seule carotte dans le pré et l'âne vient voir Rosy et il souffle sur le sac en plastique et Rosy fait un bond en arrière.

« Faut pas avoir peur, dit Boris. Il voulait juste savoir si t'avais pas d'autres carottes. »

Et nous on dit pas qu'on est allés en voler ce matin dans la réserve à légumes, même si celles à Jujube dépassent de sa poche.

Antoine se faufile le premier sous la barrière.

« Antoine ! Reviens ici immédiatement ! » crient Charlotte et Rosy tandis que Michel et Gérard sautent par-dessus la barrière.

L'âne recule un peu.

Antoine tient la carotte dans sa main et s'avance vers l'âne.

Rosy essaye de passer au-dessus de la barrière, mais elle fait pas assez de gym et ça nous fait tous rigoler de la voir tomber.

Charlotte, d'un saut rapide, rejoint Gérard.

Et Gérard la retient d'une main « laisse-le faire. Regarde ».

L'âne plonge sa grande bouche dans la main à Antoine et y a plus que la main après.

Nous, on en profite pour ramper sous la barrière et Rosy peut pas arrêter toutes ces petites jambes qui lui échappent, sauf celles à Jujube qui, rapport à la taille, sont plus faciles à attraper. L'âne ne sait plus où donner de la tête avec toutes ces carottes et bientôt il mange tout et il fait de mal à personne et il s'en va sous l'ombre d'un arbre. Alice prend le chat dans ses bras et soudain le chat saute et il retombe sur ses pattes et il court retrouver son copain l'âne.

« Minou ! crie Alice, mais le chat entend rien, il s'est couché contre l'âne et Rosy nous demande de rentrer.

– Le chat viendra nous voir quand il aura faim. Te fais pas de souci, mon chou.

– Tu vois, dit Simon à Rosy, il est pas méchant l'âne.

– Non, tu as raison. Mais je ne suis pas rassurée quand même.

– T'inquiète pas, on est là », dit Simon en glissant sa main dans celle à Rosy.

31

« Le lion n'en fera qu'une bouchée », dit Charlotte.

Le chat a rien entendu, il essaye d'attraper le rayon de soleil avec sa patte.

Nous on est contents d'aller au cirque et pas contents d'abandonner le chat.

« Et si on met une laisse autour de son cou ? dit Boris.

– On a qu'à le cacher dans ton sac à voyages, je dis.

– Non. Les animaux ont un odorat très développé. Le chat sera très malheureux avec la laisse au cou ou dans le sac à respirer l'odeur des fauves. Et les animaux du cirque vont s'affoler à sentir le chat. Le cirque c'est pour les enfants, pas pour les chats. Et n'essayez pas une de vos ruses de Sioux, ça ne marche pas avec moi. N'est-ce pas, Courgette ?

– J'ai rien fait, moi.

– Je préfère. »

On fait quand même câlin avec le chat qui s'en fout. Il s'en va jouer avec son rayon de soleil et quand la pièce se vide, il est même pas derrière nous.

Dans le parc, y a une grosse voiture blanche et devant, une dame tout en dimanche fume une cigarette. Elle la tape avec son doigt pour faire tomber la cendre et elle le fait trop souvent, alors c'est le bout rouge qui tombe et la dame a plus rien à fumer sinon le bon air des Fontaines. J'ai juste le temps d'apercevoir un monsieur au volant quand Charlotte m'appelle.

Je grimpe dans le car et je me dirige vers le fond et j'ai du mal à trouver une place. Tous mes camarades sont assis sur leurs genoux, sauf Jujube qui est pas là, et ils regardent la grosse voiture blanche.

« Pourquoi elle est habillée comme ça la dame ? demande Ahmed.

– Elle va à la messe, je réponds.

– Mais non, Courgette, dit Simon. On est samedi et le samedi c'est un jour où le bon Dieu se repose. La dame vient avec nous au cirque.

– Elle va faire peur au lion avec son parfum, dit Béatrice. Si les animaux ont un odorat très développé, bonjour les dégâts.

– C'est qui la dame ? je demande.

– C'est la maman à Jujube, répond Simon. Moi, je trouve qu'il a de la chance d'avoir une maman aussi jolie et puis la voiture c'est pas de la merde. Une Mercedes ! Ils ont de la thune les parents à Jujube.

– C'est quoi la thune ? je demande à Simon.

– Courgette ! Des fois vraiment on dirait que tu le fais exprès. La thune, c'est ce que personne n'a ici. De l'argent, quoi, et t'en as tellement que tu sais plus quoi en faire.

– Moi, je saurais quoi, dit Béatrice. J'irais voir maman avec et on partirait loin de papa.

– On peut acheter beaucoup de peluches avec la thune à la dame ? demande Ahmed.

– Ouais, de quoi te faire disparaître dessous, répond Simon.

– Moi, je m'en irais pour toujours avec mon frère au bord de la mer. Hein, Boris ?

– Je sais pas, on y était déjà quand on était petits.

– Ce sera plus pareil maintenant.

– Peut-être, mais on a pas la thune, de toute façon.

– Les enfants ! crie Charlotte. Retournez immédiatement à vos places. »

Gérard met une cassette et Sheila chante « L'école est finie ».

Si seulement c'était vrai.

Je suis assis à côté de Camille.

Elle regarde le paysage par la fenêtre comme si elle était dedans.

« À quoi tu penses ? je dis.

– Aux enfants qui ont de vrais parents et qui sont avec eux en ce moment. »

Et elle me regarde et je préférais quand elle était dans le paysage.

« Vrais ou faux, on s'en fiche, Camille. Ce qui compte c'est d'être aimé, non ?

– C'est pas pareil.

– Des fois, tu sais, je rêve que je suis encore avec maman. J'ai pas fouillé dans son tiroir, j'ai pas joué avec le revolver. Elle parle toujours à la télé et je suis tout seul. Je peux jouer aux billes avec le gros Marcel ou avec Grégory et je peux envier le fils au voisin qui parle aux cochons, mais ça dure pas longtemps et je sais pas quoi faire quand je suis à la maison. Un jour je suis grand et je vais travailler à l'usine et quand je rentre c'est pour servir des bières à maman et on regarde la télé tard dans la nuit et on s'endort plus dans nos lits, mais dans les canapés, et je suis bien content de me réveiller et de savoir que j'ai fouillé un jour dans ses tiroirs.

– Moi, je rêve pas, Courgette. Et je sais bien que si papa s'en allait souvent en voyage, c'était à cause des disputes à la maison. Maman, elle s'occupait avec ses aiguilles et ses cœurs à recoudre parce qu'elle savait pas trop comment dire "je t'aime". C'était quand même ma maman, et j'avais un papa, et une maison aussi, avec ma chambre à moi, et quand je descendais l'escalier pour prendre le petit déjeuner, c'était mon escalier, et quand je buvais mon chocolat, c'était dans ma tasse préférée avec des petites oreilles vertes et mon prénom écrit dessus, et je pense que c'est pareil pour tous les enfants qui vivent ici. Que leurs parents se tapent dessus ou qu'ils les attachent au radiateur, qu'ils soient en prison ou qu'ils essayent d'arrêter de boire ou pire, c'est chez eux et c'est leurs parents et c'est toujours mieux qu'aux Fontaines.

– Tu peux pas dire ça comme ça, Camille. Ici, on a tout. Chez nous on mangeait que des pâtes au ketchup ou des pommes de terre ou de la viande hachée ou du pâté. On savait même pas que les zépinards ça existait. On va à la piscine, on joue au foot, on apprend à skier et les zéducateurs s'occupent bien de nous. On est quand même plus heureux et moi, je t'ai, et j'ai Simon et tous les autres.

– Tu vois tout avec le soleil, toi. Des fois, je t'envie. Je peux pas effacer la sorcière comme ça, et puis, un jour, Simon, et tous tes amis vont grandir et partir, et tu ne les reverras plus. Peut-être même que tu me perdras aussi.

– Non, je te perdrai jamais. Antoinette a même dit que je t'épouserai. Et puis Raymond est là. Il ne laissera jamais personne nous faire de mal et il sait que je peux pas aller dans sa maison sans toi et il t'aime comme moi, pareil que Victor, et la vie avec le soleil c'est quand même mieux que les tempêtes. »

Camille me prend la main et la serre très fort « quand je suis avec toi, j'ai moins peur ».

« Tu seras toujours avec moi. Ne t'inquiète pas pour ça. »

Raymond, Antoinette et Victor nous attendent à l'entrée du cirque et je suis super fier quand Raymond me demande si je veux bien pousser la chaise à Antoinette.

« Un vrai petit champion plein de muscles », dit Antoinette qui m'aide quand même à me diriger et Raymond aussi, surtout quand on a dû retenir la chaise dans les escaliers. Heureusement, sinon, je l'aurais lâchée, même si je suis un vrai petit champion plein de muscles.

C'est quand même pas pratique tous ces escaliers quand on peut plus se servir de ses jambes.

On est tous assis au premier rang sous le grand chapiteau immense, même Antoinette a son siège à elle.

Jujube est coincé entre ses parents avec ses deux mains kidnappées. Ça doit le gêner pour attraper ses gâteaux.

Sa maman l'appelle « Julien » et ça nous fait tout drôle : on a fini par oublier son prénom.

Son papa desserre sa cravate et le premier bouton de sa chemise. Il a le visage brûlé par le soleil et sa maman aussi, et on dirait qu'ils sont très heureux d'être avec Jujube : ils le mangent des yeux tout le temps. Jujube, lui, il s'est enfoncé dans son siège et on dirait qu'il boude. Il a retiré de force la main à son papa pour faire disparaître la sienne dans sa poche. Il en sort un gâteau et tout son visage s'éclaire et il sourit même à ses parents, mais ses gâteaux, c'est que pour lui.

C'est bien Jujube, ça.

Et puis de toute façon, ses parents sont tout maigres, ça doit pas être le genre à se gaver de « cochonneries » comme dit Rosy.

À part les cigarettes à la dame, bien sûr.

Là, elle a pas le droit de fumer et elle en a quand même une entre ses doigts, sortie d'une jolie boîte toute plate, mais elle est pas allumée, et des fois la maman à Jujube la porte à ses lèvres et elle fait semblant de la fumer et c'est mieux pour tout le monde : ça peut durer longtemps et personne tousse.

Quand le rideau s'ouvre, on est déjà tout excités.

Il pleut des confettis et des rubans en papier et des ballons de toutes les couleurs et c'est difficile de rester sages avec toute cette pluie.

Et le cirque est plein d'enfants et ça crie de partout. Y en a même un qui a essayé de monter sur la scène et son papa tout rouge a beaucoup couru pour le rattraper.

Charlotte et Rosy se lèvent tout le temps pour qu'on s'assoie.

Elles feraient mieux de rester debout.

Comme si on allait rester de bois avec ces ballons qui nous tombent dessus et sur lesquels on frappe fort avec la main pour les envoyer où on peut ! Le sol est plein de pop-corn aussi. On nous en a distribué en entrant et on a fait des super batailles avec. Et y a des tonnes de confettis et de rubans en papier aussi et des fois c'est sur nos têtes que ça tombe, comme celle à Ahmed. Ça lui fait des cheveux de toutes les couleurs.

Un monsieur en manteau de lumière [1] nous demande dans son micro si on va bien et si on est contents d'être là et nous on hurle « oui » avant qu'il ait fini sa phrase et il nous regarde et il dit « je vois que les enfants du premier rang sont en pleine forme » et nous on rougit un peu comme si on nous avait montrés du doigt et en même temps on est super fiers.

1. Manteau à paillettes.

Deux clowns déboulent alors que le monsieur parle toujours dans le micro et ils se précipitent derrière lui pour lui faire des oreilles d'âne avec leur doigts en V et on entend « attention derrière-toi ! » et c'est Ahmed qui s'est levé en caftant les clowns avec son doigt.

« Merci, mon petit », dit le monsieur dans son micro et il se retourne et il lève les bras et il fait « hou ! » aux clowns qui tombent à la renverse.

« Ils sont morts ? » demande Ahmed.

Et ça fait rire tous ceux qui l'entendent.

« Ahmed, assieds-toi », dit Charlotte, le petit garçon derrière toi ne voit rien.

Après les clowns se relèvent et font un clin d'œil à Ahmed qui se rassoit aussitôt et ils sortent des ballons de leurs grandes poches et ils les font tourner à toute vitesse sur le bout d'un doigt en les tapant sur les côtés de temps en temps et tout le monde applaudit. Un des deux clowns s'avance tandis que l'autre lui donne un coup de pied aux fesses avant de s'enfuir tout au fond de la scène.

« Tu veux venir avec moi ? » demande le clown à Ahmed tout en lui tendant la main.

Ahmed regarde Rosy qui fait « oui » avec la tête et il se laisse tirer par la main du clown.

« Comment tu t'appelles ? Ahmed ? On applaudit Ahmed, mesdames et messieurs ! »

Et nous au premier rang on frappe dans nos mains à se faire mal.

Le clown demande à Ahmed de tenir son doigt bien droit et il fait tourner le ballon sur le sien avant de le passer au doigt à Ahmed, qui se plie sous le poids et la trouille, et le ballon tombe à terre.

« Bien droit et tout dur le doigt, quoi qu'il arrive », dit le clown et il recommence et Ahmed ne fait pas tomber le ballon qui tourne comme une toupie et nous on crie « Ahmed c'est le plus fort ! ».

Ahmed retourne à sa place et les clowns jonglent avec des assiettes et des verres et même des saladiers et je me dis que c'est pas la peine d'essayer de faire pareil aux Fontaines à moins de tout casser et de se faire disputer, même si on veut juste ressembler aux clowns.

Après les clowns c'est un couple tout en rouge qui sourit tout le temps. On dirait que le sourire est collé sur leur bouche. Et même quand le monsieur marche sur le feu, il sourit. La dame verse du verre brisé, peut-être un des saladiers au clown, et elle sourit. Le monsieur piétine tout ça avec ses pieds nus et il sourit. Après il s'enfonce des aiguilles dans les joues et il sourit.

Jujube, ça le fait pas sourire du tout.

Il se cache sur la poitrine à son papa, vu que ses mains sont toujours kidnappées.

Et puis le monsieur en rouge nous demande de monter sur la scène et on pète de trouille.

Moi, je veux pas marcher sur le feu, ou sur le verre, ou une connerie pareille.

On monte quand même et on est pas trop fiers quand il nous mesure du plus petit au plus grand et il nous tend des torches avec le feu au bout et il faut les tenir le plus haut possible. Ça craint. La dame sourit toujours et fait quelques pas de danse avec sa jambe qui nous frôle et moi je me dis qu'elle va finir par rater son coup et qu'on va se prendre son pied dans le bide. J'ai beau avoir le bras en l'air, je sens la chaleur du feu et je suis pas rassuré du tout. Et là, monsieur Sourire nous demande de lui donner la torche et il éteint le feu dans sa bouche et moi je suis le dernier et je suis bien content quand il mange le feu à ma torche et je me dis que le sourire c'est peut-être le feu qui l'a dessiné à force d'ouvrir aussi grande la bouche.

En tout cas, c'est sûr que je vais pas essayer de faire pareil. Je suis pas dingue, moi.

Je préfère le vieux magicien.

On dirait Merlin l'enchanteur avec son grand chapeau pointu et sa longue cape pleine d'étoiles et de lunes.

La grande fille blonde qui l'accompagne, c'est pas pareil. Elle porte une robe à carreaux roses et blancs et sa bouche est peinte en rose et ses joues aussi et ses cheveux sont attachés en couettes et ça lui donne un air un peu bête comme toutes les dames qui s'habillent comme des petites filles.

(Antoinette m'a dit que c'était à cause de la vieillesse qui fait trop peur, alors les vieilles dames s'habillent en petites filles et elles font comme si le temps ne s'en rendait pas compte.)

La grande fille blonde sort d'un grand panier toutes sortes de trucs qu'elle nous montre de tous les côtés comme si on était au marché et qu'on allait les acheter, avant de donner au vieux magicien la baguette magique, le chapeau, les confettis ou le foulard. Et la grande fille blonde avec son air un peu bête, elle est contente chaque fois que le tour marche, elle crie quand le vieux magicien sort un lapin de son chapeau, elle fait les grands yeux quand la poignée de confettis, en retombant, s'imprime sur un foulard et elle s'en va toute gaie se cacher dans la malle comme si c'était le plus beau jour de sa vie et le vieux magicien referme la malle et les tambours résonnent et quand il ouvre la malle, la grande fille blonde a disparu, y a plus que des oiseaux qui s'envolent. Un grand rayon de lumière traverse le chapiteau et remonte jusqu'en haut des escaliers et là, surprise, la grande fille blonde est là, elle a même eu le temps de se changer en petit chaperon rouge et elle croque une énorme sucette en descendant les marches. Sur scène, elle fait tomber la cape rouge et Rosy dit « c'est pas une tenue pour les enfants ».

Ça dure pas longtemps toutes les paillettes, le magicien la fait entrer dans une caisse et y a que ses pieds et sa tête qui dépassent. Elle remue tout ça comme si elle pouvait pas rêver mieux. Et quand le vieux magicien brandit une énorme scie au-dessus d'elle et que les tambours résonnent à nouveau, elle rigole comme si c'était la blague la plus drôle du monde. Le magicien la découpe tranquillement en deux et moi je me dis que Raymond le gendarme va faire quelque chose pour cette idiote, mais non, il rigole lui aussi et je comprends plus rien. Le magicien sépare les deux caisses avec les pieds qui s'agitent dans l'une d'entre elles et la tête dans l'autre. Ce qui reste de la grande fille blonde fait rouler ses yeux de droite à gauche et tout le monde applaudit sauf moi.

Je vais quand même pas applaudir un truc pareil.

Et là, le magicien réunit les deux caisses, donne un grand coup de baguette magique en prononçant « abracadabra » et la grande fille blonde à l'air un peu bête sort de la caisse tout entière et elle soulève même son habit à paillettes pour montrer qu'elle a pas de cicatrices et je me dis que plus tard je veux être magicien, c'est encore mieux que le bon Dieu qui fait qu'écouter les gens sans jamais réaliser leurs rêves.

Je ferme un œil, puis l'autre, quand le monsieur se balance en l'air et à l'envers tout en tenant les mains d'une dame qu'il renvoie sur une autre balançoire. J'ai bien vu le filet dessous, mais je tremble encore. C'est un drôle de métier, trapéziste. Passer toutes ses journées à se balancer dans le vide pour des applaudissements, faut vraiment avoir des « petits pois dans la tête » comme dit Rosy des fois en parlant de nous. Et c'est pas le pire. Le pire c'est qu'ils font même de la bicyclette sur un gros fil en fer au-dessus du filet. Et pour compliquer le truc, la dame est montée toute droite sur les épaules au monsieur.

C'est trop pour moi.

Je ferme encore mes yeux.

Quand je les ouvre, je suis dans la gueule du lion ou presque.

C'est le coup de fouet qui m'a réveillé.

Le lion recule et grimpe sur le tremplin.

Je regarde mes amis et leurs yeux sont tout pleins de frayeur.

Super le cirque.

Moi je préfère les montagnes russes. Au moins la peur et le plaisir sont tout mélangés.

Et en plus le monsieur avec son fouet demande au lion de sauter et moi, je prendrais pas un risque pareil vu qu'il faut sauter dans un cercle de feu. Le lion avance sur son tremplin à pattes lentes, on dirait qu'il réfléchit « j'y vais, j'y vais pas ? » et hop ! il saute aussi souple que le chat et il traverse le cercle de feu sans griller sa belle chevelure et c'est la fin du numéro.

Le monsieur en manteau de lumière revient avec les deux clowns et ils espèrent dans le micro qu'on s'est bien amusés et les clowns font des galipettes arrière et le monsieur nous fait au revoir avec la main et on entend la petite voix à Ahmed « c'est fini ? » et le monsieur en habits de lumière répond « non, mon petit, le cirque c'est jamais fini ».

Je comprends maintenant pourquoi Rosy nous dit souvent « c'est quoi ce cirque ? ».

32

Raymond veut pas me dire où on va.

Je sais que « c'est une surprise » et qu'on partira tôt des Fontaines, Camille et moi, pour « pas perdre une miette de soleil ».

J'aime pas trop les surprises. Des fois on est déçu : au fond des pochettes-surprises y a qu'un œuf en plastique avec un soldat dedans. Sinon ça fait battre le cœur trop fort et monter les larmes et on peut plus rien avaler comme le gâteau à Ferdinand pour mon anniversaire.

J'insiste dans le téléphone.

Raymond dit « OK, c'est un pique-nique avec un panier plein de bonnes choses à manger ».

Et je pense qu'à ça.

Dans la voiture, Antoinette est devant et la chaise roulante dans le coffre. Je sais parce que je l'ai ouvert avant de monter sauf que j'ai pas vu le panier à pique-nique.

« Le panier, il est où ? je demande à Raymond.

– Sur les genoux à Antoinette. Et fais attention en grimpant dans la voiture, la glacière est coincée derrière mon siège.

– C'est quoi une glacière ?

– Un panier pour garder le froid. Ferme ce coffre et monte dans la voiture, Courgette. »

Je pose mes pieds sur la glacière et le menton sur mes genoux.

Avant d'ouvrir sa bande dessinée et de partir avec Tintin sur la Lune, Victor dit à mon oreille « Antoinette est assise à la place du mort ».

Je me demande de quel mort il parle.

Avec le métier à Raymond, j'ai le choix mais je vois pas pourquoi y aurait un mort à la place à Antoinette. Et puis les morts, ça parle plus, et Raymond il aime bien qu'on lui raconte des tas de trucs pendant qu'il conduit.

Antoinette, c'est vrai qu'elle parle pas beaucoup, mais elle chantonne et c'est déjà ça.

Le gendarme s'endort pas au volant et on finit pas dans le fossé, comme la voiture qu'on vient de passer avec les pompiers tout autour, même qu'on a vu que le cul noir à la Mercedes et j'étais bien content qu'il soit pas blanc rapport aux parents à Jujube qui ont décidé de ne plus voyager sans lui.

Camille a rien vu, elle dort contre la portière et, à voir sa petite bouille toute sage, le mort doit pas faire partie de son rêve.

Antoinette, elle, a pas l'air de se rendre compte qu'elle a pris la place au mort, elle tient le panier comme si on allait lui piquer et l'accident l'empêche pas de chantonner.

« C'est qui le mort ? je demande à Antoinette, la main sur son épaule.

– Le mort, quel mort ? » elle dit, un peu affolée.

Victor descend de la Lune et me donne un coup de pied « t'es con ou quoi ? ».

« Victor, pas de gros mots, s'il te plaît, dit Raymond à la route. Quant à toi, Icare, qu'est-ce qui te prend de dire un truc pareil ?

– C'est pas moi, c'est Victor.

– Mais j'ai rien dit, moi !

– Si, tu m'as dit qu'Antoinette était assise à la place au mort.

– Pas pour que tu le répètes, cafteur.

– Je suis pas un cafteur.

– Si, tu l'es.

– Non.

– C'est toi qui le dis.

– Bon, on se calme derrière, gronde Raymond en nous regardant dans son miroir. La place du mort, c'est juste une expression, Courgette. Ça veut juste dire qu'en cas d'accident, c'est pas une bonne place.

– C'est pas joli ton expression, je dis.

– Non, c'est pas joli, répète Antoinette. Et toi, Raymond, regarde la route. J'ai pas envie de prendre cette place aujourd'hui.

– Je te dirai plus rien, murmure Victor en tournant la page de sa bande dessinée.

– Excuse-moi, je voulais pas qu'on se dispute, je dis en prenant sa main.

– C'est fait, dit Victor sans lâcher ma main.

– C'est bien ton livre ?

– Oui, tu veux lire avec moi ?

– D'accord. »

Et ça me donne vite mal au cœur de lire les aventures à Tintin sur la Lune, mais je dis rien pour pas vexer Victor. J'ouvre un peu la fenêtre pour avaler de l'air et je dois la refermer à cause d'Antoinette qui « veut pas attraper la mort » et je me dis que décidément c'est pas son jour.

Comme si la mort, ça s'attrapait par la fenêtre ouverte !

Avec toutes les fenêtres que j'ouvre, je l'aurais déjà vue mille fois. Et c'est difficile de la rater à cause de son grand manteau noir et de sa grande épée tordue comme dans le film [1].

C'est pas ma faute si je comprends pas tout ce qu'on me dit.

Au moins, je pose des questions et tant pis si je passe pour un abruti ou si on pense, comme Simon, que j'ai une case en moins.

---

1. Courgette décrit ici l'allégorie (la représentation) traditionnelle de la mort, sous forme de squelette enveloppé dans une cape noire et muni d'une faux.

C'est pas parce qu'on demande rien qu'on sait tout.

Simon, par exemple, il sait tout sur nous, mais pas grand-chose sur lui, et c'est pas dans les cahiers qu'il va trouver des réponses à toutes ses questions. Je sais bien qu'il est fier comme un coq pour demander quoi que ce soit à madame Papineau qui connaissait bien sa maman.

Moi, à sa place, je l'aurais bombardée de questions.

Simon, non.

C'est facile de dire que les Fontaines c'est une prison quand on cherche pas à scier les barreaux pour s'en échapper.

Et les grandes personnes c'est pareil.

C'est plein de points d'interrogation sans réponses parce que tout ça reste enfermé dans la tête sans jamais sortir par la bouche. Après, ça se lit sur les visages toutes ces questions jamais posées et c'est que du malheur ou de la tristesse.

Les rides, c'est rien qu'une boîte à questions pas posées qui s'est remplie avec le temps qui s'en va.

Antoinette aussi elle demande jamais rien.

Elle préfère chantonner.

Et je vois bien de temps en temps que son visage devient tout gris, comme si le soleil se cachait d'un seul coup derrière ses nuages. Quand elle chantonne, elle est ailleurs et tout son visage s'allume, même si ça ressemble à une pomme toute molle.

Moi, quand je serai vieux, j'aurai toujours dix ans et je poserai toutes sortes de questions idiotes et j'aurai pas une seule ride.

« À quoi tu penses ? dit Camille en s'étirant comme le chat, toutes pattes devant.

– À rien, je mens.

– T'as pas la tête de quelqu'un qui pense à rien.

– Ah bon, et j'ai quoi comme tête ?

– Une tête qui pense à des trucs sérieux. Ton nez plisse et tu fais ta grosse bouche.

– Tu vois ça, toi ?

– Oui et c'est pas la première fois. Fais attention, un jour ça va rester coincé et t'auras l'air malin. »

Et elle me regarde par en dessous et elle me fait cette grimace et c'est pas joli à voir.

« Je fais ça, moi ?

– Oui. »

Et elle rigole.

Et moi je vois la mer au loin et je tiens plus en place.

Je l'ai vue dans des tas de films, mais là c'est pas pareil.

Maman a jamais voulu m'emmener à la mer. Elle disait que ça coûtait trop cher et que c'était trop dangereux à cause du fils à la dame de l'usine qui avait roulé dans une vague, un peu comme la machine à laver le linge.

C'est immense la mer.

C'est pas ma faute si à la télé tout paraît petit.

Je dois être le seul petit garçon qui connaît pas la mer.

Alors je fais le fier.

Je marche sur le sable et je m'enfonce pas mal et j'en ai plein les chaussures.

« Pourquoi tu gardes tes chaussures aux pieds ? » me dit Camille, pieds nus et sandales à la main.

Je regarde partout.

Je suis tout seul à porter mes chaussures aux pieds, à part Antoinette, dans les bras à Raymond, avec ses bottes qui montrent le soleil.

Au bord de l'eau, des gens en maillots de bain s'en vont (je sais pas où) avec leurs pieds nus qui se noient dans la mer.

Sinon, c'est plein de morts qui bougent plus sur leurs serviettes.

Je retire tout sauf le slip.

Raymond lâche Antoinette dans son fauteuil sous l'ombre du grand parasol jaune. Nous, on étale un grand drap blanc sur le sable. Tous nos vêtements pendent sous le parasol, sauf ceux à Antoinette.

Elle dit « les maillots de bain c'est plus pour moi ».

« T'as qu'à rien mettre, je dis.

– Courgette ! Tu veux faire fuir le soleil ? »

Et elle rigole et y a plus beaucoup de dents dans sa bouche.

Je regarde le ventre mou à Raymond. On dirait un ballon crevé. Une moquette à poils s'étale sur sa poitrine et sur ses épaules et ça fait tout drôle avec sa peau aussi blanche que les dents à Béatrice.

Camille me prend la main et on court jusqu'à la mer.

Ça a rien à voir avec la piscine : l'eau est super froide et super grise.

Le soleil, il pourrait quand même se tremper un peu dans l'eau, plutôt que de faire le fier, tout là-haut dans le ciel.

« T'es qu'un trouillard, me crie Camille qui se jette dans l'eau.

– Tu vas voir si je suis un trouillard », je dis et je cours dans l'eau et je tombe à cause d'une vague qui me fait un croche-pied.

« C'est super grand, je dis.

– Quoi ?

– La mer. Au moins à la piscine on voit les deux bords.

– Ouais, peut-être, mais on a plus de place ici pour faire des galipettes. »

Et Camille disparaît sous l'eau.

« Elle est méga froide, dit Victor en claquant des dents.

– T'es dingue, je dis, tu m'as fait peur.

– Hé oh ! Papa ! On est là ! »

J'ai juste les yeux pour voir : avec les hurlements à Victor, j'entends plus rien.

Ou alors c'est la mer qui est entrée dans mes oreilles quand j'ai essayé la galipette à Camille.

Je vois mon ange tout mouillé en faire une à l'envers.

Et je vois Raymond s'avancer vers nous comme une danseuse.

On dirait qu'il veut pas faire de mal à l'eau ou qu'il sait pas où poser ses pieds. Il fait toutes sortes de grimaces rigolotes en s'aspergeant d'eau sur les bras et derrière le cou avant de perdre l'équilibre et de tomber à l'eau comme la baleine du film.

Camille, Victor et moi, on marche dans la mer et on s'en va sauter sur le gros ventre à Raymond qui sort de l'eau comme un flan et son caramel.

Raymond attrape Victor par le pied et la main et il « fait l'avion » en le balançant dans les airs avant de le faire atterrir sur l'eau.

« Moi aussi je veux faire l'avion ! je dis.

– Moi aussi ! répète Camille.

– Encore ! » crie Victor.

Et Raymond nous fait tourner tous les trois plusieurs fois et on veut plus que ça s'arrête et Raymond fatigue un peu alors il me lâche et je bois un peu d'eau salée et après Camille me tape sur le dos et je recrache la mer.

« Ça va, mon petit ? dit Raymond.

– Oui, encore un tour », je réponds.

Et Raymond m'attrape par la taille et me lance en l'air comme un ballon et j'ai pas le temps de crier que je suis déjà au fond de l'eau.

« À moi ! dit Victor.

– Non, moi », supplie Camille.

Après le ballon, on monte sur ses épaules et on se bouche le nez en tombant en arrière et après on fait « le ski nautique », les pieds sur ses genoux, les mains dans les siennes, les jambes et les bras bien tendus, et Raymond part en arrière en faisant le bruit au bateau à moteur et après on sort de l'eau parce qu'on a super faim.

Antoinette ronfle, la tête en arrière, et Victor laisse tomber un petit morceau de pain dans sa bouche grande ouverte et elle se réveille en s'étouffant et ça nous fait rigoler.

On retire nos culottes et on les fait sécher sous le parasol jaune et j'en profite pour regarder le zizi à Victor aussi petit que le mien et ça me rassure un peu. Raymond nous donne une serviette de bain pour pas rester tous nus à table. On sort du panier les chips, les assiettes, les verres, les fourchettes et les couteaux.

C'est pratique, tout est à jeter après, sauf les chips, comme ça on aura pas de vaisselle à faire.

Puis Raymond ouvre la glacière et nous tend des boîtes en plastique avec des tas de bonnes choses dedans, des œufs durs, du radis, du poulet et des pommes. Y a aussi de l'eau et de la limonade bien glacées. Je verse un peu de sel sur l'œuf dur, comme Raymond, et je croque dedans, et c'est plein de sable. Personne se sert des couverts en plastique pour le poulet. Même Antoinette mange avec ses doigts et c'est super même si on a les doigts tout collants après. Je frotte un peu la pomme contre ma serviette pour qu'elle brille de partout, et elle est pleine de sable aussi quand je mords dedans.

Après on saute dans nos culottes presque sèches, Raymond s'en va planter le parasol au bord de l'eau, puis il revient chercher Antoinette qui a recouvert sa tête avec un chapeau en papier journal qui ressemble à un bateau.

Nous, on pousse la chaise roulante jusqu'à l'ombre du parasol avec les roues qui s'enfoncent dans le sable.

Puis on prend le seau, les pelles et le râteau pour construire un château comme les Fontaines.

Raymond étend sa serviette près de la chaise roulante et il s'allonge sur le ventre pour s'endormir aussitôt.

Il a même de la moquette à poils sur les épaules.

Victor renverse le seau avec le sable dedans, moi je creuse avec la pelle tout autour du château pour le protéger des vagues et Camille ramasse des coquillages sur la plage. Antoinette me tend un drapeau qu'elle a fait entre ses doigts avec un cure-dent et un morceau de journal piqué dedans. Je le plante sur une tour. Camille revient avec les mains pleines de trésors et on décore le château avec.

Ça ressemble pas vraiment aux Fontaines, mais c'est joli quand même.

On va réveiller Raymond en lui tirant les poils des épaules, malgré les « laissez-le dormir » à Antoinette. Raymond ouvre un œil et le jette sur le château. Il dit « génial » et il referme son œil et il s'écroule sur sa serviette.

« On peut aller se baigner, mamie ? demande Victor, un peu déçu.

– Oui, mais pas trop loin. À mon âge, je vois plus grand-chose. »

Faudrait savoir.

Des fois Antoinette dit qu'elle voit beaucoup plus loin qu'on croit et des fois non.

On court se noyer entre nous, mais y a pas Raymond et c'est moins rigolo. On essaye de « faire l'avion » mais on a les bras tout mous et on soulève que dalle.

C'est plus l'avion, c'est le sous-marin.

On revient au bord, les coudes enfoncés dans le sable, les jambes sur l'eau, à regarder un gros bateau au loin qui a pas l'air d'avancer très vite.

« Cet été, papa m'emmène à la mer chaude.

– Tu en as de la chance, je dis en recouvrant mes jambes avec du sable.

– Oui, et Antoinette vient aussi. On habite une petite maison et même si la mer chaude est pas tout près, on la voit quand même par les fenêtres.

– C'est comment la mer chaude ? je dis sans réfléchir.

– Ben, c'est chaud. Des fois tu poses de ces questions. T'es jamais allé là-bas ?

– Oh si, des tas de fois, je mens.

– C'est pas vrai, Courgette, dit Camille. T'es rouge comme un menteur.

– C'est à cause du soleil.

– Tu t'es pas vu quand on est arrivé à la plage. Moi oui. Tu ouvrais tes yeux grands comme ça. Je parie que tu connaissais pas la mer.

– C'est faux, je dis tout bas.

– T'es jamais allé à la mer avant ? demande Victor comme si j'avais jamais vu un œuf ou de l'herbe.

– C'est pas grave, murmure Camille. On va pas se moquer de toi.

– Je te dis que je suis déjà allé à la mer des tas de fois.

– Où ça ?

– Je me souviens plus.

– Papa ! crie Victor, Courgette est jamais allé à la mer !

– Tais-toi, je dis.

– Victor ! crie Antoinette, ton papa dort comme un enfant. Laisse-le tranquille.

– Comment vous voulez que je dorme comme un enfant avec tout ce barouf[1], râle le gendarme en se redressant.

– Papa, Courgette connaissait pas la mer.

– C'est vrai, mon petit ? » demande Raymond.

Et il vient s'asseoir dans l'eau, à côté de moi, les épaules toutes pendantes, les yeux encore pleins de sommeil.

---

1. Bruit ou vacarme (argot).

« Oui », je dis tout bas en enfonçant mes pieds sous le sable.

Si je pouvais, je m'enfoncerais tout entier.

« Ta maman t'a jamais emmené à la mer ? dit Raymond, tout étonné. Même pour une journée ?

– Non, elle disait que ça coûtait trop cher et que les vacances c'est que pour les riches et elle pouvait pas conduire à cause de sa jambe malade et elle avait peur à cause du petit garçon qui s'était fait rouler dans une vague un peu comme la machine à laver le linge.

– Quel petit garçon, mon petit ?

– Je sais pas.

– Tu sais, Courgette, je suis pas riche, mais j'ai de quoi vous emmener tous cet été à la mer, si vous voulez. »

Je réponds pas.

Je regarde le gros bateau qui disparaît de l'autre côté de la mer.

« Pour de vrai ? demande mon ange.

– Pour de vrai.

– Ma tante voudra jamais, boude Camille.

– Je m'arrangerai avec le juge. Ne t'inquiète pas. Courgette, tu dis rien toi.

– J'ai un peu honte, je dis.

– De quoi ? demande Raymond.

– Qu'est-ce qu'il dit ? crie Antoinette.

– Il a honte ! gueule Victor.

– De quoi ?

– Antoinette ! crie Raymond à son tour. Laisse répondre le petit.

– Bon, si je suis de trop, dites-le-moi. »

Et elle enfonce son bateau de papier journal sur les yeux.

« Alors, mon petit, dis-moi de quoi tu as honte.

– De pas vous l'avoir dit avant. J'avais peur que vous vous moquiez de moi.

– Je laisserai personne se moquer de toi, mon petit.

– Moi non plus, dit Camille.

– T'es comme mon frère, la Courgette, dit Victor. Et si quelqu'un essaye de se moquer de toi, je lui casse la gueule. »

Et il casse la gueule au bon air de la mer avec ses petits poings.

« Bon, alors je veux bien aller à la mer chaude », je dis.

Et je sens la gorge me gratter et je sais que c'est pas bon signe.

« Hourra ! » crie Victor.

Et moi, je peux plus retenir mes larmes.

33

C'est la récré.

Camille et moi, on est assis dans l'herbe et on est tout chamboulés.

Le chat a disparu et on l'a cherché partout et on l'a pas trouvé.

Camille dit « on l'a laissé tout seul et il est parti se trouver des nouveaux copains ».

Et surtout on arrête pas de penser au gendarme et à ce qu'il nous a dit à la mer.

J'ai pas eu besoin de demander aux frères Chafouin ce que voulait dire « adoption ».

C'est un mot trop facile pour « le jeu du dictionnaire ».

Même moi, je sais ce que ça veut dire.

« La sorcière va jamais vouloir, dit Camille en arrachant une poignée d'herbes.

– T'inquiète pas, Raymond va parler au juge et tout ira bien.

– Tu la connais pas, elle va faire les yeux doux à monsieur Clerget et lui balancer des horreurs et moi je vais rester aux Fontaines.

– Je partirai pas sans toi. »

Et on se regarde avec des yeux terribles.

Moi, c'est pas trop la sorcière qui m'inquiète.

Elle sera sûrement balayée comme une feuille sous la tempête et personne ira la ramasser. Elle peut toujours faire les yeux doux au juge, monsieur Clerget l'a dans le nez [1] depuis qu'il a écouté la cassette et il sait qu'elle ment pire qu'elle respire.

Par contre, je sais pas comment garder un secret pareil et chaque fois que je parle à Simon ou à Ahmed, j'ai l'impression de les trahir.

Et pour Camille c'est pareil.

C'est pire que cafter.

Simon, il est pas idiot, il voit bien que je suis pas le même depuis que je suis revenu de la mer.

Moi je dis « tu as trop d'imagination, Simon » et Simon il me regarde comme si j'étais plus son copain et ça fait mal.

---

1. A des choses à lui reprocher ; lui en veut (expression familière).

J'ai appelé Raymond dans le téléphone et il m'a dit « tiens bon, ma Courgette, c'est juste une question de jours maintenant ».

« Combien de jours ? j'ai demandé en écartant mes doigts.

– Vingt tout au plus. Après la kermesse des Fontaines. »

J'ai refermé ma main. J'avais pas assez de doigts pour compter.

Béatrice a même demandé à Camille pourquoi elle me parlait autant dans l'oreille.

« Vous vous moquez de moi ?

– Non.

– Alors pourquoi je peux plus jamais me promener avec toi ?

– Parce que.

– Tu vas partir ? »

Et là, Camille a failli s'étouffer.

« Partir où ?

– À la mer. T'es plus pareille depuis que t'y es allée. Tu manges presque plus, tu fais tout le temps des messes basses avec Courgette, et, à l'école, tu regardes toujours par la fenêtre comme si tu voulais t'envoler. Alice m'en a parlé et même les garçons sont venus me voir et ils m'ont demandé si je savais quelque chose. J'ai dit “oui, mais ça vous regarde pas, c'est un truc de filles”.

– T'as dit ça ?

– Ben oui, je voulais pas passer pour une idiote. »

Et Camille l'a serrée fort dans ses bras.

« T'es pas une idiote, Béatrice. Et je te promets que tu seras la première à qui je dirai tout.

– Quand ?

– Bientôt.

– Ça t'embête pas trop si je fais croire aux autres que je sais ?

– Non.

– Alors pourquoi tu pleures ?

– Je pleure pas.

– C'est quoi, ça, dans ton œil ?

– Ah ça ! C'est juste une poussière.

– Y a pas de poussières aux Fontaines. T'as pas vu comment les dames passent l'aspirateur. Moi, oui. Elles vont même sous les lits avec.

– Eh bien, cette poussière-là leur a échappé. »

Y a que Jujube qui demande rien.

Ses parents viennent souvent le voir aux Fontaines, quand ils ne l'emmènent pas à Paris.

Il a plus jamais de bobo ou de sparadrap sur son doigt et il fait le fier.

« Je vais bientôt partir avec mes parents dans leur immense maison et j'aurai une immense chambre rien que pour moi.

– J'aurai aussi des tas de jouets et un jardin rien que pour moi.

– Un jour je me marierai et j'aurai des enfants et je pourrai plus venir vous voir... »

Simon lui a fermé le bec « tu nous fais chier, Jujube. On en a rien à foutre de ton immense maison et de ton jardin rien que pour toi. De toute façon t'as jamais rien partagé et y aura pas de femme assez bête pour regarder ta tronche de gâteau rassis et ton ventre de goret et t'auras pas d'enfants et tant mieux pour eux et personne va te regretter ici ».

Des fois Simon il est dur.

On dirait que sa peau c'est que du cuir.

Et depuis qu'il me regarde comme si on était plus des copains, il est méchant avec tout le monde. Jujube, il a même pas essayé de lui en coller une, il est resté tout bête avec sa bouche ouverte et il a pleuré à cause de sa tronche de gâteau rassis et son ventre de goret.

Il faisait de la peine à voir.

J'ai posé ma main sur son épaule et Simon a craché par terre avant de nous tourner le dos.

Ahmed, lui, il se fait tout petit et il dit plus rien depuis que Simon l'a menacé de l'enfermer à vie dans un placard alors qu'il faisait ses devoirs sans rien demander.

Je sais pas quoi faire. J'ai essayé de calmer Simon mais il a dit qu'il parlait pas aux traîtres.

« Qu'est-ce qu'il a Simon ? me demandent souvent Rosy ou Charlotte.

– Je sais pas », je dis, et je file pour pas parler davantage.

Ça fait déjà deux fois cette semaine que Simon « fait la rampe » à cause des gros mots qui sortent facile de sa bouche. Camille et moi on a voulu l'aider et il a dit « j'ai pas besoin de vous. Foutez le camp ! » et nous on s'est transformés en statues.

« C'est dur de garder un secret », dit Camille.

Elle a arraché tellement d'herbe autour d'elle qu'on voit la terre.

« Oui et je crois que je vais le dire à Simon avant qu'il soit trop tard.

– On a promis à Raymond de garder ça pour nous.

– Je sais, Camille. Mais je peux plus supporter le regard à Simon quand il se pose sur moi. C'est encore plus chargé qu'un revolver. »

Aux Fontaines, je demande à Ahmed d'aller faire ses devoirs avec Rosy et je m'assois sur le bureau à Simon.

Au début, il fait comme si j'étais pas là, même qu'il recopie deux fois la même phrase.

« Simon, il faut qu'on se parle.

– Pas envie.

– Je vais te confier mon secret.

– M'en fous. »

Alors je prends son livre et je le balance en l'air.

« Je sais que tu t'en fous pas. Sinon tu serais pas aussi méchant.

– T'as intérêt à ramasser mon livre et à disparaître de cette pièce.

– Non.

– Bien, je t'aurai prévenu. »

Et il me donne un coup de poing dans le ventre.

La douleur fait monter les larmes. Je vois plus rien. Je décide de pas répondre par la colère. Pourtant, elle aussi, je la sens monter en moi.

« Simon, j'ai besoin de toi. »

Je m'attends à des insultes ou à ce qu'il frappe encore.

Mais rien ne vient.

Ni les insultes, ni les coups, ni ma colère.

Alors j'essuie mes yeux et je regarde Simon.

Il est debout, tout tremblant, avec son poing ouvert comme si sa colère s'en était échappée et y a plus de balles dans ses yeux.

« Je suis désolé, Courgette. Je voulais pas te faire mal. »

Et il va s'asseoir sur le lit à Ahmed et j'en fais autant.

« Tu frappes comme un boxeur, je dis en touchant mon ventre qui me fait encore mal.

– Ah, tu trouves ?

– Oui. »

Et on reste là, tous les deux, assis sur le lit, à regarder le vide.

« Raymond veut nous adopter, Camille et moi, je dis tout bas comme si je voulais pas qu'il m'entende.

– Alors vous allez partir ?

– Oui.

– Quand ?

– Je sais pas. Peut-être après la kermesse à madame Papineau. Ça va dépendre du juge.

– Et tu le sais depuis quand ?

– Depuis que Raymond nous a emmenés à la mer.

– Juré ?

– Oui, juré.

– Tu t'en doutais pas avant ?

– Ben des fois je voyais bien que Raymond me regardait bizarre. Un peu comme il regarde Victor. Mais de là à penser qu'il nous demanderait de tous habiter ensemble…

– Alors tu vas nous abandonner, toi aussi ?

– Non, Simon. On se verra souvent. Raymond me l'a promis.

– Ça sera plus pareil.

– Si, on s'aimera pareil, ça changera rien.

– Non, Courgette. Tu dormiras plus ici et tu iras sûrement dans une autre école et on se verra plus tous les jours et tu finiras par nous oublier comme ce crétin de Jujube. Lui, il peut aller au diable avec ses parents blindés de thune. Mais toi, je te souhaite que le paradis, même si je suis super jaloux. Tu vas avoir une vie normale loin de cette prison. Une fois chez Raymond, tu nous verras plus avec les mêmes yeux. Nous, on est comme des fleurs sauvages que personne a envie de cueillir. Les gens, ils veulent bien adopter des bébés, mais pas des mômes comme nous. On est trop vieux pour eux.

– T'as pas le droit de dire ça. Je suis pas comme la girouette sur le toit à l'école qui prend le vent comme ça lui chante. Ça va bientôt faire un an que je suis aux Fontaines et je savais pas grand-chose en arrivant. J'avais des copains comme Grégory ou Marcel, mais c'était pas des amis. La vie, je croyais que c'était comme à la télé, moi derrière l'écran et la vie dedans. Je connaissais rien à rien. Et puis moi je vais être adopté à dix ans alors tu peux pas dire non plus que les gens s'intéressent pas à des mômes comme nous. Toi aussi ça peut t'arriver.

– Non, ça m'arrivera pas. La grande différence entre toi et moi, c'est que toi tu as de la chance parce que tu vois la vie en couleurs. Moi, c'est que du noir et blanc et j'ai jamais eu de chance. Mes parents se droguaient et ils se fichaient pas mal que j'existe. Ils ont fait tous les deux une overdose. J'étais à la maison et c'était pas joli à voir.

– C'est quoi une overdose ?

– C'est quand tu prends tellement de drogue que tu en meurs.

– Ah, c'est con. Tu sais, moi je t'aime beaucoup, Simon et je suis bien content que tu existes.

– Moi aussi, et je veux pas que tu t'en ailles. Mais tu t'en iras quand même.

– Je sais pas quoi te dire. J'aurais presque envie de plus partir.

– Ah ça, non ! T'es dingue ou quoi ? Tu vas pas rester à la prison alors qu'il y a tout ce soleil qui t'attend dehors ! Il faut pas que tu écoutes les autres, Courgette. Ni moi ni personne. Juste ton cœur. Et ton cœur, je suis sûr qu'il te dit de t'en aller d'ici.

– Oui, c'est vrai. »

Et je prends sa main et je la porte à mon visage comme j'ai fait avec celle au gendarme en arrivant pour la première fois aux Fontaines.

34

Camille vient de partir au tribunal avec madame Papineau.

C'est une journée sans soleil avec de gros nuages dans le ciel.

Je me dis que le bon Dieu est aussi triste que moi et ça me rassure un peu.

Je suis pas allé à l'école aujourd'hui et personne m'a disputé.

C'est pas un jour pour ça.

Rosy a fait du thé avec de gros gâteaux tout dégoulinants de crème et je les regarde sans envie. J'aimerais que les aiguilles courent plus vite sur la montre à Charlotte et que Camille me revienne.

J'espère que le juge tiendra sa promesse et qu'il va protéger mon ange contre la vilaine sorcière.

Rosy, elle l'appelle « la garce » depuis qu'elle a lu sa lettre.

Une lettre envoyée au juge et à madame Papineau dans laquelle la tante à Camille dit non à l'adoption.

Elle dit que pour des enfants c'est dangereux d'habiter sous le toit d'un gendarme et que les juges seraient bien inconscients de laisser partir des mômes chez un veuf qui porte l'arme. D'autant plus que, moi aussi, je connais les revolvers et qu'elle ne veut pas que sa nièce coure un tel danger.

C'est pas une garce, c'est pire, mais je connais pas le mot pour ça.

Monsieur Clerget a dit que la sorcière ne lui faisait pas peur et qu'il ferait écouter la cassette aux autres juges.

« Quels autres juges ? j'ai demandé.

– Ceux du tribunal, mon petit.

– Quel tribunal ?

– Celui qui va statuer sur votre cas.

– Ça veut dire quoi statuer ?

– Décider.

– Elle peut gagner la sorcière ? a demandé Camille.

– Non. Mais les juges n'aiment pas trop les adoptions de ce genre. Raymond est un gendarme. Dans votre cas, c'est un handicap. Il va devoir comparaître et toi aussi, Camille.

– Camille ? j'ai demandé avec une boule qui remontait dans ma gorge.

– Oui, mon petit. Mais je serai là pour la protéger, ne t'inquiète pas. Je dois te prévenir, Camille, tout cela est assez impressionnant. Tu vas devoir passer à la barre sous le regard du président d'audience et des autres juges, et ta tante sera là aussi. Je suis certain que tu te débrouilleras très bien et Raymond aussi et que les juges seront agacés par celle que vous appelez entre vous la sorcière. En tout cas, pas question de l'appeler comme ça ce jour-là. »

Charlotte se ronge les ongles.

Rosy a mangé tous les gâteaux dégoulinants de crème et elle vient de s'endormir sur le fauteuil à madame Papineau.

« Elle en a de la chance de pouvoir faire ça, je dis.

– Oui… Merde, je viens de me casser un ongle.

– T'as dit un gros mot aussi.

– Désolée. Des fois ça fait du bien.

– T'es sûre qu'elle marche ta montre ? »

Charlotte colle son oreille à la montre.

« Oui, ça fait tic-tac.

– T'es déjà allée au tribunal ?

– Oh oui, des tas de fois, Courgette, et c'est pas si terrible que ça.

– Pourtant le juge dit que…

– Les juges, les juges, y a pas que ça dans la vie. Ils se trompent eux aussi, comme tout le monde.

– En tout cas, j'espère qu'ils vont pas se tromper aujourd'hui.

– Mais non, avec ce que le juge a trouvé sur la sorcière, ça risque pas.

– Quoi ?

– Des fois je ferais mieux de réfléchir avant d'ouvrir la bouche.

– Allez, dis-le-moi, s'il te plaît.

– Bon, après tout, mais tu gardes ça pour toi, hein ?

– Promis.

– Il paraît qu'elle rabattait les messieurs pour la maman de Camille et qu'elle touchait au passage.

– Rabattait ?

– Elle envoyait les hommes sonner à sa porte.

– Ceux qui avaient besoin d'avoir le cœur recousu ?

– Euh… Oui, c'est ça, ma Courgette. Oh ! les voilà, ils arrivent ! »

Je me précipite hors du bureau à madame Papineau, j'avale les couloirs et les escaliers, je suis tout essoufflé, je cherche Camille qui sort de la voiture.

Ses yeux me cherchent et quand ils me trouvent, je comprends à la couleur que la sorcière a perdu.

Je cours jusqu'à elle, je saisis sa main et je l'embarque dans une course folle.

J'entends à peine madame Papineau nous crier dessus.

« Les enfants ! Revenez ici ! Immédiatement ! »

Plus rien a d'importance, on a gagné. On s'enfonce dans la forêt avec la terre mouillée qui colle sous nos pas et on va vers notre arbre préféré, celui sous lequel j'ai embrassé Camille pour la première fois, et on s'allonge sur la mousse et tant pis si on salit nos habits, surtout ceux à Camille, si jolis.

C'est jour de fête, on peut tout se permettre.

« Alors, raconte », je dis.

Et Camille déboutonne le col à sa chemise.

« Raymond a parlé le premier. Il était ému, ça s'entendait à sa voix. Il a dit aux juges combien il avait été touché par toi la première fois parce qu'il savait que c'était difficile pour un enfant de perdre sa mère, surtout dans ces circonstances. Après, il a dit "je sais bien que je suis veuf et que, malheureusement, aucune femme ne veillera sur ces enfants-là si vous m'autorisez à les adopter. Je sais aussi que j'ai beaucoup d'amour à donner et que mon propre fils s'est attaché à eux au point de m'en parler déjà comme d'un frère et d'une sœur, et que cette famille-là sera encore plus unie que beaucoup d'autres qui ont tout et ne donnent rien".

– Heureusement que j'étais pas là, moi j'aurais fondu en larmes et, surtout, j'aurais jamais pu ouvrir la bouche. Comment t'as fait, toi ?

– Les juges étaient très gentils avec moi. Alors je me fichais pas mal de leurs habits tout noirs et de la petite cage qu'ils appellent la barre. La sorcière essayait d'attraper mon regard mais je l'ai pas laissée faire. Je regardais les juges avec un sourire grand comme ça et puis je me suis lâchée comme si je tombais du ciel. J'ai dit que Raymond s'occupait de nous encore mieux qu'un père, surtout le mien, et qu'on avait jamais vu une arme chez lui et que je serais très fière de devenir sa fille et qu'on s'entendait super bien, Victor, toi et moi, et que je le considérais aussi comme un frère, même si j'en avais jamais eu un pour moi avant. J'ai dit ça en regardant Raymond et ça m'a aidée, à cause de tout cet amour en lui. Ça crevait tellement les yeux, surtout quand la sorcière a parlé après moi, avec le miel dans sa bouche qui a trompé personne. Elle parlait pas, d'ailleurs, elle sifflait pire qu'une bouilloire. "Cette petite a un don pour raconter n'importe quoi. Il ne faut pas lui en vouloir, la pauvre, avec une mère pareille. Plusieurs fois, elle m'a dit qu'elle avait peur du gendarme et des armes qui traînaient partout dans sa maison." Moi j'ai regardé monsieur Clerget qui m'a fait "non" de la tête et j'ai pas crié qu'elle mentait comme une arracheuse de dents. Le président lui a coupé la parole. "Je crois plutôt, madame, que ce don-là vous concerne. D'une part, j'ai entendu un enregistrement grâce à monsieur Clerget, assez édifiant, je dois dire, quant à vos relations avec votre nièce. Et d'autre part, sachez que cet homme que vous accusez à tort dans votre lettre n'a qu'une seule arme, sa gentillesse. Le seul pistolet en sa possession, il l'a donné à son coéquipier à la mort de sa femme, et il ne lui a jamais réclamé depuis. Et je ne vous parle pas bien sûr du commerce des hommes que vous avez exercé auprès de la mère de Camille d'après les différents témoignages recueillis par le même monsieur Clerget."

– Et comment elle a réagi, la sorcière ?

– On aurait dit qu'un millier de guêpes l'avait piquée. Elle a hurlé que c'était une conspiration et elle a enjambé la barre et elle a giflé monsieur Clerget et deux gendarmes sont accourus pour la faire sortir. Elle jurait pire que Simon mais "là où elle sera, m'a dit plus tard monsieur Clerget, elle peut toujours hurler, vous ne l'entendrez plus". Un autre juge a dit “jamais vu ça !”, un autre encore “une proxénète [1] dingue, ça change !” et le chef des juges “la séance est levée” et il a tapé avec son marteau sur la table et tout le monde s’est levé. Je suis partie me réfugier dans les bras à Raymond et madame Papineau a dit “je savais bien qu’on avait affaire à une folle” et monsieur Clerget “en tout cas, vous ne m’en avez jamais parlé avant l’enregistrement. Tout ça c’est quand même grâce aux enfants”, et il m’a fait un clin d’œil. Je crois que la directrice était un peu déçue de pas être passée à la barre. Elle aussi s’était habillée pire qu’un dimanche. Tu as vu sa robe ?

– Non, je voyais que toi. Plus rien peut nous empêcher d’être adoptés par Raymond.

– On va porter son nom. Ça fait bizarre. C’est quoi déjà ?

– Je sais pas, je lui ai jamais demandé. Je l’ai toujours appelé Raymond, ou le gendarme, dans mes pensées. »

Et je m’approche de Camille pour l’embrasser encore mieux que la première fois.

35

Ferdinand le cuisinier retourne les saucisses sur le gril.

Y a de belles nappes blanches avec plein de bonnes choses à manger dessus. Les crudités sont toutes mélangées dans de grands paniers avec des mayonnaises de toutes les couleurs. Les salades vertes sont jaunes sous le soleil et y a

1. Personne tirant profit de la prostitution d’autrui.

plus de terre et de petits vers dedans : l'évier à Ferdinand les a mangés. Le riz est mélangé avec des tomates et du maïs, les pommes vertes avec de l'avocat, du fromage et des noix. Les crevettes ont été déshabillées et le pâté est plus dans le papier au boucher et les viandes froides s'empilent dans les plats et les chips disparaissent par poignées. Y a aussi des piles d'assiettes en carton et des verres en plastique chaud. Et les serviettes en papier s'envolent. Rosy a dû asseoir les pots à moutarde dessus. Y a aussi plein de bouteilles de vin auxquelles on a pas le droit de toucher et encore moins de boire et, pour nous, de l'eau en carafe et de la limonade. Les enfants des Fontaines et de l'école sont en short et baskets et la plupart des garçons ont retiré leur tee-shirt. Et y a pas que Raymond qui transpire chez les grandes personnes.

Et des tas de chaussures se baladent un peu partout sans les pieds dedans.

C'est le premier jour à l'été.

C'est la kermesse à madame Papineau.

Et c'est notre dernier jour aux Fontaines.

Camille et moi, on est toujours ensemble, comme si on avait peur de se perdre.

Simon a raison.

Depuis que tout le monde sait qu'on s'en va chez Raymond, c'est plus pareil.

Oh, bien sûr, les grandes personnes nous ont donné toutes sortes de conseils, ce qu'il fallait faire ou pas faire, et la liste est longue :

– Ne pas mettre ses doigts dans le nez.

– Et surtout ne pas en retirer les crottes pour les manger ensuite.

– Ne pas oublier de se laver les mains avant de passer à table.

– Ne pas poser ses coudes dessus.

– Ne pas dire beurk mais non merci.

– Dire bonjour, bonne nuit, merci et s'il vous plaît.

– Ne pas dire de gros mots.

– Se laver les dents au moins deux fois par jour.

– Se laver tout entier sans oublier le savon.

– Ranger nos chambres et nos jouets tous les jours.

– Faire nos lits tous les matins.

– Prier le bon Dieu avant de se coucher.

– Ne pas s'empiffrer de bonbons et de chocolats.

– Ne pas voler dans le portefeuille de Raymond.

– Ne pas mentir.

– Ne pas cacher au fond de la poubelle ce qu'on a cassé.

– Ne pas porter le même slip plusieurs jours de suite.

– Bien réviser nos leçons. (Rosy sera plus là pour ça.)

– Ne pas se moquer des grandes personnes.

– Ne pas se battre à la récré ou ailleurs.

– Ne pas passer sous une échelle.

– Ne pas jouer avec des couteaux ou des ciseaux.

– Donner une pièce aux pauvres.

– Ne pas se laver les mains dans le bénitier de l'église.

– Ne pas parler aux inconnus.

– Et surtout ne pas monter dans leur voiture.

– Ne pas finir le fond des verres des grandes personnes.

– Ne pas jouer avec les briquets ou les allumettes.

– Ne pas fumer de cigarettes.

– Attacher sa ceinture et sa langue dans une voiture.

– Ne pas cacher les yeux du conducteur avec les mains.

– Ne pas insister quand on vous dit non.

– Ne pas ramener à la maison les chats et les chiens perdus.

– Ne pas toucher aux pigeons.

– Sourire quand on vous prend en photo.

Comme si on savait pas tout ça, nous, les mômes. Rosy l'a même écrit et on doit porter le papier sur nous et le relire souvent.

J'ai montré ça à Simon qui a juste dit « conneries ».

Simon et les autres enfants nous regardent un peu bizarre Camille et moi, et ça a rien à voir avec le regard à Raymond.

Rosy dit que j'ai beaucoup d'imagination, mais moi, j'ai des yeux pour voir et des oreilles pour entendre.

C'est pas de l'imagination.

Les conversations s'arrêtent aussitôt qu'on déboule Camille ou moi.

Comme si on dérangeait ou pire.

« C'est normal, Courgette, m'a dit Simon encore ce matin. On est contents de ce qui vous arrive et en même temps, c'est comme si on perdait tous nos repères. Ça nous ramène à ce qu'on est, pas grand-chose, avec des rêves qui tiendraient pour sûr dans une boîte d'allumettes. On est là, à se serrer les coudes et à lire sur les lèvres pour s'inventer un langage, tout collés les uns contre les autres, et votre départ c'est un peu comme une boule dans un jeu de quilles : ça fait tout tomber. Pour le moment on est tombés et on essaye de se relever. Ahmed recommence à faire pipi au lit. Alice a rabattu ses cheveux dans la figure. Béatrice ne mange que son pouce et ses crottes de nez. Les frères Chafouin s'échangent des mots comme “abandon”, “solitude” ou “orphelins” dans leur jeu à la con. Et pour la première fois Boris s'est fait mal en piquant une aiguille dans son doigt et personne a pu calmer ses pleurs. Normal, dix ans de chagrin, ça s'arrête pas comme ça. »

Et moi, je regarde ces nappes blanches et le vert à l'herbe et le bleu au ciel et tout cela me rend triste, comme si j'avais pas le droit de regarder toutes ces belles choses.

Les enfants des Fontaines et de l'école sont tous autour des stands à la kermesse. Et ils pêchent des canards en plastique avec un manche à balai et ils jettent des balles dans de petits paniers et ils lancent des fléchettes sur une cible en liège et ils gagnent des peluches géantes, même si le canard en plastique barbote toujours dans l'eau sale, même si la balle rate le panier, même si la fléchette se plante ailleurs que dans la cible.

Et c'est comme si j'étais pas là.

J'ai pas envie de sourire et j'ai pas de joie à montrer.

Camille a les yeux des mauvais jours et aucun de nous deux est allé jusqu'aux stands de la kermesse.

Personne non plus est venu nous chercher.

Raymond parle avec le juge.

Victor s'est mélangé aux autres enfants.

Les zéducateurs s'intéressent qu'au contenu de leurs assiettes en carton ou de leurs verres en plastique.

Les familles des mômes de l'école sont couchées sur l'herbe verte.

Madame Colette rigole avec monsieur Paul et leur rire me fait mal.

« Voyons, mes enfants ! Qu'est-ce que vous faites là à broyer du noir ? C'est pas un jour pour ça ! »

Madame Papineau pose ses mains sur nos épaules. Je la regarde avec des yeux tristes.

« Y a pas de jour pour nous, madame la directrice.

– Madame la directrice ?

– Geneviève.

– Je préfère ça. Racontez-moi.

– Raconter quoi ?

– Ne fais pas ta Courgette avec moi. Je vois bien que vous êtes malheureux tous les deux. Que se passe-t-il ?

– Rien, dit Camille.

– On ne dirait pas à voir vos yeux de chiens battus.

– C'est pas grave, Geneviève, ça va passer, je dis.

– Pourquoi vous n'allez pas jouer avec vos petits camarades ?

– Veulent pas de nous, lâche Camille.

– Comment ça, ils ne veulent pas de vous ?

– Même Béatrice veut plus me parler, pleurniche Camille.

– Ne t'inquiète pas, mon petit. »

Et madame Papineau essuie ses larmes avec son mouchoir.

« Faites-moi plaisir. Allez m'attendre dans mon bureau. J'arrive. »

Il fait frais dans le bureau à madame Papineau.

Camille approche son visage du ventilateur et ses longs cheveux bruns s'envolent.

Je regarde les murs pleins de dessins d'enfants quand j'entends un joyeux chahut dans le couloir.

La directrice fait entrer le petit groupe et referme la porte derrière elle.

On se regarde tous, un peu gênés.

Béatrice veut pas se séparer du lapin géant. Elle disparaît derrière.

« Bien. Les enfants, je vous ai tous réunis ici pour Courgette et Camille qui se sentent un peu rejetés par vous. J'attends. Qui parle le premier ?

– C'est pas nous, madame, dit Boris. C'est eux qui s'en vont.

– Cela ne veut pas dire qu'ils ne vous aiment plus, dit la directrice. Je suis certaine qu'ils ont autant de peine que vous.

– Moi, je veux pas rester à vie dans un placard », pleurniche Ahmed.

Simon fixe Ahmed et je lis sur les lèvres « t'as intérêt à la boucler ».

« On peut retourner à la kermesse ? demande Antoine.

– Oui, si vous emmenez Courgette et Camille, répond la directrice.

– Faut pas les forcer, madame, dit Camille. Moi, je voulais juste dire combien je vous aimais tous. Toi, Alice, et toi, Béatrice, je dormirai plus pareil sans vous. Et toi, Simon, tu seras plus là pour m'apprendre un tas de choses, et toi, Ahmed, je te promets de te trouver un doudou comme tu en as jamais vu. Vous, les frères Chafouin, j'aimerais bien résister, comme vous, à la souffrance. On devrait me tatouer le mot « fragile » pour tous ceux qui regardent sans voir. Et toi, Jujube, tu pars dans une vraie famille, la tienne. Fini le sparadrap et les bobos de rien du tout. Oui, vous allez tous me manquer. Je sais bien que pour vous, ça sera plus comme avant. Mais pour la Courgette et moi non plus. Et c'est pas parce qu'on se verra moins que je vous abandonne dans mon cœur.

– Moi aussi, tu vas me manquer, dit Béatrice.

– Moi aussi », pleurniche Alice.

Et elles se lèvent pour déposer un baiser sur la joue à Camille.

« Je peux t'embrasser, la Courgette ? demande Simon.

– Euh, oui, si tu veux.

– Et moi ? » demandent les frères Chafouin en même temps.

Et on est là à se faire des tas de câlins et à se pardonner toutes sortes de trucs, même Simon dit à Ahmed « je blaguais pour le placard à vie » et Ahmed répond pas depuis qu'il a « intérêt à la boucler » et on s'aperçoit soudain que la directrice est plus là.

Jujube s'assoit à sa place et il essaye ses lunettes et il fait tourner le crayon entre ses doigts.

Simon crie « appelez-moi Geneviève ! » et Boris « si vous continuez à faire le pitre vous savez ce qui vous attend » et Antoine « la rampe ! » et ils font tous les trois semblant de nettoyer le fauteuil.

Béatrice et Alice marchent comme la directrice, la tête haute, et leurs bras se balancent pareil.

Camille s'approche de moi et dit « sourire quand on vous prend en photo » et elle fait comme si elle tenait un appareil photo.

Aussitôt tous les copains cessent d'imiter la directrice et ils viennent tous se coller à moi et ils font des grimaces horribles.

« Prêts ? dit Camille. Attention le petit oiseau va sortir ! »

Et elle appuie sur le bouton imaginaire et cette photo-là, c'est sûr, on va l'emporter pour toujours avec nous.

On court tous jusqu'aux stands.

Je sens enfin le soleil me brûler la peau et je lève les yeux au ciel : bleu et presque sans nuages.

Je m'en fiche maintenant.

J'ai plus envie de tuer le ciel.

Et j'ai trouvé plus grand sur terre.

Avez-vous bien lu ?

Testez vos connaissances !

Testez votre lecture en répondant aux questions suivantes :

Niveau 1

1. Le foyer d'accueil pour les enfants se nomme…
   A. Les Peupliers
   B. Les Fredaines
   C. Les Fontaines
2. Victor, le voisin de Courgette, s'amuse avec…
   A. un cheval
   B. un cochon
   C. une poule
3. Au foyer, la plus grande sanction infligée aux pensionnaires indisciplinés consiste à :
   A. cirer les chaussures de Gérard
   B. faire la rampe
   C. accompagner Pauline faire les courses
4. J'ai toujours mal au doigt ou au ventre ; je suis…
   A. Ahmed
   B. Jujube
   C. Simon
5. Je connais tout sur tout le monde et personne ne sait rien de moi ; je suis…
   A. Camille
   B. Jujube
   C. Simon

6. « La sorcière » est en réalité…
   A. la tante de Camille
   B. la mère de Béatrice
   C. la directrice du foyer

Niveau 2

1. Camille est une « fleur sauvage » aux yeux…
   A. verts
   B. bleus
   C. marron
2. La mère de Courgette faisait quand même…
   A. de jolis tableaux
   B. de beaux vêtements
   C. une bonne purée
3. Les frères Chafouin excellent…
   A. aux jeux vidéo
   B. au jeu du dictionnaire
   C. au jeu d'échecs
4. Je me cache derrière mes cheveux et tremble dès qu'on me parle ; je suis…
   A. Béatrice
   B. Camille
   C. Alice
5. Pour confondre la sorcière et faire éclater la vérité sur sa personne, Camille et Courgette organisent…
   A. un enregistrement secret
   B. une fausse réunion
   C. une caméra cachée
6. Le roman s'achève sur l'image…
   A. d'un vol en montgolfière
   B. d'une carte signée par tous les enfants
   C. d'une photo imaginaire

Niveau 3

1. L'action se déroule…
   A. au XIXe siècle
   B. au début du XXe siècle
   C. dans les années 1980 à 2000
2. Comment Courgette appelle-t-il le gyrophare de la voiture de gendarmerie ?
   A. le pompon bleu
   B. l'alarme rouge
   C. le pimpon bleu
3. Courgette est malade et Rosy vient lui lire une histoire racontant les aventures…
   A. d'un petit Touareg
   B. d'un petit Esquimau
   C. d'un petit Indien
4. Que prédit Antoinette à Courgette ?
   A. qu'il retrouvera son père
   B. qu'il se mariera avec Camille
   C. qu'il sera écrivain
5. *Autobiographie d'une Courgette* est…
   A. une fiction autobiographique
   B. une autobiographie réelle
   C. une biographie

Maux croisés

Dans la grille de mots croisés qui suit se croisent deux champs lexicaux : celui du bonheur et celui de la misère.

Identifiez les mots qui correspondent à chacune des définitions et complétez les cases.

Verticalement

1. Synonyme de bonté, ce sentiment caractérise Courgette à l'égard des autres.
2. Capacité à se réjouir, à aimer ou admirer quelqu'un ou quelque chose avec passion et parfois excès.
3. Selon Courgette, on y « tourne la hache ». Il serait plus exact de dire qu'on y « remue le couteau » dans le but de faire mal.
4. Par définition, il est impossible de la vivre à plusieurs.
5. Elles peuvent être de crocodile.
6. Sentiment d'amertume et de déception.
7. Renonciation ou fait de laisser quelqu'un sans secours.
8. Soutien réciproque.
9. Elle peut être morale ou matérielle et désigne une situation pénible.
10. L'inquiétude, sans préfixe.

Horizontalement

a. C'est par elle que le père de Courgette brille.
b. État de joie et d'excitation totales.
c. Courgette le découvre avec Camille.
d. Profonde tristesse qui se traduit par un état d'abattement physique et moral.
e. Faire ployer sous des reproches.
f. Courgette voit « tout avec le soleil ». C'est un incorrigible…
g. Adjectif dont « titres » est l'anagramme.

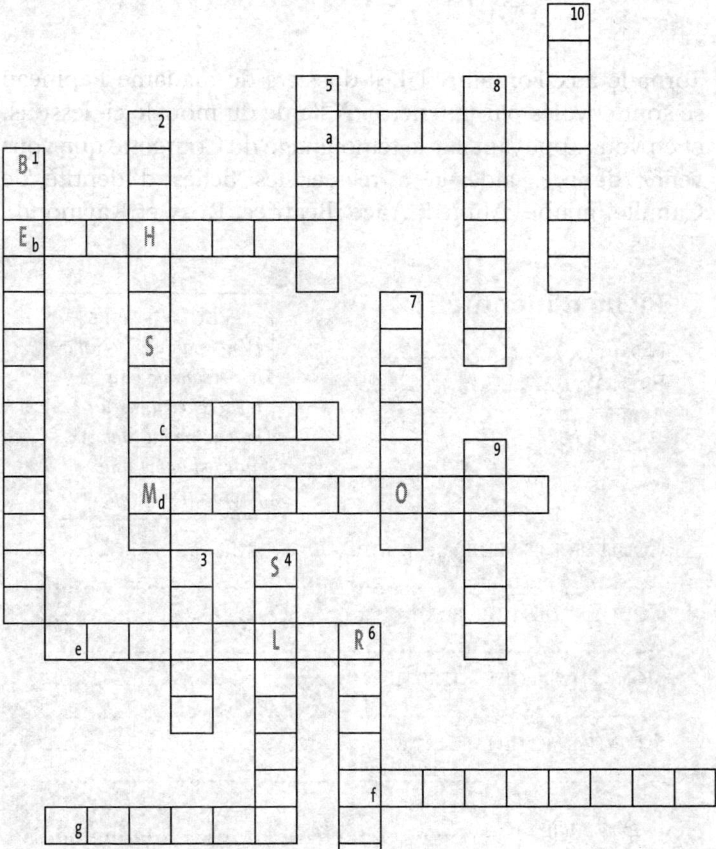

Votre grille est complète ? À présent, classez les mots que vous avez trouvés en deux groupes selon qu'ils appartiennent au champ lexical du bonheur ou à celui de la misère.

En quête d'identité(s)

Tornade aux Fontaines ! Les dossiers de madame Papineau se sont envolés par la fenêtre. À l'aide du modèle ci-dessous, et en vous appuyant sur le témoignage de Courgette que vous venez de lire, aidez-la à recréer les fiches d'identité de Camille, Jujube, Ahmed, Alice, Béatrice, Rosy et Raymond.

Fiche d'identité

PHOTOGRAPHIE
(Vous pouvez dessiner le personnage ou rechercher dans un magazine ou tout autre support une photo lui ressemblant)

NOM : ....
PRÉNOM : ....
ÂGE : ....

COULEUR DES YEUX : ....
....
COULEUR DES CHEVEUX : ....
....
SIGNE PHYSIQUE DISTINCTIF : ....
....
SITUATION FAMILIALE : ....
....
IL/ELLE AIME : ....
....
IL/ELLE N'APPRÉCIE PAS : ....
....
CARACTÈRE : ....
....

Une question de style !

La maîtrise du langage par Courgette est loin d'être parfaite ! Saurez-vous repérer les incorrections qu'il commet dans les phrases et expressions suivantes ?

– « C'est nul, je dis et je jette le livre » (p. 97).
– « Un zéducateur » (p. 27).
– « Merde alors » (p. 87).
– « Ben oui » (p. 58).
– « La chambre à Béatrice » (p. 65).
– « Je laisse béton » (p. 97).
– « J'arrête pas de poser des questions à Rosy » (p. 149).

Retrouvez les entorses commises par Courgette à l'aide du tableau suivant :

Nature de l'erreur	Définition	Formule employée par Courgette	Formulation qu'il conviendrait de faire
Niveau de langage familier, voire vulgaire			
Oubli de l'inversion sujet-verbe dans les phrases interrogatives et les incises			
Solécisme	Erreur qui consiste à enfreindre les règles de la grammaire ou de la construction verbale (exemple : on ne dit pas « J'habite sur Paris » mais « J'habite à Paris »)		
Barbarisme	Utilisation involontaire d'un mot qui n'existe pas		
Utilisation du verlan	Forme d'argot consistant à inverser les syllabes d'un mot, à les mettre à l'envers (l'envers → verlan ; métro → tromé)		

Nature de l'erreur	Définition	Formule employée par Courgette	Formulation qu'il conviendrait de faire
Oubli de l'adverbe « ne » dans les négations			
Abréviation orale de certains mots			

Drôles d'expressions !

Courgette a tendance à ne pas comprendre le sens figuré des expressions et à se limiter au sens propre, ce qui crée quelques quiproquos ou confusions très comiques (Courgette s'étonne que les rivières puissent avoir des bras, que Rosy ait des valises sous les yeux, etc.). À partir de l'une des expressions courantes suivantes, esquissez une situation ou imaginez un bref dialogue entre deux personnages jouant sur le double sens des mots :
« Donner sa langue au chat » ; « avoir le cœur bien accroché » ; « donner des noms d'oiseaux » ; « il n'y a pas le feu au lac » ; « fondre en larmes » ; « mettre la puce à l'oreille » ; « tenir la jambe à quelqu'un » ; « [ne pas] avoir la langue dans sa poche » ; « remettre en main propre » ; « jouer au plus fin » ; « se faire mousser » ; « un illustre inconnu » ; « la cerise sur le gâteau » ; « se jeter à l'eau » ; « avoir le bras long » ; « mettre au parfum » ; « ça ne rime à rien » ; « s'acheter une conduite » ; « se prendre une veste » ; « aller se cuire un œuf » ; « va voir là-bas si j'y suis » ; « faire le poireau » ; « se tourner les pouces ».

Courgette, graine de poète ?

À son insu, Courgette est un poète ! Saurez-vous retrouver la figure de style qu'il emploie dans chacune de ces formules ?

« Le soleil éclabousse le Monstre » (p. 123) ●	● Allégorie
Raymond sort « son gros ventre du petit wagon » (p. 125) ●	● Personnification
« [La mort, avec] son grand manteau noir et sa grande épée tordue » (p. 231) ●	● Métaphore
Après les informations, il y a « le journal du mauvais temps » (p. 57) ●	● Comparaison
« Et je vois sa fourchette sous la table piquer la cuisse à [Camille] » (p. 87) ●	● Antithèse
« La sorcière enfonce ses doigts comme des dents » (p. 88) ●	● Périphrase

Mémo

✓ Une ***allégorie*** est la représentation sous forme humaine ou concrète d'une réalité abstraite.

✓ Une ***antithèse*** est l'opposition de deux mots ou expressions dans un extrait ou une phrase.

✓ Une ***comparaison*** est le rapprochement entre deux réalités à l'aide d'un outil comparatif.

✓ Une ***métaphore*** est le rapprochement entre deux réalités sans outil comparatif.

✓ Une ***périphrase*** est une expression imagée pour désigner une simple réalité.

✓ Une ***personnification*** est l'attribution de caractéristiques humaines à un objet inanimé.

Gilles Paris répond à nos questions

Marie-Luce Raillard : Gilles Paris, pourquoi écrivez-vous ?

Gilles Paris : Pour soigner mes blessures. Écrire c'est chercher au fond de soi une étincelle de vie.

M.-L. R. : À quoi sert un écrivain selon vous ?

G. P. : Difficile de donner une réponse générale. Pour ma part, je me vois comme un passeur d'émotions.

M.-L. R. : Comment est né ce roman ?

G. P. : D'une nouvelle que j'ai écrite à l'âge de quinze ans, « Icare et Camille », sortie de la profondeur d'une page blanche sans référence ni visée autobiographique.

M.-L. R. : Dans la « note de l'auteur », qui précède votre roman, vous remerciez les personnes qui vous ont aidé dans la rédaction de votre texte (éducateurs, psychologues, juge pour enfants, instituteur) : avez-vous effectué un travail de documentation pour écrire ce récit ? Avez-vous mené une enquête de terrain ?

G. P. : Sur deux années, j'ai passé plusieurs journées avec les enfants des Pressoirs du Roy, une maison d'accueil située en Seine-et-Marne. Sans la directrice de cet établissement, sans les éducateurs et l'instituteur, sans la psychologue, jamais je n'aurais pu écrire ce roman. Le juge était extérieur à ce foyer, mais notre rencontre a été importante. En revanche, je n'ai pas repris l'histoire de ces enfants, qui relevait pour moi de la vie privée. Dans le roman, les parcours des personnages sont tous inventés. Je n'irais pas jusqu'à parler d'« enquête ».

Ce fut plutôt une présence sur le terrain, au cours de laquelle j'enregistrais en mémoire tout ce que je voyais, ressentais ; j'étais le grand bêta assis au fond de la classe, prenant des notes bien différentes de celles des élèves…

M.-L. R. : Vous mentionnez certaines libertés que vous avez prises à l'égard de la réalité : quelles sont-elles ? Avez-vous volontairement tu, enjolivé ou modifié la réalité d'un foyer d'accueil ? Pourquoi ?

G. P. : J'ai certainement enjolivé et modifié la réalité d'un foyer d'accueil, car je n'ai pas connu cette enfance-là. La mienne a été heureuse. Cette distance était d'ailleurs peut-être nécessaire pour évoquer des enfances douloureuses. J'ai tenté d'être au plus près de la réalité que j'ai observée pendant ces deux années – j'essaye toujours d'être sincère en écriture. Mais il s'agit de ma vision, de ma perception d'un milieu difficile et très différent de tout ce que j'avais jusque-là approché. La première fois que je suis allé aux Pressoirs du Roy, j'ai vu un magnifique château et j'imaginais les enfants qui y vivaient différents des autres. Il m'a fallu un certain temps avant de concevoir que, pour ces enfants qui rêvaient tous de retourner vivre chez leurs parents, en dépit des coups et des insultes qui y pleuvaient, ce château pouvait être une prison. Le foyer n'était pas leur maison, les éducateurs n'étaient pas leurs parents. J'ai aussi compris que ces enfants n'étaient pas différents des autres. Qu'ils rêvaient de se fondre dans la masse. Leurs jeux, leurs pensées étaient ceux de tous les enfants.

M.-L. R. : *Autobiographie d'une Courgette* appartient au genre de l'autobiographie fictive, qui est un récit de vie à la première personne d'un être fictif. Le texte

recèle-t-il néanmoins une part d'autobiographie proprement dite ? Si oui, laquelle ?

G. P. : Sans doute les romans recèlent-ils tous une part autobiographique. Certains sont autoproclamés autobiographiques, et le mot « roman » sur la couverture crée une distance avec la vie de l'auteur qui possède seul la vérité. D'autres ressemblent à cette eau cachée sous la glace de l'iceberg. Mes romans se rangent plutôt dans cette catégorie-là. Une grande part d'inconscient se révèle à moi après relecture de certains chapitres. Je me surprends à reconnaître des émotions, à revivre ma propre enfance à travers des flashs. Je me reconnais dans le comportement de certains des personnages. Mais je suis de ceux pour qui le mystère de l'écriture doit rester entier. Je ne cherche pas à exposer ma vie – je trouverais cela indécent. Je suis trop pudique pour le faire et j'aime cultiver plusieurs jardins secrets !

M.-L. R. : Ce roman est le récit d'un enfant de neuf ans. S'il est aujourd'hui publié dans une édition destinée à des adolescents, il a initialement paru dans des collections « adultes ». En quoi votre texte s'adresse-t-il aux deux publics ?

G. P. : Cette question est troublante. Elle m'a souvent été posée lors de salons du livre et dans les écoles où je suis allé. Ce n'est pas à moi de dire à un enfant s'il peut lire mes romans, mais à ses parents. Un jour, à Autun, en Bourgogne, un petit bonhomme de neuf ans est venu rôder plusieurs fois autour de mon stand. Puis il est revenu avec un monsieur qu'il tirait par la manche et que j'ai naturellement pris pour son père. Ce monsieur a acheté *Autobiographie d'une Courgette* et ils ont disparu. L'homme est revenu seul. Il m'a d'abord demandé si j'avais connu les maisons d'accueil. Puis il m'a avoué qu'il était le tuteur et non le père du garçon. Il voulait lui offrir un livre. *Autobiographie d'une Courgette* avait trouvé grâce à ses yeux car le petit bonhomme avait passé toute sa petite enfance dans une maison d'accueil. Dans mes romans, je crois que les enfants retrouvent leur langage et leur mode de pensée ; chez les adultes, mes œuvres font resurgir l'enfance, comme une parcelle de vie retrouvée. Je traite de thèmes durs – la maladie, la mort, les conflits parentaux. Peut-être paraissent-ils spontanément plus appropriés aux adultes. Pourtant, ces derniers ne les évoquent qu'à demi-mots. À l'inverse, j'ai découvert que les enfants posent de nombreuses questions sur ces sujets, et qu'ils le font à voix haute. Dédramatisés par la voix de l'enfant, ils sont, me semble-t-il, à la portée de tous.

M.-L. R. : Pourquoi avoir choisi d'aborder ces thèmes douloureux dans chacun de vos romans ?
G. P. : Les histoires heureuses en tout point ne font pas de bons romans, et m'ennuient. Seul le danger et le drame m'attirent, à condition que l'espoir soit au bout. D'ailleurs, dans une vie, ce n'est pas l'épreuve qui est intéressante, mais ce qu'on en fait.

M.-L. R. : Peut-on dire que Courgette a une enfance difficile mais pas malheureuse ?
G. P. : Un père qui les a quittés, lui et sa mère ; une mère qui ne parle qu'à la télévision et boit de la bière du matin au soir : avouez que ce n'est pas le cocon familial idéal pour s'épanouir ! Mais cet environnement ne suffit pas à faire de Courgette un enfant malheureux, surtout à partir du moment où il trouve dans la maison d'accueil l'amour qui lui a manqué jusque-là.

M.-L. R. : Dans quel(s) registre(s) situez-vous votre texte ?

G. P. : Je pense qu'on passe du drame à la comédie et réciproquement, avec une *happy-end* qui ressemblerait au plus beau des feux d'artifice.

M.-L. R. : Voyez-vous une fonction thérapeutique ou cathartique dans l'écriture ou dans la lecture ?

G. P. : Je n'irai pas jusque-là. Néanmoins, un jour, dans un salon de Saint-Maur-des-Fossés, dans le Val-de-Marne, une dame m'a dit qu'elle avait changé de métier grâce à mon livre. De professeur, elle est devenue éducatrice. J'ai été très touché d'apprendre que la lecture d'un roman pouvait modifier une destinée. Mais j'envisage les choses plus simplement, en termes de plaisirs – celui de lire et d'être lu – et d'émotion donnée ou ressentie. J'espère que, une fois refermé, mon roman s'imprimera dans la mémoire du lecteur. Pour moi, c'est là qu'est la magie – dans le fait d'exister dans la mémoire des lecteurs. N'y voyez pas de présomption de ma part : c'est la plus belle récompense que j'entends dans mes déplacements et qui me donne envie de poursuivre ma carrière d'écrivain.

M.-L. R. : Comment procédez-vous pour retrouver la langue de l'enfance ? Êtes-vous confronté à des difficultés particulières ? à des écueils ?

G. P. : J'écris comme un enfant depuis l'âge de douze ans, soit plus de quarante ans déjà ! J'observe les enfants autour de moi, je les écoute. J'ai publié à ce jour trois romans, un tous les dix ans. Les générations changent, les jeux aussi ! Je m'adapte, je retravaille mes manuscrits avec des enfants de neuf ans. Notamment pour le choix des mots : je veille à ce qu'ils ne correspondent pas à un parler trop adulte, m'autorisant quelques entorses s'ils sont susceptibles d'être souvent employés dans le cadre familial. Mais, surtout, j'apporte une grande attention à certaines situations dans lesquelles les enfants, bien sûr, ne réagissent pas comme les adultes. Et je retravaille mon texte des centaines de fois. Je garde certaines répétitions qui donnent un rythme, j'en supprime d'autres qui alourdissent le texte. Je lis des passages à voix haute, traquant la fausse note, un peu comme sur une partition musicale. J'essaye de m'interdire des jeux de mots trop faciles, des expressions vulgaires, hors propos. Ce sont sans doute toutes ces étapes qui me rendent incapable de relire mes romans une fois qu'ils ont paru.

M.-L. R. : Votre personnage fait penser à celui de *Poil de Carotte*, et la phrase « Si j'avais pas tué maman, j'aurais jamais connu la montagne » (p. 155) évoque celle de Jules Renard, « Tout le monde ne peut pas être orphelin ». Quelles ont été vos sources d'inspiration littéraires pour ce livre ? Est-il possible d'établir des rapprochements avec *Le Petit Prince*, d'Antoine de Saint-Exupéry (lorsque Courgette avoue ne pas comprendre le monde des adultes par exemple) ?

G. P. : J'ai lu *Poil de Carotte* et *Le Petit Prince* quand j'étais encore en culottes courtes. Je me souviens surtout du *Petit Prince*, dont la poésie est restée gravée en moi. J'aime beaucoup la relation entre le renard et le Petit Prince que j'ai fait mienne dans la vie. Il faut s'apprivoiser avant de s'apprécier ou pas. Mais au risque de décevoir, mes inspirations ne viennent pas de la littérature. J'ai beaucoup lu, je lis beaucoup, mais c'est la vie autour de moi qui m'inspire le plus. Ce que je vois, ce que j'entends, ce que je ressens. J'aime le paradoxe sur lequel repose *Autobiographie d'une Courgette* : en tuant accidentellement sa mère, Icare trouvera le bonheur.

M.-L. R. : Gilles Paris, acceptez-vous de vous prêter au jeu du portrait chinois ?
G. P. : Oui, bien sûr !

Jeu du portrait chinois
Et si...

... vous étiez une devise ?
Never complain, never explain [1].

... vous deviez faire votre autoportrait en trois adjectifs ?
Fonceur, indépendant, tendre.

... vous pouviez enlever un mot du dictionnaire ?
Concupiscent.

... vous pouviez proposer un néologisme ?
Imaginateur.

... vous étiez un héros de roman ?
Peter Pan.

... vous étiez un événement historique ?
La chute du mur de Berlin.

... vous étiez une invention ou une grande découverte ?
L'électricité.

... vous étiez un mouvement littéraire ?
Le romantisme.

---

1. En anglais, « Ne jamais se plaindre, ne jamais s'expliquer ».

... vous étiez un proverbe ?
« Jusqu'à vingt-cinq ans, les enfants aiment leurs parents ; à vingt-cinq ans, ils les jugent ; ensuite, ils leur pardonnent » (Hippolyte Taine).

... vous étiez l'un de vos personnages ?
Simon, sans hésiter, dans *Au pays des kangourous* (Don Quichotte, 2012).

... vous étiez l'indulgence, que pardonneriez-vous facilement ?
Les fautes avouées.

... vous étiez l'intransigeance, qu'exigeriez-vous absolument ?
La franchise.

... vous étiez un être légendaire ou mythologique ?
Une licorne.

... vous étiez un instrument de musique ?
Un piano.

... vous étiez un autre auteur que vous ?
Tennessee Williams.

... vous étiez un signe de ponctuation ?
Une virgule.

... vous étiez un bruit ?
Les mâts des bateaux qui s'entrechoquent sur un port.

... vous étiez une œuvre d'art ?
Un tableau de Magritte.

... vous étiez une saison ?
L'été.

...vous étiez un de vos lecteurs ?
La jeune femme à Fuveau qui m'a demandé de lui inventer un prénom au moment de la dédicace.

... vous étiez un âge de la vie ?
Celui que j'ai aujourd'hui, cinquante-quatre ans !

Imprimé à Barcelone par:

BLACK PRINT

Mise en page par Meta-systems
59100 Roubaix

N° d'édition : L.01EHRN000348.C004
Dépôt légal : avril 2013